漫時光

女將星

卷四

千山茶客——著

高寶書版集團

目錄
CONTENTS

第四十八章　紅妝

從涼州出發，到濟陽城，快馬加鞭，也要近一月。

過了年開春走，一路往南，越往濟陽走，天氣越暖，等快到時，路邊的野花都開了不少，來往燕子銜泥已經開始築巢，春天是真的到了。

濟陽城外，赤烏趕著馬車過來，道：「少爺，這附近能買到的最好的馬車，就這輛了。」

馬車看起來已經很華麗了，四面以孔雀綠的精細絲綢裝裹，裡頭的白紗微微拂動，就算坐進去，也是極寬敞舒適。一連多日騎馬，禾晏都覺得累，如今能舒服一把，禾晏已經很滿意了。偏偏林雙鶴還百般挑剔，「就這樣的？這樣的在朔京我看都不會看一眼。這木材也太次了些，我不是說了挑最貴的嗎？」

赤烏：「這已經是最貴的了。」

禾晏看了看林雙鶴，心中嘆了口氣，這麼多年，這位少爺講究享樂的行事作風還是一點沒變。她就搞不清楚了，肖玨去濟陽辦事，為何要帶上林雙鶴？這不是給自己拖後腿嗎？

想不明白的不只禾晏，林雙鶴自己也費解，臨走之前百般確認：「你確定沒說錯，去濟陽要帶著我？」

肖玨：「確定。」

「為何？」

「因為同行需要一位管家。」

「管、管家？」林雙鶴怒了，「你見過有我這般風姿的管家？」

肖玨打量他一下，「現在見過了。」

話雖這樣說，林雙鶴自己也挺想跟肖玨出來見見世面。他還從未去過濟陽，聽聞濟陽的姑娘個個長得美，若是此生不見一次，豈不可惜？

因此也就嘴上抱怨幾句，便欣然答應同行。

之前一路趕路，便沒在意其他，但如今快到濟陽城，得好好喬裝打扮一番，畢竟在這裡，他們不再是肖懷瑾與禾晏，而是湖州富商公子喬渙青與他新娶的嬌妻溫玉燕，以及二位的護衛赤烏、飛奴，管家林雙鶴。

飛奴將通信令拿了出來，望著遠處的濟陽城門，道：「少爺，咱們進了城，找了客棧安頓下來，還須得買兩位丫鬟。」

總不能富商少爺和少奶奶出行，連丫鬟也不帶，衣食起居都要自己動手，這話說出去別說崔越之了，是個人都不信。

「買丫鬟？」林雙鶴道：「我也去，我會挑姑娘！」

肖玨懶得理會他，只吩咐飛奴道：「找年紀小的，等濟陽事情辦完，就讓她們回家去。」

飛奴應下。

赤烏和飛奴在外趕車，馬車放慢了步子，慢慢悠悠地晃到了濟陽城門。飛奴將通行令拿給守城門的護衛，守城的護衛仔細瞧了一下行令上的黑字，態度驟然恭敬：「原是崔中騎的家人，請進。」

林雙鶴就問：「崔越之在濟陽身分很高麼？」

「聽聞是和蒙稷王女一同長大的，既忠心又厲害，很得王女信任。」禾晏答道。

林雙鶴奇道：「妳怎麼知道？」

禾晏也：「聽人說的。」

肖玨瞥她一眼，沒有說話。

禾晏沒去過濟陽，但卻對濟陽的人和事，聽過一些。只因為她的師父柳不忘就是來自濟陽城外，曾與她談過許多濟陽的軼事，聽得多了，便對濟陽生出嚮往。

只是藩王屬地往來麻煩，沒料到如今竟能乘著肖玨的風，順帶過來瞧一瞧柳不忘嘴裡的水城，著實新鮮。

濟陽城市崇麗，萬戶相連，商貿繁華。城外連著運河，商船雲集，濟陽盛產的綢緞和茶葉順著漁陽河直達揚州，直可謂「萬斛之舟行若風」。城內又有大大小小的河流，隨處可見橋下有小舟行過，船頭擺滿瓜果小物，這便是濟陽的水市。

中原來的人哪裡見過這等光景，禾晏趴在馬車上往外看，嘖嘖稱奇。

林雙鶴感嘆道：「這濟陽果如遊者所言不假，真是個神仙般的地方，難怪易出難進，我要是來了這，我也不願意走。妳瞧瞧這邊的姑娘，生的多水靈，和朔京裡的就是不一樣。」

禾晏：「……」她心道，你在朔京的時候，可不是這麼說的。

她又轉頭去看肖珏，肖珏坐在馬車裡，他似對馬車外的繁華並無多少興趣，懶洋洋坐著，眸光平淡，絲毫不見驚喜。

「都督，我們現在先去找客棧嗎？」她問。

「什麼都督，」林雙鶴立刻道：「都到了濟陽了，妳可不能叫都督，免得露陷。」

禾晏：「那我叫什麼？」

「當然是叫夫君了！」

「夫君」兩個字一出來，禾晏和肖珏都震了一震，肖珏臉上神情更是難以言喻，十分精彩，忍了忍，半晌拂袖道：「現在不必叫。」

以後叫也怪不自在的好嗎？禾晏心中痛苦萬分，這趟差事看著不賴，沒想到執行起來如此艱難，竟要連人的羞恥心也一併拋卻，難怪交換條件是進南府兵。

肖珏道：「先找客棧安頓下來。」

濟陽物資豐厚，繁華富庶，找客棧不用多挑，瞧著都不錯。赤烏挑了一個離城中心最近的地方，方便熟悉城內。

幾人先將馬車上重一點的東西放下。飛奴走過來：「少爺，屬下剛剛打聽過，在這附近有間飯館，飯館的老闆娘會幫忙給大戶人家買賣丫鬟，倘若今日住在此地，可以現在就去找老闆娘幫忙相看。」

肖珏點頭。

禾晏遲疑了一下，道：「我就不去了吧。」

幾人動作一頓，林雙鶴問：「禾……少夫人，妳是有什麼事？」

禾晏其實也沒別的事，只是見不得旁人賣兒賣女，哪怕知道有些孩子進了大戶人家做丫鬟未必就過的不好，只是心中到底不太舒服。當年隨軍的時候，飽受羌人騷擾的戰亂之地，百姓更是賣兒賣女成風。若是兒子還好些，至多是賣給別人做長工，賣女兒的更多，禾晏就見過，十三四歲的姑娘，賣給六十歲的老頭做妾，只需要一塊燒餅。

人命就是如此低賤。

她實在不喜歡看人被當做貨物一般挑挑選選。

「我……我如今不是女子身分嗎？」她隨便胡謅了個理由，「總不能穿著這身衣服到處跑，看著也不像溫玉燕，我想著，這附近有什麼成衣店，我去買兩件女子穿的衣裳。有首飾的話也順帶買一些，等咱們見了崔越之，才不至於露陷。」

她為了方便趕路，仍是借程鯉素的衣裳穿。眼下到了濟陽，再做男子裝扮就不合適了。

林雙鶴一聽，覺得她說的頗有道理，就道：「那也行。」

「赤烏，你跟著她。」肖玨道：「有事發信號。」

赤烏應下。

肖玨又看向禾晏：「妳就在附近，不要走遠，濟陽不比涼州，謹慎為上。」

禾晏點頭：「行。」

「那咱們就分頭行動，」林雙鶴搖搖扇子，「少夫人，記得多買幾件漂亮的衣裳，介時好讓他們看看咱們中原的姑娘是如何美貌動人。」

肖玨：「閉嘴。」

他們三人先下了樓離開了，留下禾晏與赤烏二人。

赤烏心道，林雙鶴這話說的不對，禾晏又不是女子，再如何打扮，也不能美貌動人，有什麼意義？

他剛想到這一點，便見禾晏對著鏡子，拔下腦袋上的髮簪，霎時間，一頭青絲垂落於肩。

「你……」

禾晏轉過頭：「我一個男子，去成衣店買女子的衣服，未免引人注意。先將頭髮散下來，怎麼樣，」她問赤烏，「我現在看起來如何？」

赤烏：「……還、還行吧。」他心裡嘀咕著，原先怎麼沒發現禾晏居然男生女相，還以為他扮女子定然讓人難以直視，眼下這傢夥把頭髮散下來……還真像個女的。

難怪少爺會選他同行了。

「走吧。」赤烏道：「趁天還亮，先去附近轉一轉。」

二人一同出了門。

濟陽城本就比涼州更往南，天氣暖和的多，如今又是春日，太陽微微冒出頭，曬得人渾身暖洋洋的，柳樹冒出茸茸青色，春色無邊。

四處都是小販的叫賣聲，濟陽人原是靠打漁為生，民風熱烈開放，人人熱情好客。路過賣瓜果的商販時，見禾晏多看幾眼，便非要塞幾顆到禾晏懷裡，道：「姑娘拿好，不要錢，送妳嘗嘗！」

赤烏：「……」

竟然就被人叫姑娘了？這偽裝的也太好了吧！

禾晏笑盈盈地接下，遞給赤烏幾個，道：「濟陽城還真是不錯。」

難怪當年柳不忘提起濟陽，語氣都是懷念之意。想到柳不忘，禾晏心中又有些擔憂，她如今與肖玨待在一處，如何才能找個合適的理由去城外尋柳不忘的蹤跡？況且當時柳不忘說的含糊，如今看來，濟陽城這麼大，要找人，著實不易。

正想著，赤烏已經詢問旁邊一個賣泥人的攤主：「小哥，勞駕問問，這附近可有賣成衣的店鋪？」

攤主聞言，笑道：「聽兄弟口音，不是濟陽人吧？這你就問對了，」他往前指了一個方向：「濟陽的繡羅坊，最大的成衣店，裡頭有最好最多的衣裳。想買衣裳，找裡去準沒錯！」

赤烏謝過攤主，與禾晏往攤主指的方向走去。

禾晏有些緊張。

赤烏問：「你怎麼了？」

「買女子穿的衣裳，有些不自在而已。」禾晏道。

赤烏點頭：「是挺不自在的。」

禾晏前世今生，都是做男子的時間比做女子的時間多。但縱然是做女子，關於穿衣打扮一事上，也不太在意。府中準備什麼就穿什麼，真要自己去挑，還挑不出來。心道莫要鬧了笑話，挑了什麼不適合自己的才好。

但再如何怕，也是要過這一遭的，繡羅坊離這裡並不遠，不多時，便到了。

泥人攤主說的不錯，繡羅坊看起來很大，一共五層，像是一處樓閣。站在門口的兩個青衣夥計見他們前來，便笑著上前迎客，其中一個道：「客官，第一次來繡羅坊嗎？」

禾晏點頭：「不錯，我們想買幾件衣裳。」

「請問是您還是這位公子要挑衣裳？」夥計指了指樓上：「咱們繡羅坊，第一層是男子衣裳，第二層是幼童衣裳，剩下三層都是女子衣裳。」頓了頓，又道：「越往上走，衣裳也就越貴。」他笑著搓了搓手，「您看……」

「我們就去第三層吧。」禾晏當機立斷。

「好嘞！」夥計笑咪咪地回答，「兩位請隨我來。」

這裡頭果真很大，每一層都鋪了精緻的地毯，修繕的極為美麗，同朔京的風雅不同，濟陽的布置，更繁麗熱烈，如同他們的人一般。牆上畫著壁畫，似乎是眾人俱在一起遊樂。長長一卷，水上坊市熱鬧無比，人人摩肩接踵，極為有趣。

見禾晏一眨不眨地盯著壁畫瞧，那夥計便笑道：「這是咱們濟陽的水神節，咱們濟陽靠水吃飯，年年三月都要祭水神。兩位看著不是本地人，若是待的日子夠長，恰好可以一道看看水神節，可熱鬧了！」

「三月？」禾晏問。

「對啊，就在本月，水神節可好玩了！姑娘，妳若去了，保管不虧！」

這裡的人自來熱情，禾晏也沒說什麼，心裡卻對他嘴裡的水神節起了幾分好奇。

到了第三層，夥計便停下腳步，道：「這裡就是了，姑娘，您先看。」

禾晏點頭，赤烏有些不自在，這一層全是女子穿的衣裳，他一個男子留在此地，不太像樣，便對禾晏道：「我在樓下等你，你挑好了，支人跟我說一聲就行。」

禾晏道：「行。」

赤烏走了，夥計繼續領著禾晏看，邊看邊為禾晏解釋：「這件櫻桃紅古香緞月華裙，前段日子賣的最好，春日到了，大家都喜歡穿紅色的，踏青的時候看起來最顯眼。若要吸引情郎的目光，這個最好不過。」

「這件藕色刻絲牡丹素玉裙也不錯，再配把團扇，就跟畫上的仙女似的。清雅出塵，高潔飄逸，妙的很！」

「您看看這個，這條彩繡蝶紋裙，上面一百隻蝴蝶，全是咱們的繡女一針一線縫上去的，想想，穿著這樣的裙子在花叢中，定能吸引到不少蝴蝶，真假蝴蝶一起繞著妳，多招人喜歡啊！」

禾晏：「……」

繡羅坊的夥計，口才未免也太好了，禾晏被他說得心動不已，只覺得這牆上掛著的每一件成衣都獨一無二，精妙絕倫，縱然是再平凡的女子，穿上也能明豔動人。這層眼下只有她一人呢，這要是多來幾個人看衣裳，這夥計還忙得過來？

好在她也是有點分辨力的，倒不至於全部相信，只是將第三層全部看完，難免覺得頭暈眼花。實在是太多了，竟不知道該選哪個。

禾晏想了想，看向這名夥計：「小哥，我平日裡很少自己挑衣裳，所以一時間，也不知道該選哪件。要不您替我找找，有沒有那種穿著不出錯，也不挑人，又不至於在宴席上失禮的衣裳？」

那夥計是個精明人，聽禾晏如此說，曉得禾晏是不會挑衣裳了，便笑道：「好說。姑娘，我瞧著您皮膚白，與咱們濟陽女子不同，這般出挑的容貌，若是只選不出錯的衣裳，埋沒了您的美麗豈不可惜？要不……」他走到一件衣裳面前，拈起衣裳的一角給禾晏看：「您瞧瞧這件？」

「這件天香娟玉裙十分輕薄，摸著很細膩，顏色又是水藍色，很襯您的膚色。樣式簡單又大方，可您若穿著去赴宴，是決計不會失禮的。這件裙子只有一條了，您要是喜歡，不如就選這一條？」

禾晏走到這條裙子面前，這裙子比起方才那幾條，看起來的確簡單多了，沒那麼多花裡胡哨的，摸著也很舒服。禾晏便笑了，道：「那就這……」

「這條裙子我要了。」斜刺裡伸出一隻手，將禾晏手裡的裙子一把奪了過去。

禾晏回頭一看，便見面前站著一個穿黃裙的年輕女子，杏臉桃腮，顏如芙蓉。只是膚色略黑了些，身段倒是極好，個子也挺高，一雙眼睛看也不看禾晏，彷彿眼前沒禾晏這個人。

她身後還跟著兩個綠衣丫鬟，一人就道：「還愣著幹嘛，見了我們小姐怎麼不打招呼？」

那夥計一怔，忙彎腰行禮道：「顏大小姐。」

叫顏大小姐的女子哼了一聲算作應答。

那夥計又轉過頭來，擦了把汗，對禾晏道：「姑娘，要不……您再選一件？」

縱然是傻子，也該明白了發生了什麼事。無論什麼地方什麼時候，都少不了這種仗著家世橫行無懼的人。夥計也是無辜，禾晏並不想為難他，況且只是一件衣服，便笑道：「無事，我再選一件就好。」

「對不住，」那夥計背過身子，低聲道：「顏大小姐平日不來我們成衣店的，縱然來也不會到第三層，今日不知是怎麼回事……」

「無事。」禾晏給了他一個讓他安心的眼神，「不必解釋，我明白。」

「多謝，多謝。」

夥計便走到顏大小姐身邊，笑道：「顏大小姐，可需要小的為妳挑選衣裳？」

「你是什麼東西，還為我挑選？」顏大小姐不屑道：「你去給旁人挑吧，本小姐不需要你來指點。」

那夥計訥訥地退到一邊，回到禾晏身前。比起伺候那位尖酸刻薄的顏大小姐，這位顯然要溫和好說話的多，他便笑道：「姑娘且看看這個？這件蘇繡琵琶裙是掐腰的，袖子極寬大，穿起來猶如走在雲霧裡，也極美。顏色是梨花白，姑娘穿著，定是冰肌玉骨，幽韻撩人。」

禾晏聽得失笑，這夥計賣衣裳就賣衣裳，怎生誇人的話張口就來。聽得讓人怪不好意思的。禾晏看了看這件衣裳，覺得還不錯，就道：「那就這件好了。」

話音剛落，顏大小姐身邊的丫鬟便伸手將禾晏指著的這件衣裙扯了過來，道：「這件我們大小姐也要了。」

又來？

禾晏微微蹙眉，一次若說是巧合，兩次就有些故意了。可她從未見過這女子，為何頻頻針對她？

她轉身，面對著對方，客客氣氣地問：「請問，這位小姐，我可有地方得罪妳了？」

「沒有啊。」顏大小姐看向她，揚眉道：「我不過是挑件衣裳而已，何來得罪一說？」

「一兩件自然沒什麼，」禾晏微笑，「但該不會等下我挑什麼，妳就選什麼吧？」

顏大小姐抿嘴，倨傲地道：「看來妳也不笨。」

「我不明白，姑娘為何如此？」

「凡事都要問為什麼，很好，可本小姐又不是妳的先生，憑什麼為妳解惑。我今日在這裡，就算將這第三層所有的衣裳都買下來，那也是我的本事。妳若不服氣，也買就是了。這麼多衣裳，總有一件我不要的。不過……」她上下打量了禾晏一下，語氣不無輕蔑，「瞧妳這樣，也不像是能買得起多少的。」

禾晏穿著程鯉素的衣裳，本來料子不差，可連日來趕路，到底風塵僕僕，她又是從客棧而來，衣裳都沒來得及換，看在旁人眼中，自然灰頭土臉，一臉窮酸。

她這是什麼運道，連出來買件能穿的衣裳，都能遇到如此驕縱的大小姐。禾晏與男子打交道，自來簡單粗暴，就算再不服氣，至多打一架就是。可女子不同，她總不能當街毆打姑娘。

「繡羅坊並非姑娘家所開，」禾晏耐著性子道：「我不過是想買件衣裳而已，還請姑娘不要尋釁滋事。」

不說這話還好，一說此話，這女子就如被踩了尾巴的貓，全身毛都炸了起來，她美目一橫，聲音比方才尖銳了一些，道：「尋釁滋事？妳竟說我尋釁滋事？哪裡來的鄉巴佬？不認識本小姐就罷了，還滿口汙言穢語！想買衣服？看妳這寒酸樣，買得起嗎妳！」

禾晏：「我……」

「少夫人！」一個聲音插了進來。

禾晏回頭一看，不知什麼時候，肖玨和林雙鶴竟尋到這裡來了，赤烏和飛奴在後，還有兩個梳著雙寰髻的粉衣小姑娘，怯生生地站在一邊。

肖玨走上前，濟陽女子美豔潑辣，男子陽剛威武，像他這樣俊美優雅，風姿英氣的青年，實在鳳毛麟角。

顏大小姐看得眼睛發直。

肖玨盯著她看了一會兒，忽然勾了勾唇，湊近禾晏耳邊，聲音很低，卻能恰好讓周圍的人都聽見。

「何事驚慌，夫人？」

年輕男子身姿頎長，如松挺拔，暗藍衣袍穿在他身上，貴氣又優雅，他瞳如漆黑夜色，泛著深深淺淺的冷意，嘴角卻勾著，帶著點漫不經心的譏誚。

那一句「夫人」低醇如酒，聽得在場的人都醉了。

禾晏亦是如此，只覺得被他呼吸拂過的地方瞬間僵硬，一時間無話可說。

顏大小姐咬唇看向肖玨，心中半是驚豔半是妒忌。這樣冠絕四方的美男子，竟然已經娶妻，娶的還是他身邊那個鄉巴佬？憑什麼！

見禾晏不語，肖玨挑眉，將聲音放得更和緩了一些，「她欺負妳了？」

禾晏嚇得一個激靈回過神來，正要開口，顏大小姐先她一步說了話，她道：「這位公子，小女子可沒有欺負人。不過是與這位……姑娘看中了同一件衣裳而已。」

顏大小姐與肖玨說話的時候，便不如方才那般咄咄逼人了，溫柔的像是換了一個人，一雙眼睛更是捨不得從肖玨身上挪開。

「可我剛才分明聽到了，妳說我們少夫人沒錢！」林雙鶴唯恐天下不亂，搖了搖扇子，道：「連我這個管家都聽不下去了。」

管家？一邊不敢吱聲的青衣夥計心中暗暗咋舌，他還以為是哪家公子，不曾想是個管家。不得了不得了，這一行人容貌氣度皆是不凡，該不會是哪個大人物到濟陽了？也不知方才有沒有得罪人家？

肖玨側首問禾晏：「可有選中的？」

禾晏搖了搖頭。

顏大小姐便將方才禾晏瞧中的、被她攥在手中的那條水藍色裙子遞過來，微笑道：「姑娘若真心喜歡這條裙子，小女子願意割愛。」

禾晏：「……」

肖玨的臉這麼有用呢？這態度變得，前後根本就不是一個人。長得好看真占便宜，禾晏心裡酸溜溜地想。

肖玨只淡淡看了她一眼，沒有伸手去接，對那站著的青衣夥計道：「樓上是什麼？」

「回公子的話，」小夥計便擦汗邊回道：「咱們繡羅坊一共五層，第三層到第五層都是女子成衣，第五層的衣裳是最貴重的，專為貴人所做，價錢……也更高一些。」

「拿你們秀坊的鎮店之寶出來。」

顏大小姐的臉色僵住了。

禾晏也驚了一驚，扯了扯肖玨的袖子，小聲道：「不用，我隨便穿穿就行了……」家裡什麼條件啊就敢選最貴的，禾晏覺得十分不妥。

肖玨神情平靜：「閉嘴。」

繡羅坊的夥計是個人才，只道了一聲：「請稍等。」馬上上樓去了，不多時，抱著一個裹著軟緞的小箱子下來，將箱子放到屋中的圓桌上。

他打開鎖，箱子開了，從裡頭小心翼翼地捧了一件薄薄的淡白色綾繡裙，這裙子花樣並不複雜，不如方才的花哨，但陽光從窗外透過來，照在衣料上，原本素白的顏色，竟折射出虹霞般的色彩，若隱若現，如人魚鱗片，泛著淡淡藍紫金粉。既薄而軟，不似人間凡物。

「這是鮫綃紗織成的衣物，別說繡羅坊，我敢說，濟陽、大魏僅有這麼一件。這鮫綃紗是從一位海商手裡花重金買來的，其他的料子都做給了王女殿下，剩下最後一點做成了這一件『淚綃』，只因在陽光下，衣裙會發出鮫人眼淚的色澤。客官，這就是咱們店裡的鎮店之寶了。」

肖玨目光掃過夥計手中的衣物，道：「勉強。」

禾晏覺得，整這麼多花裡胡哨的說辭做什麼呢，還不就是件衣服。什麼鮫綃紗，說的跟這世上真有鮫人似的，不過是尋個噱頭，怎生還有人相信。

「多少錢？」林雙鶴問。

小夥計伸出一根手指：「一百金。」

「一百金？」禾晏驚訝，「你怎麼不去搶！」

一件衣服賣一百金，這也太奢侈了！她前生做貴公子、貴夫人的時候都沒這麼奢侈。

夥計笑道：「夫人莫要小看這件衣裳，除了看起來好看之外，它還是件寶貝，可用作防身，刀槍不入水火不浸。一件衣裳一百金是貴了些，可一件寶貝一百金，已經是很便宜的了。」

「沒必要，」赤烏小聲對一邊的飛奴道：「能穿得起這件衣服的貴夫人，難道沒事就上刀山火海嗎？真的沒必要。」

「就這件。」肖玨淡道：「另外挑幾件，第五層的就行，一併帶走。」

「好嘞！」小夥計喜出望外，這麼大方的客人，可不是天天都能遇到的，乾脆趁熱打鐵，繼續道：「客官要不要一道看看咱們繡羅坊裡的珠寶。這件『淚綃』最好搭一根鈿珠牡丹珍珠釵，一對玲瓏白玉墜，鞋子也要同色的，咱們夫人這般百年難遇的美貌，才不算被辜負。」

禾晏：？

肖玨：「你看著挑。」

一邊的顏大小姐都看呆了，禾晏覺得不妥，扯著肖玨的衣服，將他扯得往自己這邊倒，一邊道：「太浪費了！」

肖玨語氣很淡：「鬆手。」

禾晏立馬鬆手。

那小夥計果真如肖玨所說的，去挑了幾件衣裳，又挑了幾件首飾，拿了個小箱子過來給眾人過目，一一盤點完，才將箱子合上，道：「一共兩百金。」

禾晏聽得想昏厥。

肖玨對林雙鶴道：「付錢。」

林雙鶴一驚：「……我？」

「不然我付？管家。」

林雙鶴：「……」

他有苦難言，只得從袖中摸出一張銀票遞過去，勉強笑著道：「好，可以，小的付。」

銀票剛要遞過去的時候，肖玨道：「慢著。」

眾人一頓，禾晏心中一喜，怎麼，突然發現自己驕奢淫逸的過分打算回頭是岸了？

肖玨看向顏大小姐，微微勾唇，慢悠悠道：「忘了問一句，這位是否也看中了同一箱衣物，喜歡的話，喬某願意割愛。」

顏大小姐臉色難看極了，她家雖有錢，卻不是出門會隨時帶著兩百金的，況且家中都有裁縫來專門做衣裳，花兩百金去成衣店買東西，帳目上也難以過得去。這漂亮的過分的男子……分明是在為他夫人出氣！

她咬牙道：「承蒙公子關照，我……不喜歡。」

肖玨點了點頭，令飛奴將箱子收起來，正要走，又看向對方，「好心提醒妳一句。」

眾人一怔。

見那面如美玉的男子眉眼溫和，語氣卻充滿刻薄的嘲諷。

「膚色太黑，繡羅坊的衣物，都不太適合妳。換一家吧。」

一直到樓下時，林雙鶴還捂著肚子笑個不停。

「哈哈哈哈哈哈！懷……少爺，您說話可真太刻薄了，你沒看見剛剛那姑娘的臉，我的天，我若是她，今夜都睡不著覺！人家一顆芳心落在你身上，你拒絕就算了，還要如此諷刺，我的天啊，哈哈哈哈哈哈。」

禾晏也覺得肖玨此舉，未免太幼稚了些，不過更讓她驚訝的不是這個。她三兩步追上肖玨，問：「她剛剛之所以要拿我選的衣服，是因為她膚色黑穿不了這些色？」

她就說，她第一次來濟陽，又和對方無冤無仇，何以來找她的麻煩。後來臨走時聽肖玨這般說，才知道許是夥計當時為她介紹成衣時，一口一個「膚白」，讓顏大小姐不高興了。世上有這樣的人，自己沒有的，看別人擁有，就眼紅生恨。

「妳不是很會騙人嗎？就這點能耐？」肖玨神情恢復漠然，鄙夷道：「看不出來她妒忌妳？」

「我哪知道我還有令人妒忌的地方，」禾晏嘀咕，「尤其是被女子妒忌。」被男子妒忌倒是經常，什麼身手好跑得快酒量稱奇之類的，原來被女子妒忌是這種感覺。這麼一來，便覺得女子間的妒忌可愛的很，不過是打打嘴仗，使點小絆子而已，不像男子，動不動就大打出手。

而且……她問肖玨：「我是不是很白？所以她妒忌了？我很白嗎？」

尋常見她做少年打扮，早已看的習慣了，乍然間見她將長髮散下，雖然還穿著少年衣衫，但眉眼間靈動嬌俏，確實是少女的模樣，雖然看著有點憨傻，但是……

肖玨移開目光：「像塊黑炭。」

禾晏：「……」

這個人，說句好聽的話會死嗎？

身後，剛買來的兩個粉衣丫鬟怯生生地跟著不敢說話，赤烏瞧著前邊禾晏故意逗肖玨的畫面，搓了搓胳膊，忍不住對飛奴開口：「這個禾晏，融入角色未免也太快了些……你看他現在，根本就是把自己當女子。我雞皮疙瘩都起來了，怪不自在的。」

飛奴：「非禮勿視、非禮勿聽。」

待回到客棧，兩個小丫鬟先看了禾晏一眼，其中一個怯怯地道：「夫人，奴婢們先上去為您收拾屋子，您等片刻再上來。」

禾晏：「……好的。」

待兩個小姑娘上了樓，禾晏問：「這就是你們買的丫鬟？年紀也太小了吧！」

這兩個小姑娘看起來至多十二三歲，不知是本就這麼大還是因過分瘦弱顯得稚嫩，長得一模一樣，是一對雙胞胎。

林雙鶴答：「沒辦法，我們少爺生的太美，若找個年歲與妳相仿的，難免起了別的心思，萬一半夜爬了少爺的床怎麼辦？只有找這樣年紀小還不開竅的，安全可靠。」

禾晏一聽，覺得林雙鶴簡直是天才，說的非常有道理，以剛才在繡羅坊那位顏大小姐的反應來看，肖玨這張臉，這副身子，確實足以招蜂引蝶，還是小心為上。

林雙鶴又道：「別看倆丫頭小，花了我不少銀子。我說……」他驀地反應過來，看向肖玨：「你非要帶我到濟陽，其實不是因為需要管家，是需要一個錢袋子吧！」

禾晏「噗嗤」笑出聲來。

林雙鶴還在痛心疾首的怒斥肖玨的行為：「你知道你這樣做很不仁義嗎？你給你夫人買衣服，買丫鬟，住客棧，憑什麼要我花錢？又不是我的！」

肖玨不鹹不淡開口：「你一路跟到濟陽，安全無虞，是因為什麼？」

「……因為有你。」林雙鶴道。廢話，有肖玨在，哪個不長眼的敢攔路搶劫。

禾晏笑不出來了。

肖玨不置可否：「那就行了，保護費。」

林雙鶴：「保、保護費？」

他道：「肖——」

肖珏輕輕「噓」了一聲，看向外頭的箱子，挑眉道：「搬東西去吧，林管家。」

與肖珏比說話，林雙鶴從未贏過，他哼了一聲，從袖中掏出幾個圓圓的東西，一股腦塞到禾晏手中。

禾晏莫名其妙：「這是什麼？」

「給夫人買的胭脂水粉。」林雙鶴對禾晏，態度還是很好的，他道：「我們買完丫鬟來找妳的路上，已經和崔越之的人打過照面了。崔家提前打點好了城門衛，看見喬渙青的通行令就回稟他們，今夜我們可能要住在崔府。思來想去，妳都需要這些。」

禾晏盯著手裡的脂粉盒皺眉，這對她來說，委實有些太難了。

「我搬東西去了。」林雙鶴擺了擺手，湊近禾晏身邊低聲道：「禾妹妹，好好打扮，讓那些不長眼的都看看妳是如何美貌動人。為兄非常看好妳，今夜妳就是濟陽城裡最美的明珠。」

禾晏：「……」真是謝謝他了。

走廊上頭，傳來小丫鬟脆生生的聲音：「夫人、少爺，奴婢們將房間收拾好了，現在可以進來了。」

肖珏道：「走吧。」

禾晏將脂粉揣好，與肖珏一同往樓上走，待走到房間門口，腳步一頓，遲疑地問：「你也進去？」

雖現在是名義上的夫婦，可……這就共處一室了？她還要換衣裳呢，不太好吧。

肖玨以一種看傻子般的眼神看著她，半晌道：「我去林雙鶴房間，妳換好了叫我。」

禾晏：「……好的。」

她進了自己屋，兩個丫鬟退到兩邊，葡萄似的眼睛望著她，小心翼翼地等她吩咐。禾晏受不了小姑娘們這樣的眼神，便坐下來，和氣地問：「妳們叫什麼名字？」

「奴婢翠嬌。」

「奴婢紅俏。」

禾晏點頭，「好名字。翠嬌、紅俏，我現在有些餓了，妳們能不能去樓下的廚房裡幫我做點點心，要剛出爐的，盯著它好，可以嗎？」

小姑娘們忙不迭地點頭，道：「好，夫人，奴婢現在就去。」

翠嬌和紅俏走了，禾晏鬆了口氣，她終是不太習慣旁人服侍，瞧著箱子裡的衣服首飾，又是一陣頭疼，想來想去，罷了，先去洗洗臉，把臉上刻意畫粗的眉毛洗乾淨好了。

如今她與肖玨同行，為了省事，也就沒有刻意把臉塗黑，在涼州衛捂了一個冬日，早已捂的白白的。屋子裡有乾淨的熱水，禾晏洗過臉，拿手帕擦乾淨，在桌前坐下來。

不知道是不是又長了一歲的關係，禾大小姐比起一年前，臉蛋更娟秀了許多，五官也分明了起來，原本只是嬌媚的小美人，如今眉眼間那點俗氣滌去，多了一絲英氣和疏朗，此刻看來，真的有些惹人心動。

看自己男子裝扮看多了，乍一看女子裝扮，有些不習慣，禾晏拿起桌上的木梳，先將長髮梳理柔順，目光落在林雙鶴給她的那一堆脂粉上。

胭脂口脂……要怎麼用？她已經記不大清了，作為禾大奶奶的時候用過幾次，後來就有丫鬟伺候，用不著自己動手。眼下還真不知道從何下手。

她拿起桌上的螺子黛，先從自己手熟的開始吧。

禾晏將腦袋往鏡子前湊了湊，一筆一畫，認認真真的為自己畫起眉來。

才畫好一邊，外頭有人敲門，禾晏一手拿著螺子黛，一手開門，甫一開門，看見的就是肖玨。

他將箱子往禾晏手裡一塞，不耐煩地開口：「妳忘拿衣服了。」

禾晏一拍腦袋，「對！差點忘了。」

這價值兩百金的衣裳都沒拿，她還妝容個什麼勁，禾晏對肖玨道：「謝謝你啊。」

肖玨視線落在她臉上，一怔，不可思議地開口：「妳畫的是什麼？」

禾晏：「眉毛啊！我手藝怎麼樣？」

肖玨嘴角抽了抽。

她慣來做男子打扮，自然將眉毛描的又濃又粗，方才有劍眉星目的少年模樣，如今長髮披散著，臉是女子打扮，自然也要畫女子的眉。而禾晏畫男子與女子之間的區別——就是將劍眉畫成彎眉。

一條彎彎的，又濃又粗的眉毛，彷彿眼睛上方趴著一隻蚯蚓，還是長的很肥的那種。

肖玨看不下去了。

他拽著禾晏的胳膊，拖到水盆前，冷聲道：「洗掉。」

「為什麼？」禾晏仰頭，「我覺得挺好的呀。」

肖玨垂著眼睛看她，微微冷笑：「妳覺得挺好？」

「好吧，」禾晏小聲道：「……也不是太好。」

但那又怎麼樣呢？術業有專攻，她對男子做的事情，得心應手，反對女子做的事情笨手笨腳，也不是一朝一夕養成的。

「那兩個丫頭呢？」

「去廚房幫我弄吃的了。」禾晏三兩下將方才畫的眉洗淨，拿帕子擦乾，一陣洩氣，索性破罐子破摔：「我就只會畫這樣的眉毛，要不……」她攤開手掌，掌心躺著那枚螺子黛，「你來？」

這本是隨口說的玩笑話，沒想到肖玨看了她一眼，竟伸手接了過來。

這下，禾晏是真的悚然了。

靠窗的位子，肖玨走過去，見她不動，「過來。」

禾晏下意識地過去。

他又道：「坐下。」

禾晏在他面前的凳子上坐了下來。不過，心中仍覺匪夷所思，就問：「你真要給我畫？」

肖玨目光掃過她不安的臉，扯了一下嘴角，意味深長地開口：「怕了？」

「怕？」禾晏立馬坐直身子，「我有什麼可怕的？我怕你畫不好，不過是誇下海口而已。」

肖玨嗤道：「多慮。坐好。」

三月的濟陽，暖洋洋的，日光從視窗照進來，偷偷爬上年輕男子的臉。濯如春月的美男子，修長的手指握著眉黛，輕輕拂過她的眉梢。

禾晏有些不安。

她從未想過肖玨竟然會為她畫眉，前世今生，她從未與男子這般親近過。縱然是她的丈夫許之恒，新婚燕爾時，亦不會做這般舉動。男子為女子畫眉，落在旁人眼中，大抵有些紅顏禍水，耽於美色的貶義。但肖玨認真為她畫眉的模樣，竟讓她有瞬間沉迷。

禾晏立刻意識到自己的沉迷，微微後仰一下身子。

肖玨蹙眉：「別動。」

她一怔，對方的手已經扣著她的後腦勺，將她往自己身前拉，一瞬間，距離比方才縮的更短。

也就能將他看的更清楚。

褪去了銳利與冰冷的肖玨，這一剎那，竟顯得格外溫柔。他睫毛濃而密，長長垂下，將黝黑的瞳眸半遮，亦將那點秋水似的涼意掩住，懶懶散散坐著，輪廓秀逸絕倫。薄唇嫣紅，誘的人忍不住一直盯著看。

她想起前生某個下雨的夜裡，若她當時知道是他，若她能夠看得見，接受對方的溫柔善意時，衝著這張臉，是不是也會態度和緩些，不至於那麼凶巴巴？

大概是她的目光太過炙熱，讓人想忽略也忽略不了，肖珏手中動作一頓，目光與她對上。禾晏頓時有一種做壞事被人抓住的心虛。

肖珏微微蹙眉：「妳臉為什麼這麼紅？」

「我？」禾晏一怔，下意識的雙手覆住面頰，果真覺得發燙，一時間尋不出理由，支支吾吾說不出聲。

肖珏盯著她看了一會兒，忽然逼近，「妳該不是……」他揚眉，眸中深意莫測，微笑道：「喜歡……」

「沒有沒有沒有！」不等他後面的話說出來，禾晏立馬否決，還雙手舉起，彷彿發誓般叫道：「真的沒有！您這樣天人風姿，我等凡人豈敢肖想！我絕對不敢對您有非分之想！真的！」

肖珏靠了回去，手裡還拿著螺子黛，見她慌忙反駁，嗤笑一聲，懶道：「我又沒說什麼，這麼激動做什麼。」他挑眉，「做賊心虛啊？」

「我真的沒有！」禾晏急了。

這人怎麼回事，怎麼還揪著這件事不放了？捉弄人有意思嗎？這什麼惡劣的趣味？

門外，兩個丫鬟手裡捧著裝點心的碟子，進也不是，不進也不是。

「到底進不進去？」紅俏小聲問。

「還、還是不了吧。」翠嬌道：「我見過秀才讀詩，夫人和少爺眼下正是濃情時分，不要打擾的好。」

「哦。」紅俏似懂非懂地點點頭。

翠嬌想，那句詩叫什麼來著？好像是，妝罷低聲問夫婿：畫眉深淺入時無？

正是如此。

吵吵鬧鬧的，總算是把眉畫完了。

禾晏一把從他手裡將螺子黛搶過來，道：「好了好了，你可以走了！」

肖玨挑眉：「不照鏡子看看？」

「等下我換好後一起看就行了！」禾晏覺得這人坐在這裡，她的臉就會一直這般燙，還是送出去才好。推推搡搡的把他送出門，一打開門，翠嬌和紅俏站在外頭，將她嚇了一跳。

禾晏問：「妳們怎麼在此？」

翠嬌有些慌亂：「奴婢們拿好了點心過來，見少爺正在為少夫人……畫眉，便不敢進門打擾。」

禾晏：「……」

肖玨倒是絲毫不見半分不自在，只道：「妳慢慢換，我去找林管家。」

兩個丫鬟隨禾晏進了屋，紅俏跟在禾晏身後，羨慕地道：「少爺對少夫人真好。」

禾晏：「啥？」

「還親自為少夫人畫眉呢。」許是現在對禾晏的畏懼稍微小了些，兩個小姑娘膽子大了起來，翠嬌道：「奴婢瞧見那些恩愛的夫婦，也不至於做到如此地步。」

好吧，這對神仙眷侶的假像，如今是歪打正著的坐實了。禾晏笑道：「妳們可會妝容梳頭？」

這對她來說有點難，她不是不會紮女子髮髻，但只會最簡單的那種。怕是配不上「富商夫人」的名頭。

「奴婢會妝容，紅俏手巧，梳的頭髮最好看了。」翠嬌道：「夫人今日想梳什麼樣的頭？妝容是要清淡些還是明豔些？」

禾晏一臉茫然：「我是要赴宴去的，只要在宴席上不至於失禮就行。」她指了指被肖玨送來的箱子，「我今日要穿的衣裳都在裡頭，妳瞧著替我挑一件就好。」

翠嬌走到箱子前，捧起那件「淚綃」，驚訝道：「好漂亮的料子！夫人，這是鮫人穿的衣衫嗎？」

禾晏：「……鮫人都是不穿衣衫的。」怎麼，這衣裳上寫著鮫人兩個字嗎？怎生人人都看得出來，就她看不出來。

禾晏道：「今日我不穿這件，妳替我挑件別的吧。」一百金呢，至少得最重要的場合穿才擔得起價錢。

反正身體髮膚受之父母，人長什麼樣，全靠父母生成什麼樣。再打扮也就如此了。只是……只是她太久沒有做回女子，一向平靜的心裡，竟然有些許忐忑。

希望不要太過丟臉罷。

隔壁屋裡，林雙鶴半靠在榻上喝茶。

肖玨坐在桌前，擦拭晚香琴。林雙鶴看著看著，就想起之前教禾晏彈琴，禾晏蹩腳的琴藝來。

肖玨也是個風雅之人，琴棋書畫樣樣不落，可禾晏一個姑娘家怎麼可以把琴彈出那樣難聽的聲音？要是今夜去崔家，作為「溫玉燕」的禾晏被人請求指教指教，那可就好玩了。

不過……有肖玨在，應當會逢凶化吉。

「你頻頻看我。」肖二公子敏銳的厲害，「有事？」

「沒、沒有。」林雙鶴一展扇子，「你這人怎麼這麼多疑，我只是在想，我禾妹妹換上女裝，是如何嬌俏動人？」

肖玨擦拭琴的動作一頓，緩緩反問：「你眼睛壞了？」

「難道你不這樣認為？」

「並不會。」

林雙鶴不樂意了，「你可以質疑我的醫術，但不能質疑我看姑娘的眼光。我見到禾妹妹第一眼就看出來了，絕對的美人胚子。她在涼州衛裡，自然是打扮的灰頭土臉不能讓人發現身分。不過那五官，倘若扮作女裝，絕了！再說了，你就是嘴硬，你不也挺喜歡她的嗎？」

肖玨微微冷笑：「你哪隻眼睛看見我喜歡她？」

「我兩隻眼睛都看到了。肖懷瑾，你若真討厭她，今日繡羅坊裡，何必做什麼英雄救美。看不下去別人欺負禾妹妹了吧！」林雙鶴又嘆了口氣，道：「不過也不怪你，我覺得禾妹妹這個人，在同女子相處時，總有些少根筋。如此明顯的妒忌都瞧不出來。今夜咱們上崔家做客，你知道這些大戶人家，人多嘴雜，若有人因此發難，你可要好好保護禾妹妹。」

「與我何干？」

「她如今可是你的夫人，喬公子。再說了，一旦崔家有人為難禾妹妹，十有八九都是衝著你搞出來的事端。你那張臉可以侍美行凶，我們禾妹妹就倒楣了。你知道這姑娘在人情世故上沒什麼心計，你就不一樣了，多關照，啊，多關照。」

他又絮絮叨叨的說個沒完。

也不知說了多久，天色都要暗下來了。林雙鶴一壺茶喝光，伸了個懶腰，從榻上坐起身來，望了望窗外：「都這麼久了？我禾妹妹換好了沒有？」

肖玨早已擦好了琴，正靠著桌假寐，聞言睜開眼睛，淡道：「直接去叫人吧。」

時候不早，等下崔越之的人該來了。

「行。」林雙鶴站起身，門外赤烏和飛奴守著，幾人看向禾晏的房間，林雙鶴輕咳一聲，在外頭敲了敲門：「少夫人，少夫人您好了嗎？」

裡頭一陣手忙腳亂的聲音，聽得紅俏急道：「等等！夫人，您忘了插簪子了！」

接著又是翠嬌的提醒：「耳墜！耳墜也沒戴！」

劈里啪啦是什麼東西倒掉的聲音，聽得屋外人一陣無言。

肖玨微微挑眉，赤烏小聲對飛奴道：「你見過男子塗脂抹粉嗎？想想就可怕。」

飛奴：「……慎言。」

一陣雞飛狗跳中，門「吱呀」一聲開了。翠嬌和紅俏擦了擦額上的汗，道：「好了。」

門後的人走了出來。

同一張臉，從少年到少女，竟然判若兩人。

這是個十六七歲的姑娘，身量苗條纖細，青梨色月牙鳳尾羅裙將她的腰束的極細，外罩同色的雲絲小衫，頭髮梳了一個縷鹿髻，斜斜插著一支碧玉玲瓏簪，垂下兩絲碎髮在耳前，襯的那耳朵更是秀氣，點著兩粒白玉墜，顫巍巍的晃動。

她皮膚很白，薄薄的施過一層脂粉，更是細潤如脂，眼睛清亮的過分，總是盈著一點笑意，眉似新月，秀眸生輝，唇色朱纓一點，盈盈動人。

少女體態嬌小，姣麗明媚，但眉眼間一絲淡淡英氣，又將那點嫵媚沖淡了些，實在大方颯爽，撩人心懷。作為婦人，稍顯稚嫩，但作為少女，清新明快又特別，惹得人人都要忍不住多看她幾眼。

門外的人都是一怔，久久不曾說話。

禾晏有些不安，手抵在唇邊輕咳一聲，「那個……是不是不大適合我？我素日裡不怎麼擦這些……」

「好看！」林雙鶴率先鼓掌，「少夫人，您這微施粉澤便是盛顏仙姿，方才一開門，我還在想是哪位仙子下凡來了，您一開口我才聽出來，原來就是您！」

禾晏：「……」

林雙鶴拍馬屁的功夫，和繡羅坊那位賣衣裳的小夥計不相上下，閉著眼睛瞎吹就行了。

也不管聽的人能不能接受。

她看向肖玨，這位兄臺要切實一點，他的話與林雙鶴的話中和一下，大概就是真實的情況了。禾晏便問肖玨：「我怎麼樣？」

肖玨目光清清淡淡地掃過她：「還行。」

禾晏放下心來，道：「崔……大伯家的人到了沒，到了的話我們走吧！」

「已經在樓下候著了。」赤烏道：「行李都已經搬上馬車，在濟陽的日子，少爺與少夫人都住在崔府。」

喬渙青與妻子溫玉燕本就是來認親的，人都到了濟陽，斷沒有住在客棧的道理。

幾人又將屋子裡的東西收拾了一下，跟著一起下了馬車。

樓下兩輛馬車候著，一輛給肖玨與禾晏坐，一輛給管家下人坐。崔越之對這個姪子看上去還不錯，吩咐的非常周到。

禾晏與肖玨上了馬車，相對而坐，肖玨倒沒什麼，禾晏卻覺得有些不自在。她捏了捏衣角，不時又整整頭髮，肖玨忍無可忍，目光落在她身上，開口道：「能不能別亂動？」

「哦。」禾晏應了一聲，沒有再動了，腦子裡卻有點亂。

「緊張？」他問。

「都……少爺，」禾晏湊過去，認真地道：「我問你一個問題。」

「說。」

「我看起來像個女的嗎？等下在崔越之家中不會露陷吧？」

禾晏湊得很近，許是梳洗沐浴過，身上傳來淡淡的、屬於少女馨香。那雙清亮的瞳仁直勾勾地盯著他，臉很小，似乎只有巴掌大，這般疑惑的神情，放在少年打扮身上，許會有一點粗獷，落在這副打扮上，便只剩嬌俏了。

肖玨抬了抬眼，平靜道：「妳是男子扮多了，腦子都壞掉了？」頓了頓，「妳本來就是個女的。」

「我知道我本來就是個女的。」禾晏解釋，「但我在涼州衛裡做男子做習慣了，行為都順手了，若是有什麼不對的地方，都督你一定要提醒我。」

「放心吧，」他扯了一下嘴角：「沒人會把這張臉認成男人。」

禾晏道：「那你之前在涼州不也沒發現我是女子嗎。」

肖玨沒理會她。

過了一會兒，禾晏反應過來，看著他道：「你剛才話裡的意思，是不是說我一點都不像個男人，我看起來特別女子，特別漂亮？」

肖玨冷笑：「女子才不會問這種大言不慚的問題。」

「那我到底是不是女子？」

「不是。」

馬車行了約莫三炷香的功夫，停了下來，崔府的車夫在外道：「喬公子、喬夫人，到了。」

翠嬌和紅俏先下馬車，將禾晏扶下車來。既是做少奶奶，自然人前人後都要人伺候著。

禾晏站在崔府門前打量。

濟陽的宅子，修的和北地的朔京不同，朔京宅院多用朱色漆門，顯得大氣莊重。濟陽因靠水的原因，宅院多是黑白色，素雅靈動，門前雕著水神圖，頗有異族生趣。

這裡的下人亦是穿著紗衣，涼爽輕薄，一位頭髮花白，穿著渚色長袍的老僕迎了上來，笑道：「這位就是喬公子了吧，這應當是喬夫人了。老奴是崔府的管家鐘福，今日大人進王府了，王女留宴，恐怕深夜才回。老奴奉大人之命，先將公子夫人安頓下來，公子夫人今夜就先好好休息，等明日大人設宴，好好款待諸位。」

竟然不在？禾晏有些驚訝，隨即鬆了口氣，不在也好，先將這崔府摸熟門路，日後才好兵來將擋水來土掩。而且她眼下還不習慣與肖玨以「夫妻」相處，多一夜時間習慣習慣也是好事。

當即便笑道：「可以。」

老管家鬆了口氣，之前崔越之要將這姪子迎回來時，還特意去打聽了一下喬渙青與溫玉燕的脾性習慣，畢竟多年未見。只記得喬渙青是個縱情享樂的公子哥，而新娶的夫人更是驕縱跋扈，今日一看，卻覺得傳言不實。

「老奴先帶公子夫人去房間。」鐘福的目光落在林雙鶴身上：「這位公子……」他以為是喬渙青的友人或是兄弟，尋思著給他安排什麼房間才好。

林雙鶴微微一笑：「巧了，你我是同行，鄙姓林，是喬公子的管家。」

鐘福：「……」

「不必洩氣，」林雙鶴寬慰道：「中原雖人傑地靈，但我屬於長得特別不錯的那種，並非所有人家的管家都能生的如我一般相貌。」

鐘福尷尬一笑。

房間統共兩間，挨著不遠，一間林雙鶴、赤烏、飛奴住，一間禾晏、肖玨、兩個丫鬟住。兩間房在一個院子裡，每個房間都很大，分裡屋和外屋，丫鬟們睡外屋屏風後的側榻上，裡屋有書房、茶室和臥房。

禾晏在涼州衛住了許久，但即便是肖玨，在涼州衛的房子，也比這裡差遠了。到底是崔中騎的家中，排場果真不小。

鐘福讓下人帶林雙鶴他們去隔壁屋，自己帶肖玨來主屋，恭聲問道：「公子覺得屋子可還行？」

肖玨抬了抬眼：「還行。」

這叫還行呢，禾晏心道，肖玨這個富家公子的做派真是拿捏得十成十，不過也許不是裝的，畢竟肖二公子當年是真的講究，見過了好東西，再看這些，自然平平無奇。

鐘福心中難掩驚訝，自家大人有心希望這個姪子能歸鄉，日後留在濟陽，但又知道喬渙青如今家中有萬貫家財，生怕看不上濟陽。便將這屋子提前半月修繕，又搬了不少珍寶古董進去，為的就是讓喬渙青眼前一亮，覺得崔家不比喬家差。

不過眼下看來，公子似乎沒把這點兒東西看在眼裡？

他不死心的繼續道：「香爐裡有龍涎香，公子若是喜歡……」

「你先下去吧」肖玨淡道：「做點飯菜送來，我夫人可能餓了，需梳洗用飯，有什麼再叫你。」

禾晏被這一句「夫人」震得不輕，但聽他這麼一說，倒真覺得腹中饑腸轆轆，畢竟今日沒怎麼吃東西。

鐘福見狀，忙應聲退了下去，心中默默記下，喬公子傲氣講究，不易討好，不過對夫人卻極為體貼，若是想要他們留下，可從夫人處下手。

鐘福離開了，禾晏讓翠嬌和紅俏去打點水來，她今日在客棧換衣裳的時候就沐浴過，肖玨還沒有。

「少爺，您先去沐浴，等飯菜上了咱們再一起用飯。」禾晏趴在榻上，揉了揉肩道：「坐了一天馬車，累死我了。」

肖玨見她這模樣，嘴角抽了抽：「喬夫人，坐有坐相。」

禾晏立馬坐直身子。

他去裡屋茶室的屏風後沐浴了。

翠嬌和紅俏被趕了出來，兩個小姑娘不知所措地看著禾晏：「少爺不讓我們伺候。」

肖玨與禾晏一樣，沐浴更衣什麼的，是真的不喜旁人在側，禾晏便揮了揮手，道：「無事，他是害羞，我去就是了。妳們也餓了吧，飛奴他們就在隔壁，妳去找他們用飯，等吃完飯就去外屋榻上休息一會兒。」

「可是……」紅俏猶猶豫豫地開口：「夫人不需我們伺候麼？」

禾晏擺了擺手：「不需要，我們夫妻之間喜歡為對方做事，妳們去玩吧。」

畢竟還是兩個小姑娘，聽禾晏如此說，都高興起來，紅著臉對禾晏道了一聲謝，便樂呵呵地去找飛奴他們了。屋子裡瞬間只剩下兩個人。

禾晏從榻上起來，在裡屋裡四處走動看看。方才只看了外屋，裡屋匆匆一掃，如今細細看來，才發現這裡頭布置的鑾講究。

櫃子上擺著紅鶯歌，花枝芬芳，桌前文房四寶都備著，小几前還有棋盤，架上堆著遊記話本，靠窗口的樹下有一泓小池，裡頭幾尾彩色魚悠然游動。此刻夕陽落山，從窗戶往外看，倒真的是清雅無邊。濟陽民風熱烈奔放，裝飾布置亦是如此，這般修繕，定然是特意為了喬渙青而做。

禾晏心中有些感嘆，崔越之對這個姪子真的一腔真心，可惜的是真正的喬渙青卻是個膽小鬼，並沒有特別想見這位大伯。

她將窗戶掩上，回頭將油燈裡的燈點上了。燈座做成了鴛鴦戲水的形狀，小桌前還有一個美人燈籠，照的屋子影影綽綽的亮。

聽聞喬渙青與溫玉燕成親不到三個月，算是新婚燕爾，崔越之有心，連床榻都令人精心布置，紅紗帳暖，絲綢的紅被褥上，繡著百子千孫圖。連蠟燭都是紅色，一邊的果盤裡放著桂圓乾果。

禾晏瞧著瞧著，便覺得這臥房裡，布置的實在很像是新房。倘若她此刻去找面紅蓋頭蓋在腦袋上，再尋幾個湊熱鬧的人來叫嚷幾句，根本就是成親當日無疑。

她與肖玨今夜就要睡這樣的地方？原本還沒想到這一層，此刻再想到，便覺得渾身不自在起來。

燈火慢慢爬上牆壁，禾晏瞧見，床頭的壁上，似乎有什麼圖案。這裡靠水，壁畫常常是濟陽百姓祭水神的畫面，怪熱鬧有趣的，禾晏也以為畫的是如此，便蹬掉鞋子，拿起那盞美人燈籠爬到床頭，打著燈籠細細地看起來。

肖玨沐浴過後，穿上裡衣，披上中衣，走了出來，方一走出，看見的就是禾晏舉著燈籠，仔細地看著牆壁上的……壁畫？活像是研究藏寶圖，一臉認真嚴肅。

他頓了片刻，盯著她看了一會兒，見禾晏毫無反應，看的入神，並未察覺到他的到來，默了一下，就走過去，走到禾晏身邊，彎腰順著她的目光看過去。

禾晏正看的出神，冷不防聽見身後傳來一個平靜的聲音：「在看什麼？」

「咳咳咳——」她嚇了一跳，差點被自己的口水嗆死，與此同時，肖玨也看清楚了牆壁上畫的是什麼。

坦誠相待的小人兒……各種奇奇怪怪的姿勢。

他臉色「唰」的一下冷下來，怒道：「禾……玉燕！」

「在在在！」禾晏嚇得一抖。

「妳在看什麼！」

這本是質問的話，禾晏卻聽成了疑問，還以為肖玨不知道這是什麼，諾諾地回答：

「春、春圖，你沒看過嗎？」

肖珏臉色難看，幾欲冒火：「我不是在問妳！」

禾晏重生以來，與肖珏相處了這麼久，不是沒見過他生氣的時候，但他生氣的時候，也是冷冷淡淡的，如今日這般直接外放，還是頭一次。

但他為什麼這麼生氣？是因為看的時候沒叫他嗎？

「我……你在裡面洗澡，我也是偶然看到的，你想先看，就先看吧……別生氣……這畫的也沒什麼好看的……筆調太濃，人物過醜，你若是喜歡，比這線條精美的多的很……」禾晏瑟瑟回答，「我替你尋來就是。」

肖珏被她氣的幾欲吐血，冷笑道：「是嗎？妳看過很多？」

「也、也沒有很多吧。」禾晏道：「可能……比你多？」

前生做「禾如非」時，帳中不少兄弟偷偷藏了這種寶圖，到了夜裡無聊的時候，便拿出來與大家共賞，禾晏曾被迫觀賞了很多。早已從一開始的羞憤，到後來的麻木，到最後可面不改色的與人點評，也不過數載而已。

這種不堪入耳的話，她還挺得意？果真是不知死活，肖珏心內冷笑，猛地將她摜在牆上，一手撐在她身側，男子的身子覆上來，帶著熟悉的月麟香氣。

他目光銳利如電，偏在眼尾眉梢帶了一點若有似無的輕佻，嗓音沙啞又低沉，黝黑瞳眸直勾勾地盯著她，淡聲道：「那妳想不想試試？」

第四十九章　家宴

「那妳想不想試試？」

距離近的有些過分了。

禾晏先是一驚，隨即懵然，待撞進那泓秋水裡，便覺得臉頰迅速發燙，有心想要撤退，偏被人禁錮著雙肩，動彈不得，只得在他懷裡仰著頭，結結巴巴地拒絕：「……試什麼？」

「看了這麼多，不想試試嗎？」他挑眉，俯首逼近，目光落在她唇上，驚得禾晏心跳如擂鼓。

男子的五官比起少年時的明麗俊秀，更精緻英氣了，帶著冷酷的放縱。這種人，平日裡清清淡淡的時候如高嶺之花，當他懶洋洋地勾唇，目光變得滾燙時，就覺得撩人心動，無可抵擋。

禾晏道：「不想。」

「哦？」他彎唇輕笑，語氣越發危險，「不試試怎麼知道畫的如何。」

「這個……也不一定要試試，」禾晏笨拙地解釋，「其實你看的多了就明白，就是一回事。無非是細節的不同……且有些也不適合尋常人，都是畫著來尋噱頭找樂子的，真的沒必要試，閱讀就可。」

肖玨：「找樂子？」

禾晏：「……有些人可能求知若渴罷。」

肖玨眉眼一冷，笑的更玩味了，他淡道：「這麼有經驗，那就一定要試試了。」他越逼越近，逼得禾晏已經退到了床頭，再無可退的地方，他微微側頭，靠過來。薄唇眼看著就要落在禾晏的唇角。

禾晏慘叫一聲：「夫君！」

這聲「夫君」喊得太大聲，將肖玨震了一震，片刻後，他停下來，距離禾晏只有一點點距離，揚眉：「幹什麼？」

「我還是個未出嫁的姑娘，」禾晏小聲討饒，「日後還要嫁人，我們這樣，不好。」

「有什麼不好，」肖玨平靜道：「反正妳我都已經一起看過圖了。」

「看圖是一回事，實際上又是另一回事。」禾晏央求道：「都督饒了我這一回，我以後再也不敢叫都督一起看圖了。」

她想，肖玨這人的心思真是難以捉摸，不過是看個圖，他就要假戲真做？日後誰還敢跟他一起看圖？要出事的。

肖玨似笑非笑地看著她：「現在知道怕了？」

「怕了怕了，」禾晏很乖覺：「我保證日後再也不找都督看圖。」

「妳的意思是，」他不緊不慢道：「還會找別人？」

「別人我也不找了！」禾晏馬上道：「我自己也不看，真的！」

她葡萄似的瞳仁盯著他，清清亮亮，小心的彷彿被先生抓包的學子，肖玨忽然覺得有些費解，覺得自己這舉動很匪夷所思。禾晏愛看什麼看什麼，與他有何干係？難道因為她叫了自己一聲爹，就跟養女兒般事無鉅細都要操心？

不過話說回來，她爹究竟是如何養閨女的，竟然能養出這般不知羞赧為何物的奇葩。

他驀地鬆開按著禾晏的手，掃了牆上的畫一眼，難為崔越之這般處心積慮為姪兒連夜裡的趣事都想到了，不過實在用不上。便隨手扯過小几上鋪著的緞布，覆住牆上的畫，又「嗖嗖」兩根銀針沒入牆，將緞布釘的牢牢實實。

至此，禾晏終於明白過來，原來肖玨是討厭看見這圖，想想也是了，肖二公子冰清玉潔眼高於頂，這等汙穢之圖想必會髒了他的眼睛。

還真是講究。

他做好這一切後，就起身走到屋裡的一邊，從黃木矮櫃裡找出一床褥子，鋪在窗前的軟榻上。

軟榻是為了方便客人坐在窗前欣賞窗外美景，吃點心喝茶時坐著的。禾晏見狀，愣了一下，問他：「都督，你今晚睡在這邊嗎？」

「不然？」

禾晏躊躇了一下：「其實，你可以上榻來一起睡的。」

肖玨整理床褥的動作一頓，看向她，冷漠地開口：「我看妳膽子很大。」

「不是，我知道你顧忌什麼，」禾晏道：「我們只要用兩床褥子就可以了。我之前在涼州的時候，住大通鋪，十幾個人睡一張床也沒什麼。況且我相信都督的人品，不會玷汙我的清譽。」

肖珏微微冷笑，「可我不相信妳的人品，我怕妳玷汙我的清譽。」

禾晏：「……」

這話她沒法接。

她見肖珏將床褥整理後，就躺了下去，想了想，便吹滅了燈，跟著躺了下來。

屋子裡只有窗外的一點月色透過縫隙照在桌前的地上，染上一層銀霜。

少時在賢昌館的時候，兩人一屋，隔得還挺遠，禾晏因為禾元亮跟師保特意打過招呼，是獨自睡在一屋的。

如今和肖珏共處一室，便又有了些當年的影子。

她平平躺著，身下的褥子柔軟又溫暖，禾晏道：「你睡了嗎？」

肖珏沒回答。

禾晏便自顧自的繼續道：「應該還沒睡，都……少爺，我們來說說話吧。」

肖珏仍沒搭理她。

「我們來濟陽，到底是幹嘛的？」

她只知道來濟陽是陪肖珏辦事，但具體是做什麼還不知道。

黑夜裡，傳來肖珏的聲音：「找人。」

禾晏愣了一下，倒是沒想到肖珏會回答，就問：「找誰啊？」

「柴安喜。」

「柴安喜是誰？」

屋子裡沉默了一會兒，聽得肖珏道：「我父親的手下。」

肖仲武的手下？禾晏怔住，當年鳴水一戰，肖仲武及其親信皆戰死，既說是手下，聽肖珏這語氣，當是十分信任的人。這人莫非還活著，還在濟陽？

濟陽可是藩王地界，中原人來得極少，縱是有，也只是路過，待不了多長時間。柴安喜在濟陽，看上去反而像是在躲什麼人。難不成就是在躲肖珏，可他為何要躲肖珏，肖珏是肖仲武兒子，他應當效忠才是。

或許將領的心思在這方面總是格外敏感，禾晏立刻就想到，莫非當年肖仲武的戰敗身死有問題？

畢竟鳴水一戰中，肖仲武的戰敗來得太過慘烈。世人都說他是剛愎自用，貽誤戰機，可觀肖仲武過往戰績，並不是個剛愎自用的人。

也許……肖珏來此，就是為了當年之事。知情人都已經不在了，這個柴安喜卻還活著，的確可疑。

禾晏想了想，道：「一定能找到這個人的。」

夜色裡，似乎聽見他輕笑一聲，他問：「妳為什麼來濟陽？」

「我？」禾晏莫名，「不是你讓我來的嘛。」

肖珏哼道：「縱然我不讓妳來，妳也會想辦法跟上來，不是嗎？」

禾晏心中一跳，這人的感覺未免太敏銳了一些，她的確是醉翁之意不在酒，還希望能在濟陽尋到柳不忘。

但這話她才不會對肖玨說。

「你太多疑了，」禾晏胡謅道：「我這回，是純粹因你而來。只要你需要我，就算上刀山下火海，我也在所不辭。」

那頭靜默了片刻，道：「諂媚。」

禾晏：「除了諂媚你還會說什麼？」

「大言欺人。」

「還有呢？」

「口墜天花。」

「還有呢？」

「瞞天昧地。」

禾晏：「……」

她道：「少爺，你知不知道你現在真的很幼稚？」

肖玨：「睡覺。」

不再理會她了。

春夜尚有寒意，不知為何，大約今夜有人在身邊，禾晏竟不覺得冷，愉快地鑽進被窩，床褥暖暖的，不過頃刻，便睡著了。

第二日，禾晏醒來的時候，肖玨已經不在屋裡。

她愣了一下，估摸著這會兒天才亮了不久，肖玨竟起得比她還早？禾晏站起身，匆匆梳洗了一把，披了件外裳，一眼看到肖玨在院子裡的石凳上坐著，面前石桌上趴著一隻髒兮兮的野貓，正小口小口地吃他手裡的東西。

禾晏走近了一點，就見他不知從哪裡來的一盤糕點，正捏成小塊小塊餵面前的野貓。野貓見有人來，渾身毛都炸起來，不知在哪個水塘裡滾過，毛沾了髒水，凝成一塊一塊的。

「這怎麼有隻貓，」禾晏問，想要去摸摸，那貓立刻呲牙，禾晏縮回手，道：「還挺凶。」

肖玨看了她一眼：「撿的。」

青年指尖修長，極有耐心，將糕餅一點點掰碎，那貓大概也是個看臉的，待肖玨溫柔的不得了，一邊吃一邊「咪咪」的輕聲叫喚著。

別說，看著還挺美。

禾晏忍不住問：「少爺，您不是最愛潔嗎？」豁，和她在一起的時候百般嫌棄，扯個袖子都要撣一撣灰塵，怎麼，對著髒兮兮的野貓就大方了起來。

「也要分情況。」肖玨不緊不慢道。

禾晏心想，什麼叫分情況？意思是她還不如一隻貓嗎？

正想著，肖玨已經餵完了最後一塊，拍了拍貓的頭，那貓也聰明，弓起身子，跳上牆，一溜煙消失了。

禾晏看得發愣。

這時，翠嬌的聲音在外響起：「少爺、少夫人，小廚房的早飯送過來了。」

禾晏覺出餓來：「走吧，吃點東西去。」

肖玨淨了手，跟著禾晏走到屋裡去，正看著林雙鶴將銀針從飯菜裡送出來，道：「吃吧，試過了，沒毒。」說罷，又小聲憤慨，「這人與人的差別也太大了，憑什麼我們就吃的沒這樣豐富。」

他如今是「林管家」，不能和肖玨禾晏一起用飯，得跟著赤烏、飛奴一起吃。連嘗一口都不行，省的被人看出端倪。

肖玨：「滾。」

林雙鶴滾走了。

紅俏站在禾晏身後，禾晏揮了揮手：「妳們也去跟赤烏他們一道用飯吧，我和少爺不喜人伺候，布菜一類，我來就好了。」

翠嬌和紅俏一愣，又看了看肖玨，見肖玨沒說話，翠嬌便道：「奴婢知道了。」拉著紅俏一起走了。

走到門外，紅俏遲疑地問：「翠嬌，咱們就這麼走了，是不是不大好？少夫人和少爺怎麼平日裡都不要咱們伺候啊，是不是對咱們不滿意？」

「倒也不是，」翠嬌人機靈，只道：「許是京城來的和咱們濟陽不同，何況聽聞少夫人和少爺新婚不久，大約伺候少爺的事想親自動手吧，這叫……這叫情趣。」

此時，所謂正在「親自伺候」少爺用飯的少夫人正拿著一個梅花包子吃的津津有味。

上一次吃的這般好，還是在裝外甥陪肖玨去涼州城的時候。可那時候的食物，也僅僅只是客棧裡的招牌。這次不一樣了，崔越之在濟陽本就地位不低，又是許久未見的姪子，招待的格外用心。大早上的，瞧這桌上擺的，什錦火燒、西施乳、野雞片湯、魚肚煨火腿、燕窩雞絲湯……

「早上吃的也太油膩了些吧。」禾晏一邊說，一邊啃了一口八寶野鴨。

肖玨忍了忍，終是忍不住，道：「我是沒給妳吃飽飯？」

禾晏嘴裡鼓鼓囊囊的：「啊？」

他嫌惡地移開目光：「妳至於吃的像餓死鬼投胎。」

「可是你不覺得很好吃嗎！」禾晏拼命將嘴裡的食物咽下去。

肖玨嘲道：「妳就這點眼光？」

「你是公子、都督，養尊處優的，當然見過世面，覺得沒所謂了。我們小兵，平日裡能吃飽就不錯了，更不用說吃好。」禾晏嘟囔，「你是飽漢不知餓漢饑。」

他噎了一噎，放棄與禾晏講理，懶道：「隨妳。」

禾晏邊吃邊看肖玨，心中驚嘆於他優雅的吃相。按理說他們這種長年累月待在軍營中的，不管之前是少爺也好公子也罷，到最後，就不在意這些講究了。禾晏做「禾大公子」時，也不是沒有注意過儀態，可真打起仗來，三兩口塞完一個餅接著起來幹活，誰還顧得上姿態。

禾晏不相信肖玨沒有這樣過，只是在經過那樣的狼狽後，居然又能毫無縫隙的回到從前的肖二公子，這真不是一般人能做得到的。至少她早就忘了如何當一個「公子」了。

等用過飯，翠嬌和紅俏過來給禾晏梳妝打扮，今日中午崔越之將要在府中設宴，一同邀請的，還有濟陽城裡叫的出名字的貴人，為的就是給肖玨長臉。是以不能馬虎。

肖玨出去找林雙鶴了，禾晏坐在梳妝鏡前，紅俏從箱子裡拿出那件「鮫綃紗」，問禾晏：「夫人，今日就穿這件吧？」

禾晏思忖了一下，今日來的人多，穩妥些，穿最貴的這件準沒錯，就點頭道：「好。」

兩個丫頭便忙碌了起來。

禾晏平日裡，是最不耐煩做這些事的，有時候甚至覺得，做女子這些精細活，比男子還要累得多。光是梳頭上妝，選首飾鞋子，連頭髮絲都要掖的可愛，實在不是一件容易的事。梳著梳著，就睡著了。

禾晏是被紅俏叫醒的，紅俏道：「夫人？」

禾晏睜開眼，迷迷糊糊地問：「好了？」

「好了。」翠嬌在一邊笑道，眼裡是驚嘆，「夫人，您真好看。」

禾晏：「多謝。」

她抬眼看向鏡中的自己，一瞬間愣了一下。先前的女裝，偏於清雅素淨，而這一身「鮫綃紗」，則算得上嬌媚華麗了，翠嬌和紅俏今日下了功夫，連妝容都不肯出錯，禾晏望著鏡中陌生的自己，微微失神。

這下子，連真正的禾大小姐也不像了。

翠嬌笑著去推門，道：「少爺在隔壁，奴婢這就叫少爺過來看看。」

禾晏：「不……」

「必」字還沒說完，翠嬌就歡天喜地的出去了。

禾晏站起身，突然間有些躊躇。她尚在想該用怎樣的態度面對肖玨才會比較自然，就聽見身後有人漫不經心的聲音傳來：「好了？」

禾晏回頭望去。

少女不知道在想什麼，清亮的瞳仁裡帶著點困惑，便將神情襯得朦朧了些。她本就生的秀美嬌俏，原先眉眼間的英氣被脂粉刻意掩過，就顯得純粹的動人。臉蛋俏生生，烏髮簡單的束起，乖巧地垂在肩頭。她的身子看起來單薄嬌小，被淡白色綾繡裙勾勒的更加窈窕，裙子藏著極淺的暗花，陽光透過來，如人魚鱗片，泛著淡淡藍紫金粉。襯的她整個人籠在一層瑰麗的色彩中，彷彿剛爬上岸邊的，初至紅塵的傳說中的鮫人。

肖玨目光微頓。

身後傳來林雙鶴的聲音：「我倒要看看價值一百金的衣裳穿出來是什麼樣，給我看看，給我看看！」

他的吵鬧在落到禾晏身上時頓時消失，目光中只剩驚豔。

緊接而來的赤烏和飛奴也看見了，飛奴還好，赤烏似受了巨大打擊，這人……女裝竟然可以到達如此姿色？

完全看不出來是男子，太可怕了！

禾晏被他們一行人看得手足無措，覺得自己彷彿成了擺在臺上的猴子任人觀賞，揪著衣角，可憐兮兮地道：「……是不是……有點過了？」

不就是參加一個宴會嗎？至於如此梳妝打扮？未免太隆重？

她不做這表情還好，一做這動作，眉間似蹙非蹙，頓生楚楚可憐之態，肖玨難以言喻道：「……不要用這種表情說話。」

「不過不過！」林雙鶴激動起來，「太好了，剛剛好！這一百金的衣裳就是一百金的衣裳，果真不同凡響，這錢花的值！」

翠嬌高興起來：「是吧夫人？奴婢就說了，真的很好看！」

禾晏做男子時，常被人誇讚「威武勇猛，俊氣無邊」，倒不曾嘗試過做女子被人誇容貌，有些害羞，一時間不知道該如何回應，便拱手抱拳朗聲道：「不敢當不敢當。」

肖玨：「……」

林雙鶴：「……」

其餘人：「……」

林雙鶴道：「……好看是好看，就是夫人，有時候也不必過於豪爽。」

肖玨冷笑：「妳還是用剛才的表情說話吧，否則我可能會忘記，妳原來是個女的。」

禾晏：「……」

好吧，一時忘形了。

到了中午，崔府上下，開始熱鬧起來。

崔府門口不斷有馬車停下，夫人小姐公子老爺的，紛紛進了門。

濟陽是藩王屬地，如今的王女穆紅錦，與崔越之一同長大，崔越之是穆紅錦心腹，亦是濟陽的大中騎，誰都要給他個面子，聽聞崔越之找到了失散多年的姪子，特意為姪子歸來設宴，眾人都想要瞧一瞧。

崔府極大，臨著府後有一片湖，濟陽多水，水色溫柔，湖中有長長一處湖心亭，今日設宴，就在湖心亭中。

長亭裡，早早有下人備好長几矮桌，桌上盛宴亦是豐富，已經有些貴客入席。崔越之這個做主人的還未從王府裡出來，他又沒有娶妻，只有四房小妾，因此幫忙招呼客人的，只有那位老管家鐘福。

靠亭中右側的一位婦人身邊，坐著一名粉衣少女，這少女生的嬌美可人，膚色稍黑，便多塗抹了些脂粉，反倒少了幾分野蠻的風情，多了一點沉鬱的老氣。她眉間隱有不耐，只問道：「都這個時辰了，那個喬公子和他夫人怎麼還未到？」

「急什麼，」身側的婦人，大約是她母親笑著安慰，「這不還未開宴麼？再者崔大人還未至，喬公子又怎可先露面？敏兒可是餓了？」

顏敏兒——也就是那位粉衣少女，蹙眉道：「不餓。我們等崔中騎，自是理所當然。可我聽說，崔中騎的姪子，流落出濟陽城外後，被商人收養，如今不過是一介商賈。一介商賈，滿身銅臭味的人，怎配得上我們這般苦等？還真當自己是個人物了不成？」

畢竟喬渙青是個商人這件事，濟陽裡的貴人家裡都知道。雖然今日來赴宴，是看崔越之的面子，對於喬渙青，私下裡都是看不上的。只是不會如顏敏兒這般直接說出來而已。

「噓——」顏夫人忙捂住她的嘴：「別胡說。再如何，他也是崔大人的姪子，我看平日裡太過於嬌慣妳，才讓妳這般無法無天。妳沒見著今日崔大人設宴，就是為了迎接這位喬公子。妳說喬公子不好，崔大人心中豈會痛快？」

「那又如何，」顏敏兒不屑道：「崔大人和我爹是友人，又不會怪責於我。」

「妳啊。」顏夫人有心想要阻止愛女的口無遮攔，又捨不得真正斥責她。

顏敏兒美目一轉，想了想，不以為然道：「我看，說不準是沒見過什麼大場面，此刻正躲在什麼地方不敢出來，等著崔中騎來幫忙引路呢。」

顏敏兒和顏夫人的談話被一邊一名綠衣女子聽到了，這女子年紀比顏敏兒更小一點，更加秀美纖細，她問：「聽聞喬公子的夫人是湖州有名的才女，不知生的好不好看？」

顏敏兒笑了一下，意味不明道：「縱是有名的才女，也比不上咱們濟陽的阿繡啊。」

凌繡是王府典簿廳凌典儀的愛女，五歲能作詩，七歲就名滿濟陽了，琴棋書畫樣樣精通，生的柔弱美麗，這在女子多是美豔潑辣的濟陽城裡，實在是一枝獨秀。乍聞又從湖州來了一名才女，便生攀比之心。

另一邊一名少女聞言，捂嘴嗤笑道：「阿繡何必與商賈之妻相比，沒得自降身分。說不準什麼才女之名都是騙人的，不過是給自己身上添層金衣。」

凌繡也笑：「若是喬公子真的在濟陽留下來，日後便不是商賈了。」

「商賈就是商賈，銅臭味兒浸在骨子裡，不是換件衣裳就能遮得上的。」顏敏兒語氣輕蔑，「終究是難登大雅之堂。」

少女們笑作一團，這時候，有人道：「崔中騎到了！」

眾人抬眼望去，見自湖邊長亭盡處，走來一名中年男子，這男子生的圓敦敦的，身寬體旁，樣子有些憨厚，笑容亦是和氣，彷彿彌勒佛，穿著件黑色武服，精神奕奕，行至亭口，便將手中的長槍遞給手下，笑道：「諸位都到了。」

眾人忙起身給崔越之還禮。

崔越之在濟陽，可謂是一人之下萬人之上，是以王府內外，都要賣他這個面子。崔越之回頭問鐘福：「渙青他們到了嗎？」

「已經派人去請了。」鐘福笑道：「應當很快就到。」

昨日崔越之在王府裡與王女議事，不慎多喝了幾杯，就留在王府。今日一早接著和那群老頑固吵架，到現在都還沒見著這個姪子。他摸了摸下巴，道：「也不知道我那姪兒生的如何？像不像大哥？與我有幾分相似？」

鐘福欲言又止，老實說，那位喬公子，全身上下，除了性別，真是沒有一點和崔家人相似的地方。

「那孩子聽說是在商賈之家養大，」崔越之又有些擔心，「雖我倒不介意這些，可城裡這些貴族最是看重身分，只盼著他們不要妄自菲薄才好。」

鐘福還要說話，長亭盡頭，崔家下人過來，道：「喬公子、喬夫人到了——」

眾人下意識抬眼看去。

但見長亭盡頭，湖水邊上，並肩行來二人。一男一女，都極年輕，男子個子很高，長身挺拔如玉，身著暗青繡黑金蟒錦袍，十分優雅，青絲以青玉簪束起，眉眼精緻明麗，風華月貌，只是顯得稍稍冷漠了些。站在他身邊的女子，則是笑意盈盈，明媚可愛，穿的衣裳不知是用什麼料子製成，先看著不過是普通的素白，隨著她走動，泛出藍紫金粉色，如夢似幻，十分動人。

他二人容貌風度都生的極出色，又異樣的相合，站在一起，只覺得說不出的登對。一時間，竟讓亭中眾人看得呆住。

這是出身商賈的、滿身銅臭味的商人？

商人能有如此非凡風姿？

崔越之也愣住了，這是他大哥的兒子？

他大哥容貌生的與他七分相似，別說俊美，單是苗條二字都難以達到，這……未免也太好看了一些。

顏敏兒怔住，忽然間，臉色變得極為難看。她認得這二人，這女子，是當日在繡羅坊裡，讓她丟臉吃虧的那個人，這男子……便是嗤笑她膚色太黑的那個人。她後來回府後，總是咽不下這口氣，未曾料到，這二人就是崔越之找回來的那個姪子和姪媳婦。

她氣得幾欲吐血。

一邊的凌繡目光落在肖珏身上，看得有些癡了，喃喃道：「世上竟有這樣好看的男子……」

濟陽與朔京不同，女子美豔潑辣，男子陽剛勇武，大約物以稀為貴，正如凌繡這樣的才女在濟陽頗受追捧一般，如肖玨這般長相俊美，貴氣優雅的男子，實在是鳳毛麟角。當即席上所有未出閣的女眷，便如狼盯肉一般地盯著他。

禾晏也察覺到這些虎視眈眈的目光，心中暗暗唾罵一聲，肖玨這張臉，真是到哪裡都招蜂引蝶。

他們二人身後，林雙鶴也跟著，起先眾人還以為他是肖玨的親戚或友人，待後來知道他是管家後，亦是震驚一刻。

大約沒料到在湖州，當管家的條件竟這般苛刻。

崔越之安排肖玨與禾晏入席，就坐在他長几正席的右側下方。

「渙青，」崔越之笑咪咪地看著他，「我真的沒想到，你竟然能長得這麼好看。」

實在很給崔家長臉，這濟陽城裡，沒一個比眼前青年更出挑的，崔越之早年間便被人背後嘲笑「圓球」，粗鄙肥胖，喬渙青還沒回來時，就聽見濟陽城裡風言風語，等著看多一個「小肥球」，誰知道……實在是太長臉了！

崔家一雪前恥，好啊！

肖玨平靜頷首。

崔越之目光又落在禾晏身上，笑道：「姪媳婦瞧著年幼，今年多大了？」

禾晏道：「快十七了。」

「十七好啊。」崔越之越看禾晏越滿意，漂亮啊，這姪子與姪媳婦都生的好看，日後想來生的孩子更好看，崔家這血脈，定然一代比一代強。思及此，十分感懷欣慰，甚至想去祠堂給大哥上兩炷香，果真是老天保佑。

「今日這湖心宴，就是特意為你們二人接風洗塵。」崔越之笑著道：「覺得還好？」

肖玨道：「很好，多謝伯父。」

這一聲「伯父」，立刻取悅了崔越之，他臉都要笑爛了，只對著眾人道：「諸位可看見了，這就是我那死去大哥的獨苗，我崔某的姪子！」

客人們立刻舉杯，嘴裡恭維著什麼「品貌非凡」、「雅人深致」之類，又恭喜崔越之一家團聚，之類云云。

崔越之越發高興，令下人布菜，宴席開始。

濟陽沒有男女不同桌的習慣，長几是按家來分坐。崔越之又細細問了肖玨許多這些年有關的事，說著說著，就說到了禾晏身上。

「我聽聞姪子與姪媳婦才成親不久？」

「去年十月於湖州成親。」肖玨淡道：「不及半年。」

崔越之「哦」了一聲，有些遺憾地道：「可惜我沒有親眼看到。」他拍了拍肖玨的肩：「若能親眼看到你成親，那我也死而無憾了。」

「姪媳婦家中又是做什麼的？」崔越之問，「湖州離濟陽太遠，許多事情不好打聽。」

禾晏便依照之前交代的那般答道：「玉燕只是普通人家，承蒙公子看重。」

「普通人家？」座中人神情各異，這便是平民之家了。世人總以為，喬渙青雖然出身商賈，可到底算巨富，有錢能使鬼推磨，何況生的如此出色，若是娶一個小官家的女兒，也是綽綽有餘，偏偏娶了溫玉燕這樣的普通人家，既無錢也無權，憑什麼？若說是看重了溫玉燕的美色，討來做個妾就行了，何必做正妻？

少女們看禾晏的目光裡，立刻帶了幾絲豔羨與妒忌。

凌繡目光微微一轉，落在肖玨臉上，青年本就生的丰姿俊秀，此刻慵懶地坐著，又因那一點時有時無的冷漠越發顯得勾人心癢，直將濟陽滿城男兒都比了下去。

她又看向禾晏，不過是個普通人家的女兒，論容貌，論身分，又哪裡及得上自己？一絲不甘心浮上心頭，溫玉燕根本配不上喬渙青，只有自己，才該與喬渙青並肩而立。

她便站起身來，輕聲開口道：「今日崔大人尋回家人，是值得慶賀的好事。阿繡不才，願意為崔大人獻曲一首，以表祝賀。」說罷，眸光從肖玨身上劃過，露出羞怯的笑容。

席中少年郎們，聞言頓時大喜過望，目光灼灼地盯著凌繡。

濟陽城姑娘素來膽大，自信明快，若有出色才藝，當著眾人的面展示並不丟臉。只是凌繡卻與眾人不同，從不喜主動表現自己，縱然是宴席上，也要推三阻四，萬般無奈之下才會同意。

如今日這般主動，還是頭一回，而且又是她最拿手的琴藝，令人十分期待。

崔越之亦是十分高興，大手一揮：「好！阿繡今日也讓我們大開眼界，若是彈得出色，伯伯送妳大禮！」

凌大人與凌夫人面帶微笑，如這般出風頭的事，他們已經見怪不怪，畢竟整個濟陽城都知道，凌繡才貌無雙。

下人很快取來一張琴。

這琴是翠色的，如春日草木，青翠欲滴，她穿著淺綠紗衣，真如春日裡的精魅。十指纖纖，焚香浴手，輕輕撥動琴弦。

她彈的是〈暮春〉。

春風驕馬五陵兒，暖日西湖三月時，管弦觸水鶯花市，不知音不到此，宜歌宜酒宜詩。山過寸顰眉黛，柳拖煙堆鬢絲……

琴音悅耳，拂過人的耳邊，聽得人心沉醉，禾晏亦是如此，只覺得這姑娘手真巧，對比一下自己撥琴的動作，一不小心就能把琴弦撥斷，更勿提彈出一首完整的曲子。實在是太厲害了。

她聽得沉醉，一瞥眼，卻見肖玨毫無所動，只低頭飲茶，不由得碰了碰他，低聲道：「你怎麼不聽？」

肖玨：「在聽。」

「那你怎麼沒有表現出很好聽的樣子？」

「什麼叫很好聽的樣子？」

禾晏朝另一頭努努嘴，「就他們那樣。」

在座的少年郎們，甚至有一部分年紀稍長些的公子，皆是看凌繡看得發呆，彷彿要溺死在這琴音裡，眼裡閃動的都是傾慕。肖玨收回目光，冷淡道：「無聊。」

「你真是難伺候。」禾晏小聲嘟囔，「我覺得挺好聽的，她長得也好看，我若能結識這樣的姑娘，定然開心得不得了？」

「開心得不得了？」肖玨忽然笑了，看著她，饒有興致道：「希望妳接下來也能一樣開心。」

禾晏不明白他的意思，只道：「我接下來自然會開心。」

他們二人說話的功夫，凌繡已經一曲彈完，目光朝肖玨看過來，卻見肖玨側頭與禾晏說話，唇角彎彎，似在打趣，凌繡見此情景，心中一沉，越發不甘心。

她起身，周圍的人俱是稱讚，崔越之也笑道：「阿繡，妳這一曲琴。可是餘音繞梁，三，不，九日不絕！」

沒有人會否認她的琴聲，凌繡再次看向肖玨，但見青年低頭飲茶，目光不曾往她這頭看一眼。倒是他身邊的「溫玉燕」，笑盈盈地看著自己，彷彿嘲諷。

凌繡嘴角的笑有些僵硬，不過須臾，便謙遜道：「阿繡豈敢班門弄斧，聽聞湖州來的喬夫人，是當地有名的才女，一手琴藝出神入化，今日既然有緣在此，能不能讓阿繡見識一番？」說罷，目光期盼地盯著禾晏，「也讓大夥瞧瞧，夫人的琴藝如何精妙絕倫。」

禾晏正看得樂呵，聞言愣住了，怎麼好好地，突然提到她身上了？溫玉燕琴藝出神入化？是嗎？她怎麼不知道？

禾晏求救般地看向林雙鶴，這可是她的先生，林雙鶴若無其事地別開頭，假意與身邊人說話，並未有替她解圍的意思。

「我覺得……倒也不必……」禾晏吭哧吭哧道：「阿繡姑娘的琴藝已經很好，我不必再多此一舉。」

「怎麼能說多此一舉呢？」凌繡十分誠懇地看向禾晏，「阿繡是真的很想聽夫人的琴聲。」

禾晏：「……」

她的琴聲？她的琴聲能驅邪鎮宅，可不是用來欣賞的！

凌繡見禾晏面露難色，心中不免得意，想著之前聽聞的溫玉燕才藝雙絕，只怕也是幌子，若是今日能讓她當著眾人的面出醜，那才是濟陽城的笑話。

一向與凌繡針尖對麥芒的顏敏兒，見此情景，也不由得幸災樂禍起來。之前在繡羅坊時，雖然是肖珏說的諷刺的話，顏敏兒卻將帳算在禾晏頭上，大抵被這樣優秀的男子愛慕的女子，總是顯得格外扎眼，尤其是在她看上去沒有任何特殊之處的時候，更讓人覺得名不副實。

禾晏看向身側的肖珏，肖珏正不緊不慢地喝茶，神情一派雲淡風輕。

難怪剛剛他說「希望妳接下來也能一樣開心」，他早就猜到了會有這一幕發生？他是如何知道的？這種奇怪的想法，神鬼莫測，偏偏肖珏能看得出？有讀心術不成？禾晏心裡嘀咕著，手伸到桌下，偷偷扯了一下他的袖子，低聲道：「幫我行不行。」

肖珏淡道：「妳不是學過麼。」

「沒學會，」禾晏道：「之前林雙鶴教過我，他還說我已經很不錯了，可我剛才聽這姑娘彈，我覺得我彈得好像不太對。」

這話說的委婉，事實上，豈止是不太對，簡直是錯的離譜。

「琴棋書畫妳都不會，」他道：「妳除了坑蒙拐騙，還會什麼？」

禾晏遲疑地開口：「胸口碎大石？」

但她也不能就在這裡向別人展示一下如何原地胸口碎大石吧！

肖玨：「……」

「我要是露了餡，咱們都得玩完，幫個忙，」禾晏懇求他：「都督、少爺、肖二公子、夫君？」

這一聲「夫君」顯然將肖玨噁心到了，他道：「妳好好說話。」

禾晏：「那我就當你答應了。」

他們二人說話的聲音壓得極低，落在眾人眼中，便是禾晏好似對著肖玨撒嬌，肖玨十分縱容的模樣。

崔越之笑道：「怎麼？玉燕是不想彈琴嗎？」

「不瞞諸位，當初成親後，我與內子有個約定，內子琴藝高超，只能彈給我一人聽。」肖玨淡淡道：「所以今日，恐怕是不能如這位姑娘所願了。」

眾人怔住，禾晏也被唬得一愣一愣的，萬萬沒想到肖玨竟然會這拿這個理由出來。不過想想，這理由極妙，畢竟用其他的理由，搪塞過一次，總會有下一次。這個理由就連下一次也一併擋住了，畢竟無緣無故的，幹嘛讓人背棄約定。

凌繡神情僵硬，看著坐在青年身邊的年輕女子，終是咽不下一口氣，笑道：「可今日是公子與崔大人重聚之日，這麼多人，破一次例也沒什麼大不了吧。」

「我與夫人的約定，不可撼動。」肖珏淡淡地看了她一眼：「一定要聽，我可以代勞。」話到尾音，語氣變得冷漠，已然是不耐煩了。

凌繡被他的寒意嚇了一跳，一時間竟不敢說話，還是崔越之解了圍，笑道：「渙青也會彈琴？」

「略懂而已。」

「那我今日可要聽聽渙青的琴聲，」崔越之拊掌大笑，「我崔家世代行武，還未出過這樣的風雅之人！鐘福，將琴重新擦拭一遍。」

「不必，」肖珏道：「林管家，取晚香琴來。」

肖珏平日裡用物本就講究，禾晏是知道的，可落在不知情的眼中，尤其是凌繡眼中，就好像肖珏是嫌棄她所以才不與她用同一張琴，不由得咬了咬唇。不情不願地坐回了自己的位子。

林雙鶴很快將肖珏的晚香琴拿過來。

禾晏還記得這把晚香琴，在去涼州衛假扮程鯉素前，她喝醉了將這把琴壓壞了，肖珏還帶去涼州城修。光是瞧著，也知道價值不菲，好在肖珏沒讓她賠錢，否則真是賣了自己都還不起。

她依稀記得聽過肖珏彈琴，但終究是半醉，記憶模糊，如今看到這琴，喝醉酒的回憶頓時湧上心頭。

男子坐在琴前，焚香浴手，同凌繡刻意擺弄不同，他顯得慵懶散漫許多，帶著幾分漫不經心，做的很是自然。若非常年彈琴的人，不可能如此行雲流水。

禾晏在某一瞬間，似乎看到了當年在賢昌館裡，躺在枇杷樹上假寐的風流少年。

但他終究長大了。

琴弦被撥動。

他的手修長而骨節分明，生的很是好看，落在琴弦上，流出動聽的聲音。這曲聲與凌繡方才彈的〈暮春〉不同，不同於〈暮春〉的歡快，寧靜中帶著一絲清淡的悵然，如被明月照亮的江水，滔滔流向遠方。

他彈的是〈江月〉。

這曲子很難，極考驗人的琴藝，禾晏曾聽一個人彈過，就是她的師父柳不忘。不過柳不忘彈起來時，更多的是回憶，或是失落，肖珏彈的感覺，與柳不忘不同。

俊美的男子做風雅之事，總是格外引人注目。縱然是剛剛才被肖珏嚇到的凌繡，或者是之前被肖珏諷刺過的顏敏兒，甚至其他人，此刻都忍不住沉浸到他的琴聲中去。

禾晏也不例外。

他彈琴的時候碟翅般的睫毛垂下，掩住眸中的冷漠清絕，只剩溫柔，五官英俊的過分，薄唇微抿，顯得克制而動人。

禾晏想，這世上，確實很難見到比他更出色、更好看的人了。

一曲終了，肖玨收回手。

眾人盯著他，一時默然。

倘若沒有他這曲〈江月〉，凌繡的〈暮春〉，應當是很優秀的。可是有了比較之後，凌繡的琴藝，就顯得平平，並沒有那麼驚豔了。

無論是男眷還是女眷，盯著肖玨，此刻心中只有一個困惑，不是說湖州來的喬渙青是被商賈之家收養，不過如今看來，莫不是情報有誤，這樣的人，可不像是商賈之家能養的出來的。

崔越之更長臉了，看肖玨真是越看越滿意，大笑道：「渙青，你這曲子，可是將我們聽呆了！原先王女殿下總說，阿繡的琴藝是濟陽城第一，下一次我帶你一同進王府，王女殿下要是聽了你的琴聲，定然會稱讚有加！」

眾人聽到此處，心思各異，崔越之既然提到王女，也就是說，有心想要將喬渙青帶進王府了。這樣的話，便不能以普通商戶看待……

肖玨微微一笑，深幽的瞳眸掃了禾晏一眼，淡道：「獻醜了，事實上，在下的琴藝不及夫人十分之一。」

「果真？」崔越之驚訝地看向禾晏，「那得有多好！」

禾晏的臉紅了。

怪不好意思的。

肖珏彈完琴，接受眾人稱讚，回到自己的坐席。禾晏至此後，沒了大快朵頤的興致，誰知道會不會有別的人過來想要看看她的其他才藝，萬一要她寫字作詩呢？她總不能又來一句「和夫君有個約定」搪塞。

戰戰兢兢的一直坐到下席後，好在再沒出什麼別的岔子。酒酣飯飽，眾人散去。禾晏隨著肖珏往外走，就在這時候，才能和崔越之單獨說話。

崔越之最年長的那位妾室走在禾晏身側，稍稍落後於崔越之與肖珏，這妾室年紀長於禾晏，看起來溫婉又老實，姓衛。衛姨娘就道：「公子對少夫人真好。」

禾晏愣了一下，正想說「何出此言」，轉念一想，便笑咪咪地道：「是啊，我夫君十分疼愛我，平日裡對我千依百順，什麼都向著我。我也覺得自己真是上輩子修來的福氣，這輩子才能找到這樣的如意郎君。」

衛姨娘「噗嗤」一聲笑了，道：「都說濟陽女子性情直爽，我看少夫人才是有話說話。」

禾晏心中暗笑，給肖珏安排一個「寵妻無度」的名頭，這樣一來，在濟陽的這些日子，豈不是可以仗著這個「名頭」胡作非為。肖珏大概也沒想到，會挖個坑給自己跳吧！

說話的功夫，二人已經進了府裡的正堂。也不知是崔越之的第幾房姨娘早已備好了熱茶，等著他們進去。

崔越之在椅子上坐下來，揮了揮手：「妳們都下去吧。」

幾個妾室並著僕人都下去了。

他又笑道：「渙青、玉燕，坐。」

崔越之雖是中騎，卻沒什麼架子，瞧上去和軍中的武夫沒什麼兩樣。他看著敦厚和藹，卻長了一雙明亮銳利的眼睛，如看上去鈍重的長刀，刀出鞘時，令人膽寒。

肖玨與禾晏在他身側的椅子上坐下。

「昨日我本來要回來一道接你們的，可王女殿下留宴，一時回不來。今日才得以相見。」他細細地端詳了肖玨一會兒，嘆道：「剛剛宴席上我只覺得你長得好，眼下仔細看來，你和我那死去的大哥，還是有一些相像的。」

禾晏：「……」

「和我看著也有些神似。」崔越之道：「不愧是我崔家人。」

禾晏：「……」

肖玨頷首。

「你剛生下來的時候，我還抱過你，那時候你只有我兩個拳頭大？也許只有一個拳頭。」崔越之說到此處，「大哥都捨不得讓我碰。後來你被人帶走……」他眸光黯然，「大哥大嫂臨死前都想著你，如果今日他們能看見你生的如此出色，想必會很高興。」

肖玨沉默。

崔越之自己反倒笑起來，「看我，沒事說這些不高興的事幹什麼，敗興！渙青、玉燕，你們這次來的正好，過不了幾日，就是春分，咱們濟陽的水神節，一定要湊湊熱鬧，保管你們來了就不想走。」

禾晏訝然：「春分？」

「怎麼？」崔越之道：「可是有什麼不妥。」

「沒、沒有。」禾晏笑起來，「只是我的生辰也是春分……後幾天，真是很巧。」

「果真？」崔越之驚訝了一瞬，隨即大笑起來，「看來玉燕和咱們濟陽頗有緣分！生辰正好遇上水神節，渙青，介時你可要好好為我們玉燕慶生。」

肖玨瞥她一眼，道：「好。」

他們又說了一會兒話，崔越之站起身，道：「渙青、玉燕，你們隨我去祠堂給大哥大嫂上柱香。你們多年未見，若他們在天有靈，得知渙青如今已經成家立業，定然很欣慰。」

禾晏與肖玨便跟去了祠堂，隨著崔越之上完香後，天色已經不早，崔越之便讓下人帶他們回屋去，早些休息。等明日到了，再在濟陽城裡遊玩走動。

待二人回到屋，禾晏便迫不及待的在榻上坐下來，邊道：「累死我了！正襟危坐了一整日，扮女子可真不是人做的活，就算在演武場裡日訓都比這輕鬆得多。」

「『扮』女子？」肖玨輕笑一聲，「看來妳真的不把自己當女的。」

禾晏也很無奈，心想，肖玨找來的這對夫妻也是，偏偏是個才女，若她要扮演的是「武將家的女兒」或是「碼頭船工幫著搬石頭挑柴的姑娘」，定能天衣無縫。

肖玨脫下外裳，放在軟榻旁側的木几上，禾晏坐起身，「今日真是謝謝你了，若不是你出手相助，就要出大事了。」

「我不是寵妻無度，對妳千依百順，事事為妳著想嗎？」肖二公子聲音帶著刻薄的調侃，「應該的。」

禾晏：「你聽到了？」

雖然說都是假的，不過被肖玨聽到，還是令人怪不好意思的。她笑道：「我這不是為了讓咱們的夫妻關係顯得更恩愛，更真實嘛，少爺勿要生氣。」

正說著，外頭有人敲門，禾晏道：「進來。」

翠嬌和紅俏一人提著一個食籃進來，將裡頭的碟子一樣一樣拿出來擺在桌上，禾晏怔住，說：「我沒有讓人做吃的進來。」

「我叫的。」肖玨道：「放在這裡，出去吧。」

翠嬌和紅俏便依言退出裡屋。

禾晏奇道：「剛剛在宴席上你沒吃飽嗎？」

肖玨微微冷笑：「不知道是誰因為凌繡坐立難安，驚弓之鳥，連飯都不吃。」他道：「出息？」

禾晏吶吶：「你發現了啊。」

肖玨：「是個人都發現了。」

「有這麼明顯？」禾晏很懷疑，但看見桌上的飯菜立刻又高興起來，只道：「所以這些是特意給我的？謝謝少爺！少爺，您心腸太好了，天下沒有比你更好的人。」

「別說了，」肖玨微微蹙眉：「聽的噁心。」

禾晏早已習慣他這人說話的樣子，拉著他一道在桌前坐下，「就當宵夜了，你也一起吃吧。」

「不吃。」

「吃吧吃吧，」禾晏扯著他的袖子不讓他走，分給他一雙筷子，「你看這裡有兩雙筷子，本就是為兩人準備的，我一人吃不完。幫個忙少爺。」

肖玨彷彿聽到什麼笑話，淡道：「禾大小姐可能低估了自己的好胃口。」

「我雖然好胃口，但也不是飯桶。」禾晏道：「再說了，你沒有聽過一句話叫秀色可餐，我本來能吃三碗飯的，但看見少爺這般相貌風姿，我能吃五碗。」

肖玨噎了一刻，「妳是豬嗎？」

「說話別這麼難聽。」禾晏說著，將一盤蝦籽冬筍和三絲瓜卷推到他面前，「你不是喜歡吃這個嗎？吃吧。」

肖玨一怔，片刻後，抬眼看向她：「妳怎麼知道？」

禾晏往嘴裡塞了一片千層蒸糕：「我吃早飯的時候看到你夾了兩筷，中午宴席上的時候又夾過。不喜歡的東西你不會碰，估摸著你應該喜歡吧。但你好奇怪，怎麼喜歡吃素的，有錢人家都這般講究麼？」難怪腰這樣勁瘦，她心想。

肖玨沒有回答她的話，只低頭慢慢用飯。

禾晏也沒管他。她少年時要做男子，因怕露陷，沒事便格外喜歡琢磨細節，畢竟細節決定成敗。禾家的男子都被她仔細盯著過，一度有人以為她心智有問題。後來在軍中時好了些，畢竟已經當了多年男子，早已有了經驗。

她要真觀察一個人，必然能觀察的很仔細，何況肖玨如今與她朝夕相處，想要知道他喜歡吃什麼討厭吃什麼，實在太容易了。

「妳生辰真是春分後？」禾晏正吃得開心，冷不防聽到肖玨這樣問。

她頓了一下，面上卻不顯，滿不在乎道：「怎麼可能？我那是隨口一說，萬一崔大人要送我生辰禮物呢？豈不是還能藉此機會好好賺一筆。」

肖玨哼了一聲：「騙子。」

「我哪裡算騙子，」禾晏得寸進尺，大膽回嘴，「我看今日少爺在宴席上才是裝的天衣無縫，騙過了所有人。什麼『我與內子有個約定』……哈哈哈，少爺，老實說，我真沒想到能從您嘴裡聽到這種話。」

肖玨好整以暇地看著禾晏取笑，待她笑夠了，才問：「很好笑？」

「是很好笑啊。」

他點點頭：「那妳以後自己應付吧，喬夫人。」

禾晏笑不出來了。

她道：「少爺，我是隨口一說的，您千萬不要放在心上。」

肖玨沒理她，不緊不慢地喝湯。

「小氣。」她道：「真是小氣的令人嘆為觀止。」

肖玨仍不為所動。

禾晏眼珠一轉，放柔了聲音：「夫君，妾身錯了，請夫君饒恕妾身的無禮，妾身再也不敢了，夫君、夫君？」

肖珏忍無可忍：「……閉嘴！」

他道：「妳給我好好說話。」

禾晏明瞭，原來冷漠無情的肖都督，是個吃軟不吃硬的角兒，她哈哈大笑起來。

笑聲傳到隔壁，正和林雙鶴打葉子牌的飛奴、赤烏二人不約而同抬起了頭。

赤烏嘆道：「做戲竟要做到這種地步，都督實在太拼了，那禾晏也是，幾乎將自己看成了女子。他們都這般，我們還有什麼理由不努力？」

飛奴無言以對，林雙鶴聞言，忍笑道：「嗯……確實，十分努力。」

夜裡依舊是一人睡床，一人睡側榻。

第二日一早，禾晏起得稍晚了些，醒來的時候，見肖珏正站在門口與飛奴、赤烏說話。

禾晏梳洗過後，翠嬌和紅俏送來廚房的早食，禾晏便對肖珏道：「少爺，吃飯了。」

「妳自己吃吧。」肖珏道：「今日我有事外出，不在府中。妳與林雙鶴待在府上，不要亂跑。」

「你要出去嗎？去幹嘛？」禾晏問：「帶上我行不行？」

肖珏無言片刻，道：「不便。」

禾晏遲疑了一下，走過去，小聲問：「你要去尋柴安喜的下落？」

此話一出，赤烏愣了一愣，沒想到肖珏竟將這件事告訴了禾晏。

「不錯。帶上妳惹人懷疑。」

禾晏便點頭：「行吧，那你去。」

她難得這般爽快，沒有如尾巴一般黏上來，倒讓肖玨意外了一瞬，看著她若有所思。

禾晏轉身往屋裡走：「要去快去，等我改變主意了，你們都甩不掉我。」

肖玨沒說什麼，領著赤烏與飛奴離開了。

等他們走後，禾晏獨自一人用完早飯。崔越之不在府上，一大早就去練兵了。禾晏去隔壁屋子找林雙鶴，撲了個空，伺候林雙鶴的婢子笑道：「林管家一大早出門去了，說要買些東西，晚些才回來。」

禾晏略略一想，就明白了過來。林雙鶴又不是真正的管家，這幾日都圍著肖玨轉，只怕早就膩了。難得今日肖玨出門，得了個空閒，自然無拘無束，出去玩樂一整日。只是這人忒不厚道，出門也不叫上她，大概怕她回頭跟肖玨告狀？

不過林雙鶴此舉，正中禾晏下懷。

來濟陽城有幾日了，但因為如今她的身分是「溫玉燕」，時時與肖玨待在一起，一點也沒有多餘的時間去打聽柳不忘的下落。今日肖玨和林雙鶴都不在，恰好可以讓她獨自行動。

當年柳不忘與她分別之時，曾經說過，倘若日後有機會路過濟陽，濟陽城外山腳下，有一處茶肆，想要尋他，可去茶肆打聽，許能有機會再見。

禾晏便穿上外裳，收拾一下東西，翠嬌見狀，問道：「夫人這是要出門？」

「今日少爺和管家都不在，我一人在府上也不認識別人，怪沒意思的。我們也出去瞧瞧吧，這幾日天氣很好，不如去濟陽城外山上踏青如何？」

兩個丫頭面面相覷，好端端的，踏哪門子青？

「就這麼說定了。」禾晏說著，想了想，將那可以伸縮成幾截的九節鞭揣在懷裡，轉身往門外走：「走吧。」

沒有了肖珏，禾晏自由的毫無管束。

她是崔家的客人，崔家自然沒人敢攔她。鐘福倒是不放心她獨自出門，想要叫她帶兩個崔府的護衛，被禾晏嚴詞拒絕。

「我不過是在這附近轉一轉，絕不走遠，況且青天白日，大庭廣眾，應當不會有人賊膽包天，鐘管家盡可放心。我走一會兒就去找我夫君，我夫君身邊的兩個護衛武藝高強，足夠用了。」

鐘福這才勉強答應下來。

等出了崔家，禾晏叫翠嬌在府外不遠雇了一輛馬車，讓車夫往城外的方向走。

紅俏小心翼翼地問：「夫人，咱們真要出城啊？」

「不是出城，就是去城外的棲雲山上看一看，」禾晏道：「我來的時候路過棲雲山，見山上風景綺麗，很是嚮往。今日恰好有空，擇日不如撞日，現在去剛好。」

她說的跟真的一樣，兩個小姑娘也不疑有他。

等到了城門口，禾晏將崔越之給她的權杖給城門衛看，城門衛見是崔府上的人，便輕鬆放行，任禾晏出城。

棲雲山就在城門外直走，路並不難走，等到了山腳時，禾晏作勢道：「我有些口渴，不如在這附近找一找有沒有茶肆，坐下來歇息片刻後再去。」

翠嬌和紅俏自然不會說不好，紅俏就下馬車道：「夫人且先在車上歇一歇，奴婢下去看看。」

不多時，紅俏回來了，笑道：「這附近正好有一家茶肆，就在不遠處，夫人，奴婢攙扶您下來，咱們直接走過去吧。」

禾晏欣然答應。

幾人走了沒多久，便見山腳下一棵槐樹下，有一間茅草搭建的茶肆，茶客三三兩兩坐著喝茶閒談。

禾晏便上前去，問人要了幾杯茶，一點點心。讓翠嬌、紅俏並著車夫一起潤潤嗓子。

「夫人，奴婢不渴。」

「奴婢也不渴。」

「這麼久的路，怎麼會不渴。」禾晏道：「喝吧，我去問問掌櫃的，這附近可有什麼好玩的。」

不等二人回答，禾晏便往前走。

茶肆的主人是一對夫婦，人到中年，頭上包著青布巾，膚色黝黑，大約是因為熱，泛起些紅。那大娘瞧見禾晏，便問：「姑娘，可是茶水點心不合口味？」

禾晏笑道：「不是，我是來向您們打聽個人。」

「打聽人？」掌櫃的將手中的帕子搭在肩上，「姑娘要打聽的，是什麼人呀？」

「名字叫柳不忘，」禾晏比劃了一下，「個子比我高一個頭，生的很不錯，大約四十來歲，背著一把琴，配著一把劍，喜歡穿白衣，像個劍客俠士。」頓了頓，又補充道：「也不一定是白衣，總之，是個極飄逸的男子。」

畢竟她與柳不忘多年未見，也許如今的柳不忘，不喜歡穿白衣了。

大娘思忖片刻，笑了，道：「姑娘，您說的這人，是雲林居士吧？」

「雲林居士？」

「是啊，我們也不知道他叫什麼，不過每年水神節過後幾日，他都會出現在我們這茶肆，問我們討杯茶喝。至於雲林居士，那是我們聽旁人這般叫他，跟著叫的，我們也不知道他姓甚名誰，不過按照妳說的，穿白衣，很飄逸，長得不錯，又背著一把琴的，應當就是這個人。」

禾晏心中一喜，只問：「那您可知他現在在什麼地方？」

「姑娘，這妳可就為難我們了。」掌櫃的道：「咱們這地方，不興問人來路。自然不知道他現在在何處，不過妳也別洩氣，他每年水神節後會來此地，我想，如今應當在濟陽城裡，好趕上春分時候的水神節。」

禾晏面露難色，濟陽城並不小，若是借用崔越之的人馬，找一個柳不忘或許不難。可惜的是，此事不能為人知道，自然也只能她一人去找。

不太容易。

見她神情有異，大娘問：「姑娘，他是妳什麼人，妳要找他啊。」

「是一位……許久未見的故人。」禾晏苦笑了一下，片刻後，又道：「倘若今年水神節過後，那位雲林居士又來此地喝茶，煩請掌櫃的幫忙替我帶句話給他，就說阿禾如今在濟陽，請他先不要走，就在這裡，等著相見。」

「好嘞。」掌櫃的笑咪咪道：「保管帶到！」

禾晏這才放下心來。

她回到了茶肆的座位坐了下來，翠嬌和紅俏問：「夫人，茶水都涼了。」

「涼了就不好喝了，我也不喝了。」禾晏道。老實說，有了前生的教訓，外頭的茶，她還真不敢隨隨便便的喝。

兩個丫鬟面面相覷，半晌，紅俏問：「那夫人，可想好了去什麼地方？」

「我剛剛問過了掌櫃的，掌櫃的說這幾日山上有狼，最好不要上山。」禾晏面不改色地說謊，「我想了想，覺得我們幾個弱女子，實在太危險了。所以今日就不上山踏青了，直接回府吧。」

車夫：「……」

他欲言又止，最終還是什麼都沒說，哪有這樣的，出來溜達一轉，什麼都沒做又回去，這不是耍著人玩兒嘛。湖州的夫人就是惹不起，分明是恃寵而驕！

太過分了！

另一頭，肖玨三人找到了翠微閣。

雷候說，與他以信聯絡的人就在濟陽的翠微閣中，肖玨懷疑此人是柴安喜，可如今，面前的鋪子，已經成為一片漆黑焦木，仔細去聞，還能聞到燒焦的味道。

「這翠微閣原本是一處賣珠寶的鋪子，」回話的探子拱手道：「半個月前，一天夜裡起了火，將翠微閣燒了個乾淨，裡面的夥計並掌櫃的，還有新來的那位帳房先生柴先生，都沒跑出來。」

人沒了，線索斷了。

「可見著屍骨？」肖玨問。

「都燒成灰了，哪裡有屍骨，左鄰右舍都道慘得很。這翠微閣就一直在這，官府說過段日子將這裡重新修繕一下，不過周圍的店鋪嫌晦氣，都關門了。」

赤烏將銀錠拋給探子，探子收入懷中，對他們幾人拱了拱手，消失在人群裡。

肖玨望著他的背影，半晌道：「逃了。」

早不燒晚不燒，偏偏半個月前起火，顯然，雷候被俘的事暴露了，對方金蟬脫殼。

「還要查嗎？少爺。」飛奴問，「如今線索中斷……」

「不必查了。」肖玨轉過身。

兩人一愣。

「既已知暴露，對方隱藏身分，必然潛在暗處，伺機而動。敵在暗，我亦在暗，所以什麼都不用做。」

「等就行了。」他道。

第五十章　情人橋

禾晏回去的時候，肖玨還未回來。她便對翠嬌和紅俏道：「今日實屬我任性，我怕夫君回來怪責我不帶侍衛便亂跑，是以今日我們三人出門之事，不要對夫君提起。」

翠嬌和紅俏點頭。

「妳們下去吧。」她往榻上一倒：「我歇會兒。」

兩個丫鬟退出了裡屋，禾晏躺在榻上，心事重重。柳不忘可能在濟陽城裡，但要如何才能找到他？早知如此，當年分別之時，應當與柳不忘約定某個具體的位置才是。一個連他姓名都不知道的茶肆，未免有些草率。

可縱然找到了柳不忘，她又該說什麼。如今的禾晏，早已不是當年的模樣，借屍還魂，這種事說出來，連她自己都覺得荒唐。

可是，她還是很想見柳不忘，畢竟在她前生的歲月裡，柳不忘是為數不多的給過她切實溫暖的人，亦師亦友，飛鴻將軍之所以能成為飛鴻將軍，正是因為柳不忘一身本領相授。

想到飛鴻將軍，便不由得想到禾如非，不知禾如非如今怎麼樣，她從前那些部下是否發現了不對。許之恒……與禾心影應當已經成禮了，名正言順的禾家小姐，真正的大家閨秀。

禾晏的心中，莫名生出一股煩躁，抱著被子滾到靠牆的裡面，臉對著牆，悶悶不樂。

身後響起人的聲音：「妳在這面壁思過什麼。」
禾晏回過頭：「少爺？」
她一咕嚕坐起身，「你回來了！」
肖玨看她一眼，將外衣脫下，道：「妳無聊瘋了？」
「這裡真的很無聊。」她坐在榻上，仰著頭看肖玨，問：「怎麼樣，今日可有找到柴安喜的下落？」
「沒有。」
「怎麼會沒找到？」禾晏奇道：「是情報有誤？」
「死了。」
禾晏一愣。
「一把火，燒死了，連屍骨都沒剩下。」
禾晏蹙眉：「那不對呀，怎麼偏偏在這個時候死了，還是燒死的，什麼痕跡都沒留下，騙人的吧？」
肖玨唇角微勾：「騙子很有經驗麼。」
「我這是明察秋毫。」禾晏盤著腿，給他分析：「這人不會是提前收到了什麼風聲？但少爺你辦事向來隱祕，怎麼也不會被外人知道咱們來濟陽才對。何況濟陽易出難進，他若真心想躲一個人，濟陽才是最好的選擇，應當捨不得走吧。」
肖玨端起桌上的茶抿了一口，懶道：「繼續。」

「那就是藏起來了唄，等待時機出現幹點大事。」禾晏道：「渾水摸魚的最好時機，就是水最混的時候。濟陽什麼時候水最混，那不就是水神節麼。這幾日人人都說水神節，就是濟陽最大的節日了，如此盛景，作亂的話可是天時地利人和。」

肖珏笑了一聲，語氣稱不上讚賞，也說不得刻薄，「禾大小姐真是神機妙算。」

「神機妙算談不上。」禾晏謙虛擺手，「比少爺還是差得遠了。」

肖珏看了她一眼，不知為何，之前有些沉悶的心情輕鬆了不少，搖頭嗤道：「諂媚。」

「妾身諂媚夫君天經地義。」禾晏故意噁心他。

多噁心幾次，這人也就習慣了，肖珏似笑非笑地看著她：「說妾身之前，麻煩先看看自己的坐姿。妳這樣的坐姿，丈夫也不及。」

禾晏低頭，將盤著的雙腿收回來，輕咳了兩聲：「忘了忘了。」

「我看妳自己都很混亂，」他嗤笑一聲，「到底是男是女。」

「我又不是不想當女子，」禾晏嘟噥了一句，「可也要有人先把我當女子才行。」

肖珏一怔，抬眼看向她，少女說完這句話，就又抱著被子滾到榻角去了，樂的沒心沒肺，似乎並未察覺到自己方才的話裡，有一絲極淡的失落。

卻被人捕捉到了。

仲春出四日，春色正中分。綠野徘徊月，晴天斷續雲。

春分那一日，正是濟陽城裡舉城歡慶的水神節。

一大早，禾晏躺在榻上，甫醒來，便覺得腹中有些疼痛，她伸手摸了摸，心中一驚，趕緊起身，也不給肖玨打招呼，偷偷從包袱裡拿出月事帶，往恭房走去。

這些日子在濟陽城裡，事情接二連三，竟差點忘了，推算日子，也該來月事了。

若說前世今生，禾晏在軍營裡最頭疼的問題，就是月事這回事。總會有那麼幾日不方便的日子，得小心躲避旁人的眼光，前生還好，大約是她體質本就強健，不覺得有何難受。可如今的禾大小姐原本就是嬌身慣養，月事也有些疼，原先在軍營裡時只得咬牙受著，眼下好久沒日訓，身子懶懶了些，立刻就覺出不適來。

禾晏換好月事帶，從恭房裡出來，心中不由得嘆息一聲，早不來晚不來，偏偏今日水神節的時候來，這不是添亂嘛。

她懨懨地回到屋裡，翠嬌捧了一碗冰酪鮮羊乳過來，崔家的飯菜實在很美味，禾晏很喜歡這些小食，今日卻是摸了摸肚子，搖頭道：「不吃了。」

肖玨意外地看了她一眼。

禾晏嘆了口氣，去裡屋給自己倒茶喝，肖玨盯著她的背影，莫名其妙，問紅俏：「她怎麼了？」

紅俏搖頭，「不知道，夫人從恭房回來就這樣了。」

「這都不知道，」林雙鶴正從外面走進來，聞言湊近肖玨低聲道：「月事來了唄。這姑娘家月事期間，你可得照顧著點，別讓她累著，別動重物，也別吃冰的涼的，心情容易不好，可能會對你發脾氣。」

話音剛落，就聽見屋子裡的禾晏喊了一聲：「翠嬌，算了，妳還是把那碗羊乳拿過來吧，我想了想，還是想吃。」

肖玨：「……」

他對翠嬌道：「拿出去吧。別給她。」

翠嬌有些為難，但在和氣的夫人和冷漠的少爺之間，還是選擇了聽少爺的話。端著那碗羊乳出去了。

禾晏在榻上坐了一會兒，沒見著動靜，走出來時，瞧見肖玨和林雙鶴，桌上也沒有點心了，就問：「翠嬌哪去了？」

「等下出府，妳趕緊梳妝。」肖玨道：「別等的太久。」

禾晏問：「現在嗎？」

「是啊，」林雙鶴笑咪咪地答：「崔大人一行都已經在堂廳了。」

禾晏便不敢再拖了。

水神節是濟陽的傳統節日，每年春分，城中心的運河上，會有各種各樣的節目，男子還好，女子則要梳濟陽這邊的頭髮。

紅俏本就住在濟陽附近，梳頭梳的很好，不過須臾，便給禾晏梳了濟陽少女的辮子。額頭處繞了一圈細辮，辮子又編進了腦後的長髮，十分精緻，只在右鬢角插了一朵月季紅瑰釵，衣裳也是明紅色的長裙，將腰身束的極好，腳上是繡了小花的黑靴，靈動可愛，明眸皓齒。果真像濟陽城裡的姑娘。

禾晏從屋裡走出來，林雙鶴眼前一亮，只道：「我們夫人實在太好看了，穿什麼都好看。」

「過獎過獎。」禾晏謙遜道，隨著肖玨幾人一同往堂廳走去。待到了堂廳，果如林雙鶴所說，崔越之和他的幾房小妾都已經在等著了。

「渙青來了。」崔越之站起身，笑道：「今日玉燕這打扮，不知道的，還真以為是咱們濟陽長大的姑娘，妳們說，是不是？」

幾房小妾都乖巧應是。

「時候不早了，那咱們就出發吧。」崔越之招呼一聲。

濟陽今日，不能乘坐馬車，因為百姓都出了門，街上人流摩肩接踵，若是乘坐馬車，實在不便。一行人便步行去往運河。

運河位於城中心，穿城而過，又在外將濟陽繞成一個圈，禾晏以為，濟陽的水神節和中原的端午節有異曲同工之妙，城中大大小小的河流，凡有水處，皆有各種裝飾的華美的船舟，舟上有穿著紅衣黑巾的船手，邊歌唱邊划槳，唱的大概是濟陽的民歌，很熱鬧的樣子。河邊有姑娘與他們一同唱和，氣氛熱鬧極了。

「咱們濟陽的水神節，也是姑娘少年們定情的節日。」那位姓衛的姨娘給禾晏解釋，「除了祭水神外，還有許多為有情人準備的節日。聽聞玉燕小姐與咱們公子新婚不久，當可以去熱鬧一下。」

禾晏：「……倒也不必。」

他們說話的聲音被崔越之聽到了，這個大漢哈哈笑道：「不錯，不錯，我記得咱們濟陽有名的情人橋，你們當去走走。濟陽的傳說裡稱，水神節裡走過情人橋的有情人，一生一世都不會分離。」

禾晏小聲對肖玨道：「聽到沒有，一生一世都不會分離。」

肖玨目光落在她臉上，微微冷笑，「真可怕。」

禾晏：「……」

他們畢竟不是真正的夫妻，這種「一生一世不會分離」的話便不像是祝福，反倒像是詛咒似的。可惜的是，崔越之這人，在姪子的家事上彷彿有用不完的關心，走到運河不遠處，就道：「妳看，這就是情人橋。」

禾晏順著他指的方向看去，便見運河斜上方，大約七八丈高，有一座橋，橋的兩端沒入兩邊極高的石壁。

這座橋，是一座吊橋。晃晃悠悠的，橋極窄，只能勉強容一人半通過，若是兩人，須得挨得很近才是。橋面是用木板做的，可木板與木板之間的間隙極大，一不小心就會摔下去。

這樣一座吊橋，光是看著，便讓人覺得膽寒，若是走上去，俯身便是滔滔河水，位置又高，膽小的人只怕會嚇得尿褲子。

「這就是咱們濟陽的『情人橋』。」崔越之語含得意，「只有膽氣足，又互相深愛的人才敢去走這座橋。若是走過了，水神會給予有情人祝福，這對有情人，一生一世都不會分離。」說到此處，又拍了拍自己的胸：「我就走了四次！」

禾晏看了看他身後的四個小妾，沒有說話，心中卻很費解，這種東西，走多了水神真的會給予祝福，不會覺得被冒犯嗎？況且與好幾個人一起一生一世不分離，聽著也太不尊重人了些。

若是她走，一生只走一次，也只跟一個人走。

思及此，又覺得自己想得太多，這與她有何干？今生，應當是沒有這個機會了。

「這機會可是難得，渙青、玉燕，你們也去走一走吧。」

禾晏：？

「玉燕是不是怕高？」崔越之笑道：「不必擔心，縱然真跌了下去，周圍有專門的人會負責接住妳。要知道，每年走情人橋的有情人數以千計，走過去的寥寥無幾。真有危險，早就不讓過橋了。過橋，拼的不過是膽氣和愛意。」他看著粗枝大葉，提起此事，卻格外細膩，「愛意會給妳膽氣，因愛而生的膽氣，會讓妳所向無敵。」

禾晏心道，但肖玨與她之間，並沒有愛呀，從何而起膽氣？

衛姨娘笑盈盈地附和道：「是呀，玉燕姑娘，您不是說渙青公子對妳千依百順，寵愛有加嗎？他如此疼愛妳，定然會保護好妳，安安生生的一同走過橋的。」

他們這頭討論的太熱烈，周圍人群中亦有聽到的。禾晏和肖玨二人又生的出色，旁人便發出善意的起鬨聲：「公子，就和姑娘走一個唄。」

「走完情人橋，長長久久，恩愛白頭。」

「去呀！看你們郎才女貌，水神會保佑你們的！」

禾晏被人簇擁在中間，聽著周圍人的起鬨，十分無奈。偏生林雙鶴看熱鬧不嫌事大，也跟著笑道：「就是，來都來了，走一個橋給他們看看，我們湖州的少爺膽子也很大！」

崔越之拍了拍肖玨的肩：「再者，王女最喜愛情比金堅的有情人，若你們能走過情人橋，我帶你們進王府見王女殿下時，也會有諸多便利。」

蒙稷王女穆紅錦，禾晏一怔，就見肖玨微微蹙眉，道：「好。」

禾晏：「……少爺？」

不會真的要走這勞什子情人橋吧！

她並不怕高，也不怕水神，更不怕過橋，但這三樣並在一起，再加上肖玨，聽著怎麼這麼讓人毛骨悚然呢！

十分荒唐。

肖玨側頭看了她一眼，淡道：「怕了？」

「也不是怕別的，」禾晏悄聲道：「怕損你清譽。」

他目光淡然，語調平靜：「都損了這麼多回了，也不差這一回。」

禾晏：「……」

陰差陽錯的，她就被人推著與肖玨到了情人橋的橋頭。

走到橋頭去看，才發現這橋原比在底下看上去的還要窄，木板間隙尤其大，幾乎是要跳著才能走完全程。一個人走上去倒還好，兩個人的話，只怕要貼的極緊。這上頭自然不能用輕功，只能努力維持身體平衡，並根據身側人的默契，再加上一點點運氣才能走完。

禾晏看完就在心中腹誹，這要是有武功的還好，想想，若是個文弱書生帶著個閨秀小姐來走橋，不摔下去才怪。雖說有人在下頭接著不至於出什麼岔子，可人總要受到驚嚇吧，而且兆頭也不好，平白給自己找晦氣。水神的條件，未免太苛刻。

崔越之幾人都沒有上來，只在岸上遠遠地看著他們，林雙鶴高聲喊道：「少爺、夫人，水神一定會保佑你們的！」

赤烏無言，小聲對飛奴道：「少爺這回犧牲可真是太大了。」若是假的便罷了，權當是白走了一遭，要是那水神是真的……太可怕了，兩個男子一生一世不相離？他們家少爺又沒有龍陽之好，老爺在地裡，只怕都要被氣活過來。思及此，越發覺得此舉不妥，只得在心中暗暗祈禱：權宜之計權宜之計，水神您老大人有大量，千萬不要當真。

禾晏望著窄小的橋面犯了難，問肖玨：「我們怎麼走？一個一個的走？」

「妳覺得，可以一個一個走？」肖玨反問。

禾晏低頭看了一下岸邊看熱鬧的民眾，無奈開口：「可能不行。」

肖玨就伸出手道：「抓住我。」

從袖中露出的手，格外修長分明，禾晏躊躇了一下，沒有去抓他的手，只握住了他的手腕，見肖玨並未有什麼反應，心下稍稍安定，在心中給自己一遍遍鼓氣：不過是個入鄉隨俗的節日而已，並非真的情人，不必想太多，只要趕緊過了橋就好。

「走吧。」肖玨往前走去。

二人一同走到橋上。

甫一上橋，這吊橋便晃晃悠悠的顫動起來，幾乎要將人甩出去。而木板的寬度，根本無法容納兩個人並肩行走。唯一的辦法是面貼面，可肖玨與禾晏，是決不可能做到如此地步的。因此，禾晏只能稍稍往前走，肖玨在後，用手護著她的身側，錯開一些，但這樣一來，反倒像是肖玨將她摟在懷中，二人一同往前走去。

這般近的距離，禾晏有些不自在了，只要稍微抬頭，額頭幾乎要碰到肖玨的下巴。她只得平視著前方，假裝若無其事地道：「都督，這橋晃的厲害，走一步都難，要不用輕功吧？或者假裝走不了直接摔下去？反正有人接著。」

默了默，肖玨道：「妳踩著我靴子，抓緊。」

禾晏愣住：「不、不好吧？」

「快點。」

他都如此說了，禾晏也不好一再拒絕，況且兩個人走這條情人橋，確實這種辦法簡單的多。

只是……要踩著他的靴子，手應當如何放，若放在腰上……未免顯得有些曖昧，但若如方才一般抓著他的手腕，又實在是不穩當，想了想，禾晏便伸出手，扣住他的肩膀，勉強能維持平衡。

「抓穩了。」肖玨道，說話的同時，雙手扶著吊橋的兩條繩索，慢慢往前走去。

以往不是沒有人想出別的辦法，比如男子背著心愛的姑娘，直接過橋，但踩著對方的靴子，由一個人走兩人的路，還是頭一回。這要說聰明，是聰明，瞧著也動人，若要說親密，又顯得有些克制。

橋下的眾人只覺得有些不明白，但並未往深處想，只當是湖州來的公子小姐不比濟陽開放，不喜歡大庭廣眾之下做些過分親密的舉動，所以才如此。

但落在同行幾人眼中，卻大有不同。

赤烏登時倒吸一口涼氣，看禾晏的目光彷彿是玷汙了自家主子一般，只恨聲道：「哪有這樣的，便宜都讓這小子一人占盡了！」

到底是誰占誰便宜啊，橋上的禾晏亦是欲哭無淚。吊橋極不穩當，肖玨每走一步，便晃的厲害，他步子已經很穩，神情亦是平靜，未見波瀾，禾晏卻覺得心跳很快，待行到中間時，肖玨腳下那一塊木板似乎有些不穩，一腳踩下，身子一偏，險些跌倒下去。

禾晏嚇得一個激靈，下意識伸手摟住他的脖子，待回過神時，兩人都愣了一下。

距離是很近的，他的唇只要再多一釐，便會觸到禾晏的嘴角，禾晏的目光往上，正撞上對方秋水般的長眸，此刻那雙眼眸深幽，如看不到底的潭水，漾出層層漣漪，俊美青年薄唇緊抿，喉結微動，一瞬間似乎想說什麼，不過片刻，便輕輕側過頭去。

禾晏尷尬極了。

她小聲道：「抱歉。」

肖珏沒有回答。

禾晏不敢看他的臉，莫名覺得氣氛尷尬起來，心中只盼著這橋能快些走完，橋的另一頭，看熱鬧的人群正翹首以待。肖珏穩了穩步伐，繼續往前走，禾晏眼看著吊橋快要走到盡頭，心頭一喜，頓時長舒一口氣，暗暗道，這比在演武場日訓還令人覺得煎熬。

待肖珏走到橋的盡頭時，禾晏便迫不及待地道：「到了到了！」就想要後撤一步到後面，拉開與肖珏的距離。誰知道這吊橋年久失修，本就不穩，她這麼往後一退，身後的木板一下子翻出，一腳踩了了空。

肖珏低低斥道：「小心！」

順手抓住她將她往自己身邊扯，禾晏順著力道往身前撲，只覺得自己撲到溫暖的懷裡，她下意識穩住身子，抬頭欲看，不動還好，一動，對方也正低頭看來，於是一個溫軟的，輕如羽毛的東西擦過了她的額頭，若即若離，只一瞬，便離開了。

她僵在原地。

額上那一點是什麼，毋庸置疑，禾晏一時間不知如何是好，站著不敢動彈，只覺得被他唇角碰過的地方，灼熱燙人。

肖珏亦是僵住，一動不動地站在原地，漂亮的眼睛垂著，看不出是何神情。

倒是一邊的大哥笑道：「怎麼站著不動？這位公子，已經到了。」

肖珏似是此時才回過神，被蜂蜇了般的鬆手，冷冰冰地轉過身，道：「走了。」

禾晏「哦」了一聲，掩住內心的驚濤駭浪，假裝無事發生，跟在肖珏身後，心中卻在大叫。

她居然……和肖玨親上了？

雖然是額頭，可這樣親密的接觸……實在是令人很難忽略。縱然那只是個意外，可這意外，來的也太不是時候了！

剛剛才走過情人橋，要是水神看見了，說不準還真以為他倆是對有情人，萬一亂點鴛鴦譜，禾晏打了個冷顫。

肖玨不知是不是因方才之事有了想法，走的極快，禾晏只得加大步子跟著他走。待回到了崔越之身邊時，方才看熱鬧的人都鼓起掌來，崔越之也笑道：「渙青，真不愧我崔家兒郎！第一次走就過了！我還想著若是這次不過，下次你會不會不敢，哈哈哈哈，沒想到哇沒想到，這情人橋，你竟過的如此順利！」

禾晏心道，居然還盤算上了下次，這情人橋真是沒有底線。

「這下好了，」衛姨娘笑著拍了拍禾晏的手，「和渙青少爺走過情人橋，此生上窮碧落下黃泉，定不會分開！」

禾晏：「……」

真是可怕。

赤烏和飛奴也是一臉一言難盡的表情，唯有林雙鶴樂不可支，搖著扇子，只道：「說的我都想去走走。」

「那你去。」禾晏沒好氣道，方才林雙鶴可沒瞎少起鬨。

「那還是罷了，」林雙鶴矜持道：「弱水三千，何必取一瓢飲？這橋不適合我。況且，我又去哪裡尋一位能將我摟著過橋的姑娘呢？」

肖玨：「閉嘴。」

禾晏不敢說話了，這玩笑開得令人尷尬。不幸中的大幸，大概是他們最後下橋的時候，因離得遠，眾人只看見她差點跌倒，肖玨拉住她，並未看到額頭上的那點意外。否則林雙鶴要拿這個開玩笑，她真是無地自容。

「既走完了情人橋，就來看看咱們水神節的其他節目。」崔越之笑道：「妳看，這就是水上坊市。」

濟陽靠水，河流上早已停靠了大大小小的船舶，船尾有人坐著划槳，船頭則擺著各種小食瓜果，或是首飾脂粉，岸上若是有人看中了，招招手，船便靠岸停下，容客人細細挑選。倘若是船上的遊人看中了，則兩船都在中央停下，船上的小販讓人挑選。

禾晏瞧見有一艘小船上，賣著用綠色大葉包著的馬蹄狀糕點，上頭嵌著山藥和紅棗，灑了一層細細的蜜糖，看起來很令人心動，崔越之見她喜歡，就叫身邊僕人去岸上叫那船停下，買了幾包過來。

禾晏接過來，道過謝後便咬了一口，頓覺齒頰留香，甜甜的令人口舌生津，心中暗嘆，比起這來，之前她與禾雲生在朔京裡賣的大耐糕，就很一般了。

她吃的認真，嘴巴鼓鼓的，跟個松鼠似的，肖玨似是看不下去，道：「嘴巴上有糕屑。」

「什麼？」禾晏沒聽清。

下一刻，這人就沒好氣的把帕子甩到她臉上：「擦乾淨，丟死人了。」

禾晏：「……」

她擦了擦嘴，道：「事兒真多。」

正說著，又聽見另一頭傳來陣陣驚呼，回頭一看，便見一處跑馬場內，外圈圍著不少人，不知道在幹什麼。

不懂就問，她指了指那頭：「那邊是什麼？」

「那個啊，」崔越之順著她指的看過去，道：「這個叫奪風。」

「奪風是什麼？」

「妳看，馬場裡有很多馬。」崔越之笑道：「馬道是一個圓，中間則是一處高臺，最高臺上有旗幟。人須騎著馬，在路過高臺的時候躍上去奪那面旗幟，等拿到旗幟之後，從高臺上跳下，最好落於馬背，若能在規定的時間裡拿到這面旗，則為奪風順利。能夠奪風成功的，就有好彩頭。旁邊是銅壺滴漏，時間用的越短，彩頭就越大。」

禾晏聽完，小聲道：「這不就是爭旗嘛。」

林雙鶴搖著扇子，笑問：「聽起來很有趣，不過都有哪些彩頭？」

「這彩頭五花八門，若是男子為自己所求，多是兵器，有時候也有銀子，若是男子為女子所求，大多是首飾、珠寶，或者布匹一類。」

崔越之一邊說，一邊帶著幾人往馬場那頭走，濟陽的馬場並不大，不及涼州白月山下的演武場，只是此刻已經圍了不少人。只見面前好幾個身穿勁裝的男子正騎馬從旁掠過，馬匹帶起陣陣疾風，在路過高臺上，幾人一躍而起，爭先躍向旗杆頂。

旗杆極高，周圍並無可以落腳的地方，全憑功夫站上去。有一人未至旗杆頂部，連旗幟都沒拿到就掉了下去。落在了臺下的沙坑裡，另一人倒是在還未到達竿頂的地方，勉強用手扯到了旗幟，便摔了下去，沒有騎上馬，只得了一串銅錢作為彩頭。

另一邊架著一張桌子，桌上擺著「奪風」的各種彩頭，琳琅滿目，應有盡有。禾晏一眼看到最上頭擺著一支鞭子。

鞭子很長，看起來極堅韌，通體散發油紫色，一看就好用。禾晏如今怕被人發現身分，不能用劍，更多的時候是用鞭子。不過演武場上的鞭子，稱不上是寶物，這一支鞭子，瞧著比之前用的那些好多了。

一瞬間，禾晏有些心動。

她問馬場主：「請問，這根鞭子是什麼彩頭？」

馬場主笑呵呵地道：「姑娘有眼光，這是咱們此次『奪風』的最大彩頭，紫玉鞭，銅壺滴漏裡，若能在最短的時間裡扯到旗幟，就能得到這根鞭子。今日有好多小哥都是衝著這根鞭子來的，不過到現在都沒人拿走，我看今日是難囉！」

她這一問，幾人都朝她看來，崔越之笑道：「玉燕喜歡這根鞭子？」

「覺得看起來很特別，」禾晏謙虛地開口。

「不如讓渙青去替妳爭。」崔越之笑道：「我看過渙青的底子，應當從前練過武，不至於不敢上去。」

畢竟崔越之也是練武之人，對方究竟身手如何，一眼就能看清。

禾晏看向肖玨，肖玨冷道：「妳想都別想。」

「我已經開始想了。」禾晏湊近他，低聲懇求道：「你幫我一回，替我拿到這根鞭子，我有了這根鞭子，日後替你賣命也方便些。若非今日我看來這裡的人都是男子，我肯定會自己上的。都督，將軍，少爺……夫君？」

肖玨：「妳給我閉嘴。」

禾晏只好閉嘴，目光一轉，又落在紫玉鞭上，眼饞的不得了。有時候遇到好的兵器並不是那麼容易，尤其是可以不費一針一線白得，簡直更是十年難得一遇，就這麼錯過了豈不可惜？

只是今日……偏偏是今日來葵水，腹部有些不適。但應當還可以忍受？禾晏在心中斟酌了一會兒，若是能在最短的時間裡拿到旗幟，就只疼那麼一會兒，也還好。

思及此，便笑咪咪地問馬場主：「請問，女子可以參與嗎？」

馬場主一愣，周圍的人也愣了，馬場主遲疑道：「可以是可以……不過，以往未曾有人如此過。」

肖玨側頭，不可思議地看向她，「妳瘋了？」

「沒辦法，」禾晏無奈，「但我覺得，這根鞭子日後應當很難遇到了，放心，你知道我的本事，這種小場面，還難不到我。」

「妳不是……不是……」說到此處，他似乎難以啟齒，沒有繼續往下說。

禾晏奇怪地看著他：「不是什麼？」說著，就要抬手將頭髮紮起來，一頭長髮，總歸是不方便的。至於衣裳，只有先綁起來再說。

她甫一抬手，就被肖玨抓住手肘。

「怎麼了？」禾晏問。

肖玨忍了忍，盯著她的目光如刀子，一字一頓道：「我去。」

「欸？」禾晏愣了一下，還沒來得及說什麼，就見肖玨往前走去，同馬場主說了什麼。

「渙青這是要奪風？」崔越之有些意外，「為了玉燕喜歡的那根鞭子？」

禾晏說不出話來，其實她雖然懇求肖玨，但沒想過真要肖玨去幹這種事。一個管著數萬兵士的將領，來做這個，況且肖二公子向來驕傲，當看不上這種事。沒料到他竟真去了。

馬場主帶著肖玨去裡頭牽馬了，衛姨娘笑著開口，語氣帶著羨慕：「渙青公子待玉燕姑娘真的很好。」

話是這麼說沒錯，可是……一瞬間，禾晏有些迷惑。

林雙鶴看了看禾晏，又看了看肖玨遠去的方向，搖扇子的動作漸漸停了下來，站在原地若有所思。

不多時，肖玨騎馬出來了。

正是春日，一片新綠，暖意絨絨裡。容顏俊美的貴公子，將周圍的春色映亮，他今日為了迎合濟陽的水神節，便沒有穿長袍，穿著皂青便服，越發顯得風流昳麗，目光懶倦而冷淡，端坐在馬背上，立刻就吸引了眾人的目光。

禾晏聽見身後有女子驚呼：「好俊俏的公子！」

「眉眼真俊，看起來也貴氣！」

「濟陽何時有這等人物，這是哪家的少爺？」

禾晏聞言，心中倒是與有榮焉，腦海中浮現起一句詩文，「春草綠茸雲色白，想君騎馬好儀容」，說的就是如此。

忽然就想起少時在賢昌館時，冬日狩獵場上狩獵，獵得獵物最多的，可得賞賜。肖玨一人獨占鰲頭，那時候的禾晏，連拉弓射箭都很勉強，到最後一隻獵物也沒獵著，只能隨著眾人或驚豔或羨慕的目光，看著那少年自雪中走來，錦衣狐裘，滿身風姿。

很多年過去了，他還是如此，只要站在人群中，便能成為最耀眼的那一個。即便經過再多事，也無法使明珠蒙塵。

肖玨騎馬繞著馬場跑起來。

到這時，除了男子，許多姑娘也圍了過來，當然都是為了看肖玨，林雙鶴走到禾晏身邊，低聲道：「妹妹，妳真厲害，肖懷瑾居然願意為妳出這種風頭。」

禾晏赧然：「我也沒想到他會幫忙。」這誰能想得到，她懷疑肖玨是不是被人附了身，但看他之前對自己的樣子，又不太像。

「妳是不是很感動，恨不得以身相許？」

禾晏嚇了一跳，下意識的想要大聲反駁，忽然又記起崔越之一行人還在身邊，不可放肆，便低聲回答：「沒有！我又不喜歡都督。」

「妳不喜歡他妳緊張什麼？」林雙鶴促狹道：「兄弟，妳耳朵都紅了。」

禾晏連忙雙手捂住耳朵，「沒有的事，別胡說！」

正在此時，突然聽見周圍傳來陣陣驚呼，兩人順著聲音看去，就見肖玨已經駕馬賓士到了高臺下，他沒有做任何停留，直接飛身上去，滑不溜秋的長杆，在他腳下如履平地。周圍的人縱然是會輕功的，想要上去尚且不容易，又哪裡見過如此陣仗，如此輕鬆奪風的人。

他掠的極快，如閃電般眨眼已至竿頂，再順勢踩在長竿盡頭，隨手扯下那支紅色的旗幟。風吹動，旗幟在他手中飛揚，年輕男人的面容有一瞬間，和春日裡的明麗少年重疊。他眸光散漫，微微揚眉，對著臺下眾人，或者只是對著禾晏彎眸輕笑，勾唇道：「拿到了。」

禾晏怔怔地看著他，一瞬間，聽到自己的心跳的聲音，響亮的讓人難以忽略。腦海裡，忽然憶起少時在賢昌館裡聽先生講過的課來。

《傳燈錄》上寫，六祖慧能初寓法性寺，風揚幡動。有二僧爭論，一雲風動，一雲幡動。六祖曰：「風幡非動，動自心耳。」

她原先覺得這話晦澀難懂，不明白說的究竟是什麼。如今沒有解釋，沒有講論，只要看一眼，就一眼，此情此景，便全然明白。

不是風動，不是幡動，是心動。

第五十一章　我的名字

一身皂青騎裝的青年，拿到旗幟，飛身下馬，落於地面，順利的令人驚嘆。

馬場主不是小氣之人，將那根紫玉鞭交到肖玨手中，讚嘆道：「公子好身手，近幾年的奪風裡，您是最快拿到旗幟的人！」

崔越之也忍不住拊掌，「渙青，原先你還沒到時，就聽聞你的養父曾給你尋過武師傅，如今看來，那位武師傅教你也是用了心的。如此身手，就算放在濟陽城裡，也不多見。」

肖玨頷首微笑：「伯父過獎。」

禾晏心道，崔越之還不知道，肖玨方才那一出，還是收著的。若要真的敞開了去爭，只怕會驚掉眾人大牙，也會讓身分有暴露的危險。

她正想著，肖玨已經走過來，將紫玉鞭往她懷裡一扔。

禾晏受寵若驚：「謝……謝謝。」

總覺得今日的肖玨，很不一樣。好似特別容易說話，心腸特別好。

但想也想不出名頭，禾晏便搖頭。

「現在紫玉鞭也拿到了。」衛姨娘笑著開口：「要不去河邊的祭禮上看看，很熱鬧的，還能得到水神賞賜的供品，吃了水神賞賜的供品，被神水沐浴，來年一年到頭，都會被福澤保佑。」

崔越之一拍腦袋：「對對對，差點把這一茬忘了。渙青、玉燕，你們都去，求個好兆頭！來水神節怎麼可能不來水神祭禮。」

水神祭禮又是什麼，禾晏一頭霧水，只是盛情難卻，便隨著眾人一同往運河那頭走。走到附近的時候，見運河附近空出很大一塊平地，搭了一個圓圓的廣臺，上頭有許多戴著面具的人在唱歌跳舞。大概是濟陽的民歌，曲調倒是很歡快，男女老少都有，十分熱鬧。

才站定，就聽到一個女子的聲音：「崔大人。」

幾人看過去，就見前幾日來崔府做客，曾經彈琴給眾人聽的那位典儀府上的小姐，凌繡。她的身邊，站著顏敏兒，正目光不善地看過來。

凌繡今日也是盛裝打扮，穿著濟陽女子穿的粉色束身長裙和小靴，長髮亦是紮了細碎的辮子，溫柔中帶著幾分俏皮。她笑盈盈道：「我同敏兒剛到此處，就遇到崔大人，實在是太巧了。真是緣分。」

崔越之也笑：「阿繡、敏兒，妳們爹娘呢？」

「父親母親都在船舫上，我和敏兒帶著僕人侍衛在這邊走走，想瞧瞧祭禮，順便拿些供品回去。」她的目光落在肖玨身上，肖玨只看向禮臺的方向，壓根兒沒朝她看一眼，凌繡心中掠過一絲陰鷙。

其實她與顏敏兒看見肖玨，不是在此處，剛剛在馬場上奪風的時候就瞧見了。年輕男子丰姿如月，驚豔絕倫，抓住旗幟輕笑的模樣，立刻映入人的心中，令人想忘懷也難。然而這樣的男子，當著眾人的面如此出風頭，不過是為了給那個女人贏得她喜歡的一根鞭子。

凌繡妒忌極了。

她生的好看，又有才學，亦是金枝玉葉，濟陽城裡多少青年才俊傾慕於她，可她一個也瞧不上，偏偏來了這麼一個人，將全城的人都比了下去，可惜是個有婦之夫，還對他看起來平平無奇的夫人這樣的好。如果說一開始只是氣憤肖珏對她的無視，幾次三番下來，凌繡連禾晏也一併討厭上了。

若是沒有那個溫玉燕，若是先遇到喬渙青的是自己……根本就不是這樣的結局。那個女人有什麼好，喬渙青真是被豬油蒙了心，才會錯把魚目當珍珠。

禾晏正興致勃勃地看著臺上那些跳舞歌唱的人，問衛姨娘：「他們為何都要戴著面具？」

「一張面具代表著一個身分，這些是和水神有關的傳說故事。在祭禮上跳舞歌唱，其實是在傳達水神的傳說。」衛姨娘笑道：「若是玉燕姑娘喜歡，也可以上臺一同跳舞，扮演其中一個角色，等快結束的時候，長老會將福水用柳條沾點，灑在大家的身上。沐浴過福水，就會否極泰來。」

禾晏未曾聽過這樣的民俗，就道：「怪有趣的。」

凌繡上前笑道：「喬夫人想要一起上臺嗎？」

禾晏擺手：「我就是說說而已。」

「我和敏兒也想要一起上臺跳舞，倘若夫人願意一同的話，一定會很熱鬧的。」她盯著禾晏，笑的溫軟而體貼，但不知為何，禾晏本能的有些抗拒。她對於女子之間的關係與暗流並不十分精通，甚至算得上大意，可普通的敵意和友善，大抵還是能分得出來的。

凌繡對她有掩蓋不住的敵意，這是為何，禾晏左思右想，並沒有得罪這位姑娘的地方。

「妳們年紀相仿，」崔越之開口笑道：「玉燕就跟著一起上去吧，咱們濟陽的水神祭禮很簡單。若是有不懂的地方，就讓阿繡和敏兒一起教妳。」

崔越之已經說了，禾晏再拒絕下去，倒顯得很不尊重濟陽的民俗似的，便道：「那好吧。我不會跳，可不要笑我。」

「不會的。」凌繡甜甜道：「我們都會教妳呢。」說罷，便拉著顏敏兒往廣臺走：「我們先去拿面具。」

禾晏硬著頭皮嘆了口氣，罷了，縱然凌繡和顏敏兒二人對她有敵意，但她們二人又不會武，不至於對她做什麼，無非是些無傷大雅的小玩笑。自己放機靈些，其實也沒什麼。

她想著，聽見身側有人開口：「為什麼不拒絕？」

禾晏訝然，側頭去看，肖玨的視線落在她臉上，看不出是什麼表情，輕嘲道：「明明不喜歡，為什麼不拒絕？」

「不好吧，」禾晏遲疑了一下，「如果拒絕的話，崔大人可能會不高興。」

他笑了一聲，似是對禾晏的做法不敢苟同，道：「不喜歡就拒絕，妳有可以拒絕的能力，禾大小姐，」他提醒，「妳不可能讓每一個人都高興。」

話是如此，可是……

儘量讓每一個人都高興，得到圓滿，似乎已經成了一種習慣。

另一頭，顏敏兒將凌繡往一邊拉，低聲道：「妳這是什麼意思？誰要跟她一起跳舞？我煩她還來不及！我不去了！」

「等等，」凌繡一把拽住她，「妳聽我說完。」

「說什麼？」

「之前在繡羅坊的事，我都聽人說過了。」

顏敏兒聞言，臉色立刻漲得通紅，噎了片刻，道：「妳怎麼會知道！」

「現在這件事，誰不知道，早就傳開了。」凌繡笑著看向她，「妳也別惱，我當然是站在妳這一邊的。再說了，我也不喜歡那個溫玉燕，既如此，怎麼可能讓她好過？」

「妳想做何？」顏敏兒沒好氣地道。

「這不是跳舞嘛，偏不讓她出風頭，要她出醜才好。」凌繡笑著指了指一邊的面具，「讓她自討苦吃，咱們濟陽的姑娘，可沒那麼好欺負。」

「我還從沒見過夫人跳舞的樣子，」林雙鶴搖搖扇子，意有所指道：「今日有這樣的機會大開眼界，真是令人期待。」

禾晏心道，她可不會跳舞，頂多舞個劍，不過她是外鄉人，就算是祭禮上跳舞，旁人也不過太過苛待，只求不出大錯就好。一起圖個熱鬧而已。

正想著，凌繡和顏敏兒已經過來，顏敏兒手裡拿著幾個面具，凌繡則捧著一只木盒。待走到禾晏跟前，凌繡面露難色，道：「我方才去問司禮了，今日來祭禮的人很多，只剩了這幾個面具。我也不知道怎麼分配，不如抽籤決定？」

不就是面具嗎？禾晏沒有太過在意，就問：「這其中有何分別？」

「不同的面具代表不同的角色，在濟陽水神的神話傳說裡，有一些奸角、丑角……」凌繡頓了頓，又展顏笑了，「不過夫人抽到丑角的可能不大，應當不會的。」

禾晏「嗯」了一聲，謙虛道：「妳們先抽吧。」

「夫人不是濟陽人，還是夫人先抽吧。」凌繡笑道。

這種事，推辭來推辭去也沒什麼意思，禾晏就道：「好啊。」說著，將手伸進凌繡捧著的那個木盒子裡，揪出一個疊著的紙條來。

她打開紙條去看，見上面寫著「狸謊」。

「狸謊……是什麼意思？」她遲疑地問。

崔越之一怔，衛姨娘也有些意外，倒是凌繡，掩嘴驚呼了一聲，道：「竟是狸謊，夫人今日……可真是太不巧了。」

「這很不好麼？」禾晏莫名其妙。

「正如我方才所說，濟陽水神的神話傳說裡，不乏有奸角、丑角，狸謊就是其中一個。這是個滿口謊言的騙子，在人間水邊作惡多端，騙了許多人的家財，連老人和小孩都不放過。世上最無恥的事情都被他做過，天上的神仙看不下去，就派水神的手下，一位仙子來收服他。這騙子在旁人面前可以滿口謊言，但對著仙人仙法，只能說出腹中真話。他說足了自己身上的十個祕密，最後被仙人關進海底水牢，永生不能上岸。」

禾晏聽著聽著，不自覺的將自己代入進去，待聽到永生不能上岸時，便忍不住道：「好慘。」

「是挺慘的。」顏敏兒皮笑肉不笑道：「不過妳既然抽中紙籤，就只能演狸謊，倘若決定水神祭禮卻又中途反悔，是要遭到水神懲罰的。」

禾晏很想問問，請問水神如何懲罰她，但轉念一想，上輩子可不就是死在水裡麼，倒也不知道是不是巧合。

她道：「那丑角就丑角吧，這世上，總要有人扮演丑角不是麼？」

崔越之尚且有些猶豫：「可是玉燕，那面具……」

「面具怎麼了？」

凌繡從顏敏兒手中接過面具，遞給禾晏：「這就是狸謊的面具。」

禾晏看見面具的模樣，這才明白崔越之方才為何是那種神情了。狸謊的面具看起來，像是一隻狸貓，還是一隻特醜的狸貓，畫的凶神惡煞，但在眼睛和鼻子中央，塗白了很大一塊，看起來既奸詐又醜陋，女孩子定然不願意臉上戴著這麼個東西。何況這面具還很沉很重，套在腦袋上，平白讓腦袋大了一圈。

禾晏掂了掂：「還行。」

對於這些外貌上的東西，她向來不太在意。衛姨娘臉色卻不大好看，這幾日她與禾晏相處，只覺得禾晏性情溫和開朗，待人和氣爽朗，旁人看不明白，她在後宅中長大，女子間的爭風吃醋，一看就明瞭。這分明是凌繡故意給禾晏使絆子。

想一想，當著心上人的面扮丑角，還要演出各種滑稽可笑的動作，且不說別人如何想，光是女子自己，也會覺得羞恥難當，無地自容吧。世上哪個女子不希望在情人眼中，都如西施貂蟬般絕色動人呢？

衛姨娘就道：「怎麼能讓玉燕姑娘扮丑角，就不能跟司禮說一聲？」

「無事。」禾晏笑道：「祭禮這種事，心誠則靈，沒必要於細枝末節斤斤計較。」

崔越之沒察覺到氣氛不對，見禾晏如此說，便笑道：「好！玉燕果真爽朗！」

另一頭的林雙鶴與肖玨，卻同時蹙了蹙眉。

林雙鶴拿扇子遮了臉，對肖玨低聲道：「藍顏禍水，你惹的禍，偏讓我禾妹妹遭了秧。」

肖玨臉色微冷，瞥他一眼，默了默，突然開口：「你剛才說，狸謊的祕密，要對仙人傾訴。」

凌繡見肖玨主動與自己搭話，心中一喜，笑盈盈道：「是的。稍後夫人上了禮臺，就要與扮演仙人的那位說出自己的十個祕密，」頓了頓，凌繡才笑著繼續道：「而且這十個祕密，都必須是真實的祕密。因為在傳說中，滿口謊言的狸謊面對仙子時，為仙法所制，只得吐露真言。夫人介時，也要說滿十個祕密才可以。」

禾晏無言以對，懷疑這個仙子其實是個喜歡窺探他人隱祕的瘋子。

「神仙亦有角色扮演，」肖玨目光清清淡淡掠過凌繡，「既然如此，我來。」

「什……麼？」凌繡呆了一呆。

禾晏也呆住了。

「不懂？」男人目光銳利如電，雖語氣平靜，表情卻冷漠，「我要演傾聽者。」

禾晏差點沒被自己的唾沫嗆死，肖玨話裡的意思，是要上禮臺一同跳舞？究竟是肖玨瘋了還是這世道瘋了，禾晏看不明白。肖二公子會做這種事，說出去朔京城裡都沒人會信！

赤烏和飛奴也不敢相信，懷疑自己耳朵出了問題，聽錯了。

肖玨主動提出此事，凌繡沒想到，一時間不知如何是好，但男子的目光太冷，令她有些害怕，下意識地道：「為……為什麼？」

「因為，」肖玨似笑非笑道：「我夫人的祕密，怎麼可以為旁人知曉。」

只一句話，便讓方才還有些懼意的凌繡登時氣的臉色發青。

禾晏：「……」

她幾乎要昏厥，只覺得肖玨今日實在很不像肖玨，莫名其妙。

肖玨沒管禾晏是何神情，只問凌繡：「面具是哪只？」

凌繡指了指顏敏兒手中一只，顏敏兒有些怕肖玨，立刻遞過來。禾晏看了一眼，這仙人的面具，就無甚特別的了，只是一塊黑色的半鐵而已，然後在額心點了個雲紋花樣。

「怎麼做？」他問。

衛姨娘看出了門道，笑道：「其實在祭禮臺上跳舞呢，並沒有那麼多規矩。若是本地人，自然都明白，可若是外地人，只要心誠，為水神祈禱，跳成什麼樣，都只是形式而已。水神娘娘很寬容，不會在小事上斤斤計較。」

肖玨：「明白。」

他看了禾晏一眼，見禾晏還抓著面具，握住她的手腕：「過來。」

往祭禮臺那邊走了兩步，禾晏往回看去，見凌繡和顏敏兒的目光落在自己身上，那敵意，比剛剛只多不減。她問：「你怎麼回事？都督，你瘋了？」

「是妳瘋了。」肖玨不悅道：「妳為什麼答應她？」

「我不說了嗎，來都來了，我怕崔大人不高興。況且只是戴著面具跳個舞，又不用舞刀弄棍，不少塊肉，有什麼大不了。」

他轉頭盯著禾晏，頗諷刺地笑了一聲：「對我的時候，怎麼沒見妳這麼千依百順？」

禾晏：「……我還不夠千依百順嗎？」

肖玨這個人也太難伺候了吧！

「以後這種事，不想做可以拒絕。」肖玨漂亮的眸子微瞇：「別讓人覺得妳委曲求全，難看死了。」

「我沒有委曲求全。」

「妳有。」他垂著眼睛看禾晏，嘴角微勾，帶著嘲意，「妳喜歡騙人，難道連自己也騙？」

禾晏說不出話來，她本能的想反駁，但又隱隱覺得，肖玨的話是對的。

可是在很多時候，犧牲自己的感情和喜好，已經成了習慣。還有更多、更重要的東西要考慮。沒人告訴她，妳可以拒絕，可以任性，可以不高興。

所以漸漸的，這些也就沒有了。

肖玨見禾晏無精打采的樣子，頓了頓，敲了一下她的頭，道：「快戴上。」說著，自己先拿起手中的面具往臉上戴。

那面具是鐵做成的，磨得非常光滑，但還是很沉重的，肖玨一手把面具往臉上戴，另一隻手繞到腦後去扣機關，一時弄不對，禾晏見狀，就將手裡的「狸謊」放在一邊，道：「我來幫你。」

她走到肖玨身後，對肖玨道：「你把面具戴到合適的位置，我從後面幫你扣。」

肖玨個子高，她只能踮起腳來扣上頭的機關，邊扣邊道：「你以前沒戴過面具嗎，怎麼這麼簡單都不會。」

肖玨嘲道：「妳戴過很多？」

禾晏一怔，笑道：「沒吃過豬肉，總見過豬跑唄。」待幫肖玨戴好，她將那只「狸謊」也戴在自己臉上。

兩個人，一人戴了面具，更顯得神祕高貴，另一人則滑稽奸詐的要命，看起來，怎麼都覺得可笑。

肖玨拉著她，一同上了祭禮臺。司禮對他們輕輕點頭，將他們往禮臺中央推。

四周都是戴著面具的民眾載歌載舞，禾晏也看不明白，對肖玨道：「都督，這怎麼跳？」

肖玨：「不知道。」

禾晏便學著周圍的人跳了一會兒，不過須臾，便覺得實在太難，放棄了。她拉著肖玨到了禮臺的角落，不被人注意的地方，道：「算了算了，不跳了，幹點別的。」

肖玨戴著面具，看不清楚神情，但想也知道，面具下的臉，此刻定然寫滿了不耐煩。

「都督，咱們這樣敷衍，不會被水神怪責吧？」

肖玨道：「怕了？」

「寧可信其有不可信其無。」

這人非常冷漠：「那妳繼續跳。」

「我真跳不動。」

又過了一會兒，禾晏道：「都督……剛剛那位凌姑娘說，狸謊需要對仙人說十個祕密，咱倆既然上來了，就演到底，我跟你說我的十個祕密。這就算完了，可能仙人看咱倆這麼虔誠，就不計較我們不跳舞的事了。」

肖玨笑了，懶洋洋道：「好啊，妳說。」

十個祕密，還必須都是真實的。這可真難說。

她便掰著指頭說。

「我以前酒量很好，現在變差了。」

「我會背《吳子兵法》。」

「我是涼州衛第一。」

「我特別想進九旗營。」

「程鯉素的衣裳釦子都是我揪的，可以賣錢。」

這都五個了，肖玨聽了，覺得頗無語，只道：「無聊。」

禾晏卻受了鼓勵，再接再厲。

「都督在我心中，是特別好的人，我很感謝都督。」

肖玨冷笑：「我不會讓妳進九旗營。」

「都督每次誤會我的時候，我都很傷心！」

肖玨：「繼續騙。」

「我和都督上輩子就有緣分了！」

肖玨連眼神都懶得給她一個。

禾晏：「我前生是個女將軍。」

這就更離譜了。

只剩下最後一個祕密了。

禾晏抬起頭來看向面前人，他的臉被面具覆蓋，直勾勾地盯著她，只露出漂亮的下頷，線條極美，唇薄而豔，懶倦地勾著，昭示著青年的無情和溫柔。

她自己的臉亦被面具遮蓋，藏在暗處，如在黑夜，有著無窮的安全感。

「最後一個祕密，」禾晏墊腳，湊近他的下巴，聲音輕輕，「我喜歡月亮。」

「月亮不知道。」

水神祭禮，整場結束，也要大半個時辰。

禾晏與肖玨下來的時候，天色已經不早了。凌繡和顏敏兒早已不知所蹤，衛姨娘就道：

「逛了整日都不曾用飯，公子和玉燕姑娘定然餓了吧？」

禾晏摸了摸肚子，「還好還好。」

「那咱們先去用飯。」崔越之道：「濟陽有好幾家不錯的酒樓，玉燕想去哪一家？」

「我想……」禾晏指了指河裡的烏篷船，「去那上面吃。」

她方才已經看到了，有好些人乘著小船，船頭生了爐子，不知道裡頭煨煮的是什麼，大約是湯羹一類。剩餘的酒菜則是船行至岸邊或是河上的小販處，遞錢去買。人便可以乘著船，一邊吃東西，一邊瞧著兩岸的熱鬧盛景，觀沿河風情，很是特別。

她過去沒有來過濟陽，覺得新鮮，很想要嘗試一下。

「那是螢火舟。」衛姨娘笑著解釋，「撐船的船家到了傍晚的時候，會將船搖到落螢泉，咱們濟陽天氣暖和，不必到夏日也有螢蟲。落螢泉邊的樹林裡，夜裡搖船過去，便可見密林中河流岸邊，全是螢火蟲，很漂亮！妾身有一年有幸與老爺去過一回，如今想起來，都覺得美不勝收。」

禾晏一聽，被她說得更想去了，就看向崔越之：「伯父，要不我們就坐這個螢火舟？」

「姑娘家都喜歡這些，」崔越之笑著擺手，「我這樣的便不去了，這螢火舟，只為夫妻或情人準備，兩人一舟，咱們這麼多人，不能乘一船。」

禾晏嘴裡的話卡住了，心道這濟陽的水神節，莫非就是中原的七夕節，對沒有情人的人來說，未免太不友好。沒有情人，難道就沒有資格去瞧一瞧傳說中的落螢泉嗎？豈有此理！

「玉燕姑娘既然想去，就和渙青公子一道去吧。」衛姨娘笑著開口：「周圍還有許多同去的船舟，今夜路上應當有水上戲臺，很熱鬧。」

禾晏很掙扎，她的確很想去見識一番，但肖玨……未必願意。

她轉頭看向肖玨，試探地問道：「少爺？」

「休想。」

「少爺，我想去的意願是真的。」

肖玨扯了一下嘴角，「我看妳得寸進尺是真的。」

「我又沒見過一大片螢火蟲長什麼樣，」禾晏低聲道：「來都來了，難道你不想看看嗎？你別把我當個女的，就當成一個下屬，咱們路過此地，欣賞一下本地的風土人情。」

「少爺、夫君？」禾晏又討好地叫他。

肖玨嘴角抽了抽：「好好說話。」

「你不答應我，妾身就一直這麼說話。」

衛姨娘掩嘴一笑，似是看不下去這對小兒女打鬧，低聲對崔越之說了幾句話，崔越之點頭，衛姨娘就叫人去河邊招手，尋了一艘船舟，對禾晏與肖玨道：「方才老爺已經付過銀子了，今夜這船上的師傅會帶著你們遊遍濟陽河，遇到好吃的好玩的，只管買就是。等時辰到了，他會送你們去落螢泉。」頓了頓，又道：「本想讓你們帶幾個侍衛同行，不過落螢泉邊本有城守備軍巡視，應當不會有事。但若你們不放心，也可……」

「謝謝衛姨娘！侍衛就不必了……」禾晏高興地道，忽然想起什麼，問肖玨：「林雙鶴和赤烏他們，萬一也想去看呢？」

肖玨回頭一看，赤烏幾人已經齊齊後退幾步，朝他搖了搖頭，示意並不想看。

也是，螢火蟲這種東西，粗糙的漢子大抵是不喜歡的，縱然是喜歡，也不敢在這裡表現出來。

「那我們先上去吧。」禾晏很高興，自己先上了烏篷船。

這船不如朔京城裡春來江上的船舫華麗，甚至從外觀上來看，稱得上樸素，但裡頭卻算寬敞，有地榻，也有煮東西的小爐，若是坐在此地，吃點東西，吹著河風，瞧瞧河邊兩岸沿途的燈火夜市，實在是人間美事。

禾晏彎腰進去，便坐在地榻上，往河上看。

濟陽運河極長，穿城而過，今日又是節日，兩岸點了許多燈籠，人人吆喝笑鬧，熱鬧非凡。船家是個戴著斗笠的中年漢子，生的十分結實，兩臂有力，賣力地划著槳。

禾晏趴在船頭，她原本是有些怕水的，但如今周圍實在熱鬧，可能又有肖玨在身邊的原因，從前的恐懼淡忘了不少，只剩新鮮了。

她正看的高興，冷不防旁邊一艘小舟從旁擦肩而過，那舟上的人亦是一對男女，女子突然鞠了一把水朝她潑過來，禾晏冷不防被潑了一頭一臉，整個人懵住了。

船家哈哈大笑：「姑娘是外地人吧，不懂咱們濟陽的規矩。這在運河上呢，若是有兩船相遇，大家會互打水仗，人都說，運河水養活了濟陽一城人，被潑的不是水，是福澤和運氣嘞！」

那姑娘也看著她笑，善意的，帶著一點狡黠，讓人有火也難以發出來。禾晏心道，這是個什麼規矩，就不怕衣裳全淋濕了沒法出門麼？

禾晏這個想法，其實還真冤枉了濟陽人，但凡知道今夜上船打水仗的，都帶了好幾件衣裳，方便換下。只有她自己傻乎乎的穿著一件衣服來了，崔越之也許久未坐過螢火舟，早就將這事兒拋之腦後，才會如此。

大概是見她特別好潑，周圍又有幾艘船圍過來，不管男子女子，都彎腰掬一捧運河裡的水朝禾晏砸來。

禾晏：？

她大聲道：「船家，麻煩你將船搖的遠一些！」

話音未落，一大捧水就朝她臉上砸來，禾晏驚了一驚，下一刻，有人擋在她身前，將她的頭往自己懷中一按，擋住了迎面而來的水。

肖玨看了對面一眼，朝禾晏砸水的是個男子，且是個沒有絲毫憐香惜玉意識的漢子，正對著禾晏傻樂。肖玨勾了勾唇角，下一刻，船舫中的茶盞在水裡打出一大片浮漂的痕跡，一大摞水流「嘩啦」一聲，將那男子從頭到腳淋了個透。

男子旁邊的不知是他的夫人還是情人，很焦急地道：「你怎麼能這樣？」

肖玨似笑非笑地看著對方，慢悠悠地道：「多送你們一些福澤，不必感謝。」

禾晏：「……」

她從肖玨的懷中抬起頭來，道：「其實也沒必要計較。」再看周圍一眼，無言片刻，「看把人嚇的。」

周圍本還有幾艘船圍過來，大概覺得禾晏的反應很有趣，眼下見到那男子的前車之鑑，便不敢近前，讓船家趕緊把船划遠，彷彿避瘟神一般。

肖玨笑了一聲：「妳還有心情關心別人？」

禾晏低頭看了自己一眼，半個身子都被水潑濕了，肖玨站起身，走到船尾，替她拿了一張帕子扔過來，又坐在那煮著茶的小爐邊，「過來。」

禾晏依言過去，肖玨道：「把妳的頭髮烤乾。」

禾晏乖乖應了一聲，將長髮放在小爐上頭，藉著熱氣邊烤邊道：「都督，你餓了嗎？」

「妳餓了？」

禾晏摸了摸肚子，「非常。」

她飯量向來驚人，肖玨嘆了口氣，去前頭跟船家說了什麼話，不多時，船家便搖著船，到了一處水市。

說是水市，其實也就是好幾十艘船並在一起，船上有賣點心的、熱茶的、各種小食的，甚至還有賣烤雞燒鵝的，聞著氣味極美。船在水市邊停下，肖玨讓禾晏上船頭來：「自己挑。」

船上的食物，都帶著濟陽特色，與朔京那頭很不一樣，禾晏眼饞這個，又捨不得那個，每樣都挑了一點，於是便抱了好大一堆油紙包。肖玨默片刻，問：「妳是飯桶嗎？」

「吃不完的話可以帶回去給林雙鶴他們，」禾晏笑咪咪道：「我已經很克制了。」

肖玨無言片刻，自己也挑了幾樣，付過銀子，幫著她將油紙包裡的東西抱進船上。

有了這些吃的喝的，禾晏開心極了。坐在地榻上，望著船外，開開心心地拆紙包吃喝。她本來就胃口好，餓了一天，吃的毫無形象，肖玨忍了忍：「注意儀態。」

禾晏滿不在乎的「嗯」了一聲，依舊我行我素，提醒了兩次未見結果，肖玨也放棄了。

她雙手撐在船上的小窗上，忽然想起少年時，也曾乘船和賢昌館的同窗們一同去往金陵，那時候也有肖玨。她第一次坐船，暈船的厲害，在船上吐了好幾次，險些沒死在船上。如今倒是不暈船了，可當年的少年們各奔西東，到最後，竟還是肖玨陪在身邊。

世事難測。

「那邊好像有水上戲臺。」禾晏驚喜道：「船家，能不能把船往那頭搖一下。」

船家就道：「好嘞。」划著漿，將小舟划到了水上戲臺邊。

這戲臺底下，不知是用什麼撐起，只餘一些木頭樁子在水面上，又在木頭樁子上，搭起了戲臺。周圍的看客只得坐在船上往上看，見著唱戲的人臉上塗著油彩，正唱的起勁。武生舞的極好看，咿咿呀呀的，雖聽得不大明白，但是很熱鬧。

那還有一艘船在賣好喝的蜜水，禾晏跑到船頭去看，有許多姑娘正在買。見禾晏看的入神，小販便笑著解釋：「姑娘，都是新鮮的，看戲看累了來一口？咱這什麼都有，荔枝膏水、楊梅渴水、杏酥飲、梅花酒、甘蔗汁、漉梨漿、甘豆湯……」

禾晏瞧見那擺著的小盅裡，有一只看起來雪白雪白的，冰冰涼涼，上頭淋著紅色的圓子，便問：「那是什麼？」

「這是砂糖冰雪冷圓子。甜甜涼涼的，吃一口，絕對不虧，姑娘，來一盅？」

禾晏就有些嘴饞，正要說話，肖玨開口問：「這是涼的？」

「是涼的，」小販熱絡地回答，「冰都未化，很涼爽的！」

「不要這個，換熱的。」他道。

禾晏一愣，那小販卻很熱情地道：「那就甘豆湯？咱剛剛才煮好，捂在手裡暖和的很。喲，姑娘剛是不是被潑濕了呀？」小販笑著邊從小桶裡舀了一勺甘豆湯裝進碗裡遞給禾晏，一邊道：「那得多喝點熱的暖暖身子，還是公子貼心！」

禾晏一頭霧水，此刻也沒計較這人說的話，只問肖玨：「你不喝點嗎？」

「我不喝甜的。」他轉身往船裡走。

禾晏就問小販：「有什麼不甜的？」

「紫蘇飲不甜。」

禾晏就從袖中摸出幾個銅板：「再要一杯紫蘇飲。」

她一手端著甘豆湯，一手拿著紫蘇飲，跟著肖玨進了船裡，把紫蘇飲遞給肖玨：「這個不甜，我問過了。喝吧，我請你！」

肖玨無言：「妳的錢是我給的。」

「重在心意，你怎麼能這麼斤斤計較呢？」禾晏自己舀了一勺甘豆湯，糖水清甜，暖融融的，她瞇起眼睛：「真的很好喝！」

肖玨哂道：「真好養活。」

「你不知道，」禾晏道：「我以前很少吃甜的，但其實我很喜歡吃甜的。」她說：「濟陽真好啊，我也想做濟陽人。」

「妳可以留在此地。」

「那怎麼能行，」禾晏嘆氣，「總有許多別的事要做。」

說話的時候，旁邊又行來一小舟，有人驚呼讚嘆，禾晏爬過去一看，就見船頭坐著一個手藝人，正在捏麵人。臺上唱戲的唱的是什麼，他就捏什麼，草紮成的垜子上，已經插滿了麵人，生的跟唱戲的花旦小生一模一樣，實在手藝出眾。

禾晏趴在船頭，一眨不眨地看著麵團在這人手中飛快的變化，捏麵人的老者笑著問道：「姑娘喜歡的話，可以買一個？我可以為妳捏一個跟妳一樣的麵人。」

「果真？」

「當然。」

禾晏有些心動，不過猶豫了一下，「還是算了吧。」

肖玨正往煮茶的小爐上煮著什麼，聞言抬頭看了她一眼，問：「為什麼不要？」

禾晏轉過身，低聲道：「我現在是女子，是可以買。可若回到衛所，便要做男子打扮，這麵人帶在身邊，總不方便，萬一被人當做證據發現了就不妥了。既終要丟，何必擁有？」

肖玨直勾勾盯著她，忽然揚唇笑了，淡淡道：「妳這個人，個子不高，心眼挺多。」他叩指，一串銅錢飛到那手藝人桌上，「給她做一個。」

老者笑咪咪地收起銅錢：「好嘞。」

禾晏急急回頭，走到肖玨身邊：「你怎麼買了！這買回去，離開濟陽的時候我也不能帶走，何必浪費錢？」

「妳不是喜歡，」他勾唇哂道：「喜歡就買，這世上，如果因為害怕失去就不去爭取，未免太無趣。」

見禾晏還是一動不動，他眸光譏誚，語氣卻十分平靜，「禾大小姐，這是在濟陽，今日妳可以做一切妳想做的事，不必有後顧之憂。妳原本是什麼樣子，就是什麼樣子。喜歡什麼，討厭什麼，可以直接說出來。不用委屈自己，也不用人人都騙。」

禾晏一時無言，竟不知道說什麼。

半晌，她道：「我真的想做什麼都可以？」

肖玨聳了聳肩，「為所欲為。」

禾晏坐了下來。

那捏麵人的老者手藝十分出色，不過片刻，就捏好了一個，在另一頭招呼禾晏：「姑娘的麵人捏好了！」

禾晏道過謝，從他手中接過了麵人。麵人做的極精細，連裙角的花邊都和她身上的一模一樣，模樣亦是俏麗，她看得出了神，半晌舉著麵人問肖玨：「都督，你看她像不像我？」

肖玨冷淡回答：「勝妳多矣。」

禾晏被他擠兌慣了，也不惱，只美滋滋道：「我原來看起來還真挺像個女的。」

她一眼看見肖玨正從小爐上頭的罐子裡撈出點東西，盛在碗裡，禾晏過去一看，不知道什麼時候，肖玨煮了一碗清湯麵，麵條雪白，加了點點醬油，沒有蔥，只有一個蛋臥在裡面，一點碧綠的青菜，發出撲鼻香氣。

禾晏怔了怔，她一直忙著看外頭的景色和吃吃，不知道肖玨什麼時候煮了一碗麵，她問：「都督，你餓了嗎？」

肖玨沒說話，只將碗推到她面前，遞了雙筷子給她：「吃吧。」

「給我的？」禾晏接過筷子，受寵若驚，「為什麼？我買了很多吃的，也不……」

「餓」字還沒出來，就聽見眼前的男子淡淡道：「今日不是妳生辰麼？」

禾晏愣住了。

半晌，她問：「……你怎麼知道？」縱然是在崔越之面前，她說的也是……春分後的幾日。

「禾大小姐，」肖玨慢悠悠道：「妳知不知道，妳騙人的本事飄忽不定，有時候漏洞百出。」

禾晏沒有說話，過了一會兒，她輕聲開口：「所以今日，你之所以對我這樣好，其實是因為，你知道今日是我的生辰，對嗎？」

「好？」肖玨揚眉：「妳似乎對好有諸多誤解。我對妳好嗎？」

不是的。禾晏心道，除了柳不忘，她沒有再遇到像肖玨對她這樣好的人了。從沒有人記得她的生辰，過去的生辰宴上，他們叫她「禾如非」。那是禾如非的生辰，不是她的。

可今日這一碗壽麵，是肖玨做給「禾晏」的。

她揚起頭，對著肖玨，笑盈盈道：「都督，你對我真好，謝謝你。」

少女的眼角彎彎，分明是在笑，但眼眶竟被熱氣蒸騰的有點發紅，肖玨微微怔住，正要說話，禾晏已經埋頭吃麵了。

他便沒說什麼。

天色全然暗下，長空如墨，灑下萬點星光，水中亦成星河，壓著一船舊夢如許。

船家慢慢划槳，不知什麼時候，已經離開了最繁華的河中段，周圍的船少了許多，有涼風吹來。吹得人怡然心勝。

一點暗綠色的流光從水面上掠過，停在了船頭。

船家已經停下了划槳，小舟靜靜地漂浮在水上。

禾晏拉著肖玨一同走出去看，便見泉水邊上，密林深處，無數點或明亮或微弱的流光飄搖，明明暗暗，繞著水面，繞著樹林飛舞。如會發光的微雨，千點飛光，映入人的眼睛。

「真美。」禾晏感嘆道。

過去那些年，也不是沒有見過好的風景，只是從軍路上，哪有心思欣賞。算起來，已經許多年沒有這樣放下一切過了。

這樣的夜，她一輩子都不會忘記。禾晏轉頭，看見肖玨在船頭躺下，兩手枕在腦後，瞧著眼前的螢火。她想了想，在肖玨身邊躺下，學著肖玨的樣子雙手枕在腦後，看著夜風也吹不滅的光輝，彷彿星光就在手邊。

「今日生辰，是我過的最開心的一個生辰，都督，謝謝你。」她道。

肖玨不置可否，道：「生辰時，不是都要許願？說罷，有始有終。」

「許願？」禾晏道：「我沒什麼願望了。」

祈求上天恩賜，大抵是一種自欺欺人的行為，想要什麼，得自己去爭取。

「這麼淡泊？」

「如果真的要說的話，我希望世上有那麼一個人，是為我而來。」

不是為了禾如非，不是為了飛鴻將軍，就僅僅是她，為她而來。

「這算什麼願望。」肖玨嗤笑，「我以為妳要說，加官進爵建功立業，再不濟，也是進九旗營。」

林間點點光，熠熠迎宵上。許是今夜風太好，景太妙，她也想要多說幾句。

她就道：「都督，你有沒有發現，自從我和你在一起，老是在做別人的替身。一會兒是程鯉素，一會兒是溫玉燕，下一次，不知道又是什麼身分了。」

肖玨道：「委屈？」

「也不是，只是……」她有些悵然地看著遠處，「有時候做一個人的替身久了，難免會忘記自己是誰。」

「都督，你一定要記住我的名字。」

「我叫……」

「禾晏。」

少女面朝著長空，微微笑起來，肖玨側頭看去，見她目光清亮，於快樂中，似乎又含了一層晦暗的悲哀，於是過去的明亮皆不見，彷彿有無數難以訴於言表的苦楚，最後，又被一一咽下。

他回過頭，亦是看向長空，原野裡，熒熒野光飄舞，星流如瀑，涼風吹過人的面頰，水面沉沉無定。

今夜不知又會落入多少人的美夢，又有多少人看過深夜裡的微光。

青年勾起嘴角，慢慢道：「這樣難聽的名字，聽一次就記住了。」

「不用擔心我忘記，禾大小姐。」

「禾晏。」

第五十二章　相認

船在水上漂浮，螢蟲漸漸於密林深處隱匿。

少女靠著青年的肩膀，不知不覺睡著了。船家從船頭站起，正要說話，肖玨對他微不可見地搖頭，船家了然，便沒有吵醒她，亦沒有划槳，任由船飄著。

肖玨只坐著，看向水面，水面平靜，偶被風掠過，蕩起層層漣漪。他又側首，看向靠著他肩頭酣睡的少女，她並不似普通姑娘愛美，睡的毫無形象，唇邊似有晶瑩濡濕的痕跡，竟還會流口水。

他有些嫌惡地別過頭，看向遠處的水面，不多時，又低頭，無奈地笑了一下。

到底沒有將她推開。

禾晏難得睡了一個好覺，還依稀做了一個美夢，可究竟是什麼夢，醒來全忘了。睜開眼時，發現自己躺在船上的軟榻上，還蓋著一層薄薄的褥子，她坐起身，見肖玨坐在船頭，便叫了一聲：「少爺！」

他回頭看了禾晏一眼，只道：「梳洗一下，該回去了。」

禾晏訝然一刻，才發現他們竟在落螢泉待了整整一夜，周圍的螢火舟早已全部散去，只餘他們這一艘。禾晏一邊打呵欠，一邊用船上的清水洗漱，梳頭的時候，因著翠嬌和紅俏不在身邊，就胡亂紮了個男子髮髻。

她梳洗完出船頭，正聽見船家對肖玨說話，「公子直接上泉水邊，往前行幾十步，有一座驛站。驛站旁可以雇馬車，公子和姑娘乘馬車回去就是。白日裡運河不讓螢火舟過了。」

肖玨付過銀子給他，往岸上走，對禾晏道：「走了。」

禾晏跟船家道過謝，趕緊上岸。

正是清晨，草木寬大的葉片上滾落晶瑩露珠，帶出些朝露的寒氣。禾晏再次打了個呵欠，問肖玨：「都督，昨夜我睡著了？你怎麼不叫醒我，還在這裡待了一晚。」

肖玨冷笑道：「不知道是誰昨夜睡得鼾聲震天，叫也叫不醒。」

「不是吧？」禾晏很有些懷疑，「你莫不是在騙我。」

「我又不是妳。」

兩人說著說著，沒走多遠，果然如船家所說，見到一處驛站。驛站旁還有一家麵館，老闆娘正在大鐵鍋裡煮麵，香氣撲鼻。

早上沒吃什麼，禾晏早已覺出餓來，就道：「我們先吃點東西再坐馬車吧。」說罷，也不等肖玨回答，便率先同老闆娘招手道：「兩碗麵，一屜包子。」

她倒是胃口好，拉著肖玨在草棚外頭一張桌前坐了下來，剛出爐的包子冒著嫋嫋熱氣，有些燙手，禾晏拿在手裡，鼓著腮吹涼。

肖玨倒沒她那麼猴急，等麵上來後，吃的很慢，看禾晏吃得滿嘴流油，只是覺得好笑。

「你別看著我笑，」禾晏道：「好似我很丟人似的。」

這人不緊不慢回答：「本來就丟人，妳看看周圍，吃的如妳一般醜的，有幾個？」

禾晏鬼鬼祟祟的往周圍看去，眼下時間太早，來這頭吃飯的，大抵都是要趕路的，或者是趕路途中在此歇憩的人。

坐在她身側的，則是一對祖孫，老婦人頭髮花白，慈眉善目，她身邊的小姑娘大概十一二歲，穿著一件髒兮兮的斗篷，半個臉埋在斗篷裡，默不作聲地低頭吃東西。

這二人的衣著都很樸素，大概是趕路至此，還沒來得及好好收拾，見禾晏的目光看過來，老婦人怔了一下，笑著問道：「姑娘？」

「沒事。」禾晏笑笑。

肖玨揚眉：「連小鬼的吃相都比妳斯文。」

這話說的倒是真的，小姑娘看起來穿的髒兮兮的，吃東西的模樣卻十分得體優雅，並不像是普通人家，禾晏捫心自問，縱然是她從前做禾如非，做許大奶奶時，也不會做得比人家更好。難怪肖玨要嘲笑自己……不過濟陽這邊的人都臥虎藏龍麼？看這老婦人就沒有這般感覺了。

她又轉頭，看向那老婦人笑道：「大娘，這是您孫女麼？長得真俊。」

「是啊。」老婦人先是詫然，隨即笑了。

禾晏又看向那小姑娘，小姑娘對她並無任何反應，只低頭吃東西，老婦人就解釋道：

「妮妮認生，姑娘別計較。」

禾晏笑道：「怎會計較？實在是長得太可愛了。妳們是要進城麼？」

「不是，」老婦人道：「家中有喪，帶妮妮回去奔喪的。」

禾晏便點了點頭，說了句節哀順變，轉過身回頭吃飯。吃著吃著，又覺得哪裡不對。一時間摸不清頭緒，但總覺得，好似有什麼被自己忽略掉了。

再看肖珏，也已經停了筷子，望著禾晏身邊的那對祖孫，若有所思。

禾晏稍稍往他身前湊近，低聲道：「都督，我怎麼覺得有些不對。」

肖珏看了她一眼，突然起身，走到那對祖孫身邊。

方才禾晏一番問話，已然讓那老婦人神色不大好，匆匆吃完，便拉著小姑娘想要離開，甫一站起，便被人擋住去路。

年輕的俊美男人擋在身前，身姿筆挺，神情平靜，看著斗篷下的小姑娘，淡道：「說話，小鬼。」

老婦人將小姑娘往懷中一帶，護道：「這位公子是要做什麼？」

「我竟不知，濟陽的拐子什麼時候這樣膽大了，」肖珏挑眉，「光天化日之下也敢擄人。」

拐子？禾晏一怔。

是了，她就說總覺得有什麼不對，實在是因為這小姑娘和這老婦人，兩個人之間似有一層隔膜，絲毫沒有祖孫的相似。從頭到尾，這姑娘吃東西時，老婦人亦沒有半分詢問，倘若真是普通的一對祖孫，做祖母的，大抵要問問孫女，燙不燙，合不合口味一類？就算是再怎麼冷漠孤僻的女孩子，做長輩的，都要包容一些，而不是一副自生自滅的模樣。

看起來慈愛，做的事卻一點不慈愛，不像是祖母，反而像是急於掩人耳目的拐子。

「你……你胡說什麼？」老婦人盯著肖玨，道：「這是我孫女！你莫要含血噴人！」

「是不是孫女，一問便知。」肖玨道：「說話，小鬼。」

小姑娘一動不動。

「你！」

老婦就要帶小姑娘離開，下一刻，禾晏手中的鞭子應聲而動，逕自捲向對方的斗篷，不過瞬間，斗篷便被鞭子帶起落到地上，露出小女孩被遮擋的半個臉。

禾晏掂了掂手中的紫玉鞭，這還是之前肖玨「奪風」幫她贏得的，還好一直帶在身上，挺好用。

斗篷下的女孩子，容顏乾淨嬌美，滿臉淚痕，嘴巴無聲地張開，竟是被點了啞穴。

「妳待妳這個孫女，似乎不太好。」肖玨微微冷笑。

老婦見勢不好，高喝一聲：「多管閒事！」嘴裡發出一陣尖銳高亢的哨聲，但見驛站周圍，餵馬的、吃早點的、洗臉的、休憩的人群中，猛地拔出幾個人影，抽出劍來，就朝禾晏和肖玨二人刺來！

「有刺客！」禾晏道。心中難掩訝然，這麼多人，定然不是拐子了。拐子行動，只怕被人發現，須得低調行事。若是被人發現，第一個反應就是趕緊逃走，這老婦不僅不逃走，還有這麼多同夥，分明是有恃無恐，要麼……她看被點了啞穴，或者還被下了藥的小姑娘一眼……這小姑娘究竟是什麼來頭，須得用如此陣仗？

肖珏出來時，並未佩劍，見這群人攻近，便將桌上的茶碗當做暗器，一一朝前打落刺向面門的長劍。

禾晏將手中鞭子拋給他：「用這個！」自己從地上撿了一根鐵棍。

驛站麵館的老闆娘，早已嚇得躲到了桌子下。一時間，乒乒乓乓的聲音不絕於耳。禾晏與他們一交手，便知這群人絕對不會是普通的拐子，否則怎會有如此好的身手，下手狠辣，分明是要殺人滅口。小姑娘還站在原地，那老婦見禾晏與肖珏正被其他人纏著，眼珠子一轉，直接抓起小姑娘，翻身上了驛站門口的一匹馬，身子靈活的不像是上了年紀的人，一揮馬鞭，馬兒直直往前疾馳。

「不好！」禾晏道：「她想跑！」

她轉頭去看肖珏，見肖珏被人圍在中央——他是男子，身手出色，一時間，所有人反倒將禾晏忽略了。禾晏便道：「少爺，你拖住他們，我去追！」

驛站最不缺的就是馬，禾晏翻身上了一匹馬，朝著那老婦逃走的方向追去。

出城的路是大路，這老婦卻沒有走大路，反是挑了一條坎坷的小路，禾晏一邊追，心中暗自思索，剛才打鬥時十分激烈，小姑娘卻一動不動，不是被下了藥，就是被點了穴道。他們拖住肖珏也要帶走小姑娘，看來那小姑娘對這群人來說很重要。

她馭馬術本就高超，這老婦鑽了識路的空子，卻怎麼也甩不掉禾晏一路跟隨，一時間急了，罵道：「臭丫頭，別找死！」

「把人放下，我尚且還能饒妳一命，」禾晏毫無畏懼，「倒是妳，不要敬酒不吃吃罰酒！」

老婦哼了一聲，用力一抽馬鞭，馬匹疾馳，禾晏見狀，一腳踏在馬背上，亦是用力拍打馬屁股，馬兒往前一躍，幾乎要與那老婦的坐騎並駕齊驅，禾晏眼疾手快，用手中的馬鞭捲住老婦的馬首，二馬距離極盡，馬匹受驚，原地踢動馬蹄，禾晏趁機自馬上躍起，從那老婦手中奪過姑娘，兩人一同在地上滾了一滾。

甫一落定，禾晏便察覺，這姑娘果真被人餵了藥，只能做些極輕微的動作，難怪方才在麵館的時候，無論怎麼說話，她都毫無反應。

禾晏只來得及解開她的啞穴，還沒來得及問清楚這姑娘名字叫什麼，是從哪裡來的，那婦人冷冷一笑，從腰間抽出軟劍，冷然道：「多管閒事！」劈手朝禾晏刺來。

禾晏將小姑娘猛地推開，自己迎了上去，她赤手空拳，方才那根鐵棍在混亂中已然遺失，只得憑藉靈活的身子躲開對方的長劍。

「你們究竟是什麼人？」禾晏一邊躲避一邊問，暗自驚心這婦人的身手，「抓走這小姑娘又是為何？」

婦人皮笑肉不笑，揮劍過來，「廢話這麼多，妳下地獄去問閻王爺吧！」

禾晏揚眉：「這點功夫就想讓我下地獄，未免托大了點。」她猛地從地上翻起，矮身躲過頭上的長劍，腳步挪轉中，已然到了婦人的身後，再一拳打中婦人的背部，從她手裡將劍奪了過來。

「可惡！」那婦人怒道。

劍已在手，雖比不過青琅，卻勉強可用，此刻又無旁人，禾晏最擅長的除了排兵布陣外，本就是劍法，不過須臾，便讓這婦人節節敗退，眼看著是不行了。

禾晏道：「妳若此刻束手就擒，還有一線生機。」

「礙眼！」婦人大喝一聲，突然從腦後的髮髻裡，拔出一支銀簪來，那銀簪裡頭不知什麼機關，見風則長，立刻長了三寸，是一把匕首。她並未用這匕首對付禾晏，而是迎身而上禾晏的長劍，卻將那把匕首，準確無誤的朝地上的丫頭投去。

小姑娘本就被下了藥，無法動彈，眼睜睜地看著那匕首就要插進胸口，禾晏此刻再收劍去救，已然來不及！

「砰」的一聲。

只差一點點，匕首就將沒入少女的心口，有什麼東西撞在匕首上，將那刀柄打的一偏，瞬間失去了凶悍的力道，滾落在一旁。

禾晏手中的長劍，同一時間捅穿了老婦的胸膛，那老婦瞪大眼睛，似是不敢置信有人竟將她的匕首打偏，嘴裡吐出一口濁血，咽了氣。

密林深處，有人走了出來。是一名清瘦男子，約莫四十多歲，卻生的極其飄逸出彩。一身白衣，長髮以白帛束好，似劍客，又如琴師。眉目軒朗，長鬚不顯邋遢，反增了幾分江湖人的落拓瀟灑。

禾晏一見到這人，就呆住了。白衣人走近一點，將地上瑟瑟發抖的小丫頭扶起，這才看向禾晏。

禾晏喃喃開口：「……師父。」

他臉上並未有驚訝的神情，只是有些意外：「阿禾？」

禾晏待在原地，一時間不知道該先震驚什麼，是震驚在這裡遇到柳不忘，還是震驚柳不忘居然一眼就能認出如今已非原貌的自己。

柳不忘將小丫頭的穴道解開，小姑娘咳了幾聲，看向他們，沒有說話。

禾晏卻忍不住了，問柳不忘道：「師父……你怎麼……認得我？」

見過禾晏面具下的臉，除了禾家的幾個人，就只有柳不忘了。當年漠縣一戰中，同袍皆戰死，若不是柳不忘將她從死人堆裡撿了回來，禾晏也不知如今的自己在哪裡。柳不忘知道自己的女子身分，亦見過她的臉，可如今她的臉，已經不是當年的「許大奶奶」了。

他微笑道：「妳那劍術特別，又有我的劍法雜糅，一眼就能看出來。怎麼，妳這是易容了？」

禾晏一時半會兒也跟他說不清，只含糊道：「說來話長，這事得以後再說。可是師父，你怎麼會在這裡？」

「濟陽城裡有可疑的人，我懷疑是烏托人，一路追查他們到此地。」他看向地上老婦的屍體，「聽見這邊有打鬥聲音，過來看一眼，發生了何事？這小姑娘妳認識？」

禾晏搖頭：「不認識，我與……友人路過此地，正在麵館吃東西，見這婦人帶著小姑娘形跡可疑，本以為是拐子，不曾想周圍竟有刺客，懷疑並非簡單的歹人。」

正說著，身後傳來馬蹄的聲音，兩人回頭一看，肖玨駕馬馳來，在距離他們稍近的地方勒馬停住，翻身下馬，走到禾晏身側，蹙眉問道：「什麼人？」

「自己人自己人。」禾晏忙解釋，「這位是我的……師父。」

「師父？」肖玨不可思議道：「什麼師父？」

「我這一身本領，都已經涼州衛第一了，不是跟你說過，有高人指點。這就是我那位高人師父，我們多年未見，今日竟在此地相遇，我也很意外。剛才要不是他幫忙，這小姑娘就沒命了。」

柳不忘看向肖玨，微微一笑，「在下柳不忘，閣下是……」

「喬渙青。」他道。

「少爺，剛才那些人呢？」禾晏問。

「打不過就逃了。」肖玨不置可否：「倒是妳，怎麼跑到這裡敘舊？」

「這些事情以後再提也不遲，」禾晏轉開話頭，「這些人大張旗鼓就為了擄走一個小姑娘，不對勁吧？小姑娘，妳叫什麼名字，住在哪裡，是誰家的孩子？」她彎腰看向這孩子。

小女孩生的極好，雖年紀尚小，卻能看出是個美人胚子。她似是受了些驚嚇，目光警惕地盯著眾人，抿著唇不說話。禾晏問了幾次，她也沒有回答，到最後，乾脆將臉扭到一邊。

「不會真是個啞巴吧？」禾晏納悶。

「妳才是啞巴！」那小丫頭氣鼓鼓地回道。

「原來會說話呀，那剛才問妳問題妳怎麼不回答？」她問。

小丫頭又不理人了。

「可能是剛剛經歷了歹人，不信任他人，無事，過些時候就好了。」柳不忘笑道。

禾晏嘆了口氣，一時間束手無策，便看向肖玨：「少爺，要不先把這孩子帶回去，讓崔大人定奪，她若真是哪個大戶人家的姑娘，崔大人定認識。」

肖玨點頭。

小姑娘聽到「崔大人」三個字時，目光微微一動，不過轉瞬，又低下頭，掩住眸中異色。

柳不忘笑笑：「既如此，那就在此分別吧。」

禾晏一怔，柳不忘這人，總是如此。禾晏自打認識他開始，就覺得此人似乎無牽無掛，凡事順心。她從未見過柳不忘有交好的人，亦不見他和別人有何往來。他好像從不覺得孤獨，對每一次分別也沒有太多的傷感。禾晏當年與他告別之時，尚且有所不捨，但柳不忘卻很豁達，只道：「天下無不散之筵席，阿禾，妳須得長大。」

乍逢故人，還未來得及敘舊，便要分別，禾晏心裡一酸，一把扯住柳不忘的袖子：「師父！我……我如今住在友人家中，他家裡很大，你要不跟我們一道回去，我還有很多事想問你！」

肖玨目光落在她扯住柳不忘袖子的手指上，不露聲色地挑了挑眉。

柳不忘笑了，無奈道：「阿禾，妳怎麼還跟個孩子似的。」

「我很久沒見到師父了……我還以為再也看不到你了……」禾晏死也不鬆手，「再者，你剛才不是說烏托人嗎？既然與烏托人有關，定然要告訴濟陽城蒙稷王女殿下才行，你跟我回去，我認識的那位官員，與王女殿下一同長大，關係極好，也好將此事稟告。」

柳不忘微微一怔：「王女？」

禾晏見他態度有異，連連點頭：「不錯，師父，你想，烏托人突然出現在濟陽，本就不尋常。濟陽通行向來不易，別說是烏托人，就是大魏中原人來此都要多番周折，可烏托人能藏匿在濟陽城裡，說明什麼？總之，此事很多疑點，我們應當同行。」

柳不忘還有些猶疑。

肖玨抱肩看著他們二人，懶洋洋地勾了勾唇，道：「是啊，柳先生，不如跟我們一道回去，也與你的好徒兒仔細探討。」

靜了半晌，柳不忘笑道：「好吧，那我就隨你們一道回去，只希望不要給你們添亂才好。」

禾晏鬆了口氣，雖然將柳不忘留在身邊，並不能做什麼。可遇到前生的師長，實在不願意沒說幾句話就分道揚鑣。

畢竟，能記得「禾晏」的人，實在是不多了。

「那我們先回驛站，雇輛馬車回崔府。」禾晏對肖玨道，說罷又嘆了口氣，「昨晚一夜沒回去，也不知道是不是讓崔大人他們著急了。」

柳不忘的目光在肖玨與禾晏身上打了個轉兒，若有所思。

從老婦手裡救下的小姑娘，被餵了藥，身子軟綿綿的，連路都走不動，走一步便要東歪西倒，禾晏想了想，就在她身前蹲下，道：「小姑娘，上來吧。」

肖珏問：「妳幹什麼？」

「她走不動路，我背她去驛站。」禾晏答，「否則這樣也不是辦法。」

她還真是不知道自己月事來了，肖珏默片刻，道：「我來背。」

「欸？」禾晏一怔。

小姑娘倒是不滿意了，開口指責：「我是女子，你是男子，你怎麼能背我？我要她背！」

「小鬼，」肖珏漠然道：「妳再多說一句話，我就把妳扔在這不管了。」

蠻橫的小鬼遇到不近人情的都督，到底是棋差一著，不敢再多說，生怕肖珏丟下她不管，禾晏便看著肖珏將小姑娘背起來，一路走回了驛站。

待到了驛站，眾人沒了繼續吃早點的心情，只雇了一輛馬車，叫車夫回崔府去。

坐在馬車上，馬車晃晃悠悠的往前駛去，禾晏與肖珏坐在一邊，小姑娘與柳不忘坐在一邊。幾人沉默著，肖珏突然道：「柳先生是禾晏的師父？」

柳不忘笑道：「不錯。」

「那柳先生的身手，一定很出色了。」

「當不起『出色』二字。」

肖珏輕輕一笑：「怎麼會想到收禾晏為徒？畢竟這位……」他頓了一頓，語氣微帶嘲意，「除了矮和笨，似乎無別的天資。」

禾晏此時，也顧不得肖珏說自己矮笨了，只怕柳不忘說漏嘴，便自己先開口胡說一氣：「誰說的！當年我在朔京，不過是偶然出遊，誰知道剛好遇到師父收徒，說來也是緣分，千萬人中，當時師父一眼就看出來我天資聰穎，日後必有所為，於是就收我為徒，授我一身武藝。只是我師父這人，閒雲野鶴，早已處在紅塵之外，教了我三年，便分別雲遊四海。這還是我與他分別後，第一次相見！」

她自覺將這一切的來龍去脈解釋的清清楚楚，心中只盼著肖玨不要再深究。

肖玨望向柳不忘，問：「是嗎？」

柳不忘看了禾晏一眼，道：「是。」

「這樣。」青年頷首，沒有再說別的。

禾晏心裡一塊石頭落了地，正在此時，柳不忘看向她，疑惑地問道：「阿禾，妳與喬公子，又是何關係？」

誰，這個問題就很難回答了，如今她是「溫玉燕」，肖玨是「喬渙青」，若論關係，自然就是夫妻。可……柳不忘又是知道她的真實身分的，這會兒還有個身分不明的小姑娘，若這小姑娘與崔越之認識，總不能說漏了嘴。

再看一邊的肖玨，正靠著馬車座，似笑非笑地看著她，等著聽她的回答。

「喬公子……是我的夫君。」禾晏萬般無奈，只好硬著頭皮，艱難的從嘴裡吐出一句話。

柳不忘有些驚訝：「阿禾，幾年不見，妳竟已成親了？」

「是、是啊。」禾晏勉強掛著笑容。

「也好，」柳不忘微一點頭，「有人陪著妳，為師也就可以放心了。」

禾晏：「……」

說了這麼多次謊，禾晏頭一次明白，什麼叫做搬起石頭砸自己的腳。就是眼下。

等回到了崔府，只有幾位姨娘在，衛姨娘見他們幾人安然回來，才鬆了口氣，撫著心口道：「昨兒晚上渙青公子托人傳信說今早回，小廚房做了早點，還未見到人，妾身還有些擔心是不是出事。眼下總算可以放心了。」她目光又落在身後的小姑娘和柳不忘身上，疑惑地問：「這兩位是……」

「這是我的故人，沒料到竟也到濟陽來了。」禾晏笑道：「伯父呢？」

「大人一早就進王府去了，王女殿下有召，不知什麼時候才回來。」

禾晏與肖玨對視一眼，崔越之竟不在，這下，便只得先將這小女孩安頓下來。

「玉燕姑娘和渙青公子可用過早點了？妾身讓小廚房再去熱一熱？」

「我和夫君已經吃過了，」禾晏笑道：「不過這位小妹妹與先生還沒吃，煩請做好了送到我屋裡來，另外，再打些熱水，小妹妹要沐浴梳妝。」

衛姨娘忙答應了下來。

禾晏便帶著這小姑娘回到自己屋裡，將她交給翠嬌和紅俏，囑咐他們將小姑娘沐浴乾淨。才吩咐完，那頭就傳來林雙鶴的聲音，「一夜未歸，總算是回來了！怎麼樣，螢火蟲好不好看，我昨夜該與你們一道去的，想想有些後悔，這麼好的景色沒瞧見，實在遺憾。」他一腳跨進裡屋，就看見站在屋中的柳不忘，愣了愣，疑惑地問道：「這位……」

「是我師父。」禾晏道，「姓柳，名不忘。」

「柳師父好。」林雙鶴忙抱拳行禮，罷了又奇道：「柳師父怎麼會在此地？莫非妹妹妳來濟陽之前，提前先告訴了這位先生？」

這話說的誅心，不知道的還以為她跟外頭人串通一氣，禾晏忙道：「沒有沒有，絕對沒有！」

「公子誤會了，」柳不忘笑道：「我本就是濟陽人，從前與小徒在中原相遇罷了，多年未見，不曾想這一次小徒來濟陽，恰好遇著。」

「原來如此。」林雙鶴也笑：「先生一看就不是普通人，才能教出這樣出類拔萃的好徒弟。」

柳不忘但笑不語。

禾晏莫名有些臉上害臊，便道：「少爺、林兄，能不能先去隔壁屋迴避一下，我與師父多年未見，有許多話想說。」

「有什麼話我們也一起聽聽唄，」林雙鶴笑道：「我還想知道，禾妹妹過去是什麼模樣。」

肖玨瞥他一眼，自己逕自往外走，道：「走。」

「不聽聽嗎？」林雙鶴有些不甘心。

「要聽自己聽。」

眼看著肖玨已經出去了，林雙鶴只得十分遺憾地收起扇子，對禾晏道：「那妹妹，我就先出去了。妳與柳師父好生敘舊。」

說罷，也跟著出去，將門掩上。

屋子裡只剩下禾晏與柳不忘兩人。

禾晏忙上前，幫著將柳不忘背上的琴卸下，放到一邊的桌上，又搬來椅子，道：「師父，先坐。」再給柳不忘倒了杯茶。

柳不忘只微笑著看著她做這一切，末了，才在桌前坐下，制止了禾晏還要張羅的動作，道：「夠了，阿禾，坐下吧。」

一句熟悉的「阿禾」，險些讓禾晏眼眶發紅。

她便跟著在桌前坐下，道了一聲：「師父。」一瞬間，竟很像回到很多年前，她與柳不忘住在深山時的日子。

當年漠縣一戰中，禾晏被埋在死人堆裡，沙漠裡極度乾涸，她本來要死的，誰知夜裡下了一場雨，硬生生的讓她扛過了那個晚上。第二日，一個路過的人從旁經過，見著這滿地屍體，便在旁掘了長坑，將戰死士兵的屍體一一掩埋。

也發現了藏在死人堆裡，只剩一口氣的禾晏。

路人將禾晏帶回去，給禾晏療傷，禾晏醒來後，發現臉上的面具不見了，她從榻上起來，發現自己住在一間茅草屋裡，待走出屋門，便見有人正在院子裡掃地。

那是個氣質不俗的中年男子，穿白衣，束白帶，身姿清瘦，衣袂飄飄，彷彿世外中人。

少年禾晏有些警惕，問：「你是誰？」

白衣人停下手中的動作，回過頭看見她，笑了笑，沒有回答她的話，反而問：「丫頭，妳既是女兒身，怎會參了軍？」

禾晏悚然一驚，突然意識到，自己的身分被揭穿了。

後來她才知道，這個救了她的白衣人叫柳不忘，是個雲遊四方的居士，每隔一段時間就會去一個地方，如今住在漠縣附近一處荒山上，靠著自己種的些藥材換錢生活。

禾晏當時問他：「先生救我的時候，路上沒有遇到西羌人嗎？」西羌人時有散兵在漠縣附近四處遊蕩，若是被發現有人救走大魏的兵士，這人定然會跟著遭殃。

柳不忘指了指腰間的劍：「我有劍，無懼。」

她一開始，以為柳不忘在胡說八道，直到後來，親眼看見一個西羌人死在柳不忘劍下時，才知道柳不忘說的不假。

柳不忘是真正的世外高人。

禾晏從未見過這樣無所不能的人，他用劍、刀、長鞭、槍戟，亦會奇門遁甲，扶乩卜卦。她那蠢笨的前生裡，總算做了一件機靈的事情，就是順勢請求拜柳不忘為師。

柳不忘拒絕了。

但柳不忘也沒料到，禾晏是這樣一個執著的人。但凡她嘴巴有空，除了吃飯外，大部分的時間，都用來求柳不忘收她為徒。

許是柳不忘仙風道骨，從未遇到過這樣厚顏無恥之徒，到最後，竟毫無辦法，只問她：

「妳拜我為師，學了這些，又有何用？」

「我學了這些，再入軍營裡時，倘若如之前一般，又遇到西羌人，便不會有全軍覆沒的下場。就算是多一個人，我也能保護他，就如先生保護我一般。」

「妳還要入軍營？」柳不忘微微驚訝。

禾晏不解：「當然。」

「妳可知，妳是女子，身分本就特殊。如今妳那一支隊伍，全軍覆沒，妳可以趁此回家，無人發現妳的身分。原先的禾如非，已經死了。」

禾晏沉默了一會兒，抬起頭來，「我從未想過當逃兵。」

這一句話，大概打動了柳不忘。柳不忘後來，就喝了禾晏的拜師茶，果真手把手開始教她。但禾晏畢竟是姑娘，有些東西並不適合她，柳不忘便儘量教一些適合她的。但縱然只是跟著柳不忘學點皮毛，也足夠禾晏收穫匪淺。

柳不忘教禾晏最多的，是奇門遁甲。奇門遁甲和兵法相結合，足以成就一位用兵如神、布陣精妙的女將。那些有奇力的勇將又如何，西羌人力大無窮、凶殘悍勇又如何，打仗，從來不僅僅是靠氣力。

「我沒想到，如今已非原貌，師父還能一眼認出我。」禾晏低頭笑笑，「究竟是怎麼認出來的？」

「妳那劍法，」柳不忘失笑，「天下獨一無二。」

禾晏剛拜柳不忘為師時，要將自己原先的底子坦誠給柳不忘看。柳不忘看過後，沉默了很久。大抵是以為身為女子，既然能有入軍營的信心，定然身手不凡。但看過禾晏的刀劍弓馬，柳不忘開始懷疑自己的決定是否有錯。

實在不知道，禾晏的自信從何而來？

但茶已經喝了，自己接受的弟子，硬著頭皮也要教完。柳不忘很無奈，從不收徒，一收徒，就收了個資質最差的，真是上天眷顧。

好在禾晏不是全無可取之處，這姑娘什麼都不行，唯有劍術一行，底子打的極好，好到讓人有些詫異。

柳不忘當時就問禾晏：「妳這劍術是誰教的？還算不錯。」

禾晏聞言，有些得意道：「有高人在暗中助我。我不知道他是誰，我猜是我們學館的先生，覺得我資質尚佳，便課後習授。」

這話著實不假，禾晏少年進學時，武科一塌糊塗，縱然每夜都在院子後練劍，仍然無甚進步。她自己都快放棄時，有一日，忽然在自己住的屋子桌上，發現了一張紙。

紙上畫著一個小人兒，是她平日在課下練劍時，劍術的弱點和錯誤的地方。上頭還寫了如何克服這些問題，指點的非常精細。

禾晏嘗試著練了幾日，果真有所成就，驚喜不已。然後她就發現，隔個十日，自己屋中的桌上都會多這麼一張紙，隨著她的進步而調整指點。

她並不知道對方是誰，猜測應當是學館裡哪位好心的先生，劍術在她之上，又能一眼看出她的不足，給予指點，只是究竟是哪一位先生，禾晏不得而知。她曾試圖藏在屋中，等著那人送信紙時，抓個正著，對方當日卻沒有出現，於是禾晏便知曉，高人不願意露面。

只是到底是好奇，又心存感激，於是便在學堂休憩牌匾，回府之前寫了一張紙條放在桌上，上言：三日後回館，子時後院竹林見，當面致謝恩人，請一定赴約。

「然後呢？」柳不忘問：「可見著那人是誰？」

禾晏沉默片刻，輕輕搖了搖頭。

她剛回到府，就與禾元盛兩兄弟大吵一架，被罰跪祠堂，不到三日後，夜裡離府，獨自從軍，走上一條截然不同的路。

「我失約了。」

她沒有見到那個人。

第五十三章　小殿下

屋子裡沉寂片刻，柳不忘的聲音打斷了禾晏的回憶。

「妳呢，」他問：「阿禾，妳如今怎麼成了這個樣子，是易容？喬公子應當並非妳的夫君。」

這事說來話長，禾晏低頭一笑，道：「師父，我如今不叫禾如非了，叫禾晏。那個人……是我的上司，我們來濟陽是為了找人，所以假扮夫妻。至於易容，我並沒有易容，我如今就長這個樣子。原先那個模樣的我，已經回不來了。」

柳不忘稍一思忖，便點了點頭，道：「我知道了。」

他總是如此，對於旁人的事極有分寸，若是旁人不願意說，不會刻意多加打聽。這在有些人看來，會顯得有些涼薄，但對於眼下的禾晏來說，不追問，已經是最大的慶幸。

又過了一會兒，裡屋的翠嬌敲了敲門，走了出來，手裡還牽著方才的小姑娘。

這小姑娘大約藥性過了，走路有力氣了些，臉被洗得乾乾淨淨，只有十歲出頭的模樣，生的秀美靈動，一雙眼睛如黑玉般動人，亭亭玉立。紅俏給她梳了濟陽姑娘最愛梳的長辮，辮子繞到前方，垂到胸前。還綴了一圈小鈴鐺，衣裳是紅色的騎裝，是問崔府裡的管家要的，走過來時，叮叮噹噹，嬌俏可愛，又比尋常姑娘多了幾分颯爽英姿。

柳不忘瞧著她，微微失神。

禾晏笑著問道：「吃過東西了嗎？」

翠嬌面露難色：「夫人，小小姐不肯吃。」

禾晏便問：「妳怎麼不吃東西？不餓嗎？」

小姑娘將頭瞥到一邊，沒有理會她的話，還挺傲。

「可能是之前因為吃錯過東西，不肯再相信別人。」柳不忘輕笑一聲，看向小丫頭，「小姑娘，我們既然已經將妳從賊人手中救下，便不會再傷害妳。否則也不會帶妳回府了。妳大可以放心，若妳不信，我們可以一起吃，這樣，妳無須餓肚子，也不必擔心其中有問題。」

柳不忘此人，溫和中總是帶著淡淡的疏離，加之他舉止瀟灑飄逸，倒是很容易讓人對他心生好感，這小姑娘也不例外。盯著他的眼睛看了一會兒，道：「好吧。」

態度到底是軟了下來。

禾晏心裡鬆了口氣，忙叫翠嬌去準備些容易克化的，小孩子喜歡吃的食物來。翠嬌依言退下，柳不忘又笑道：「妳叫什麼名字？」

「小樓。」小姑娘在柳不忘面前，便少了幾分傲氣，增了幾分乖巧。

「好名字。」柳不忘笑道：「妳是哪家的孩子，怎麼會被人擄走？」

一說到這個，小樓便閉上嘴巴，不肯再說了。

禾晏與柳不忘對視一眼，這孩子，防備心倒是挺強，也不知之前遭遇過什麼。

正思索間，小樓的目光落在桌上那把長琴上，她看了一會兒，問柳不忘：「這是你的琴嗎？」

眼光挺好，禾晏心道，一眼就看出這種風花雪月的東西不適合自己。

「是。」

「你會彈琴？」

柳不忘答：「會。」

「你彈一首給我聽吧。」小樓道。

這孩子，怎麼這麼會指使人。禾晏不置可否，柳不忘雖然隨身背著一把琴，其實彈的時候極少，禾晏做他徒弟時，也曾請求他彈過。可柳不忘每次都拒絕了。

但這一次柳不忘的回答，卻出乎禾晏的意料，他只是很溫和地看著小樓，笑了：「好。」

禾晏：「……師父？」

這究竟是誰的師父？

「妳想聽什麼？」他甚至還很溫柔地問小樓。

小樓把玩了一下胸前的辮子，搖頭道：「我不知道，你什麼彈的最好，便彈什麼吧。」

他低頭，很認真地徵詢小樓的意見：「〈韶光慢〉可以嗎？」

「沒聽過。」小樓點頭：「你彈吧！」

禾晏無言以對。

柳不忘對小樓，比對她這個徒弟還要百依百順。若不是年紀對不上，禾晏幾乎要懷疑，小樓是不是柳不忘失散多年的女兒。

小姑娘坐在高登上，兩隻腳一翹一翹的，柳不忘將古琴放在桌上，自己在桌前坐下，擦了擦手，就撥動了琴弦。

禾晏很少聽到柳不忘彈琴，偶有幾次，也是在深夜，半夜起來上茅房，聽見有幽幽琴聲，還以為撞了鬼，嚇得瑟瑟發抖。後來壯著膽子去看，才發現是柳不忘。

年少的她並不明白柳不忘為何要在深夜裡，院落中彈琴，只覺得那琴聲說不出的悲傷。等後來經過許多事，逐漸長大，才漸漸明白，她的師父是有故事的人，在柳不忘過去的生命裡，或許出現過那麼一個人，在他的經歷中鐫刻下深深一筆，以至於只能在夜裡，藉著琴聲思念。

如今多年未見，他琴聲中的悲傷和失落，更加深重了。

西城楊柳弄春柔。動離憂，淚難收。猶記多情，曾為系歸舟。碧野朱橋當日事，人不見，水空流。

韶華不為少年流。恨悠悠，幾時休。飛絮落花時候，一登樓，便做春江都是淚，流不盡，許多愁。

小樓年幼，並不知琴聲悲傷，只覺得琴音悅耳，聽得一派爛漫，禾晏卻覺得，柳不忘的琴聲裡，似乎在告別什麼，有什麼即將從他的生命裡抽離，混著不捨和失落，再也不會回來了。

林雙鶴與肖玨，不知什麼時候進了屋，林雙鶴走到禾晏身邊，低聲道：「妹妹，妳這師父，一手琴彈得可真好，和懷瑾不相上下啊。就是過於悲傷了些。」

連林雙鶴都能聽得出來，禾晏微微嘆息，可縱然是與柳不忘做師徒多年，禾晏也覺得，從未真正走進過柳不忘的心裡，柳不忘究竟是什麼人，過去做過什麼事，她一概不知，柳不忘也一概不提。

他就像是將過去拋棄的人，但對於未來，並不認真，隨意的像是隨時可以離去，什麼痕跡都不會留下。

一曲〈韶光慢〉彈畢，餘音繞梁，小樓看著他，突然鼓起掌來，笑道：「這首曲子我曾聽祖母彈過，不過她彈得不及你好，你彈得實在好很多。你叫什麼名字？」

柳不忘拍了拍她的頭：「妳可以叫我，雲林居士。」

「這名字太長了。」小樓不太滿意他這個回答：「你不是姓柳嗎？」

林雙鶴對小樓的話深以為然，道：「彈的確實很好，就算在朔京，也是能排的上名號的。只是……」他看向禾晏，困惑地問道：「禾妹妹，不是為兄說妳，妳的師父琴藝無雙，妳的『丈夫』風雅超絕，怎生妳自己的琴彈成如此模樣？妳師父不曾教過妳彈琴嗎？」

禾晏面無表情道：「我師父只教我拳腳功夫。至於我丈夫……」

肖珏站在她身側，微微揚眉，等著她繼續說下去。

禾晏清了清嗓子：「彈給我聽就可以了，我何必多此一舉學這些？」

林雙鶴：「……」

半晌，他點頭：「真是無可辯駁的理由。」

翠嬌端著飯菜上來，禾晏先前已經與肖珏吃過，因此只有柳不忘與小樓坐在一起吃。小樓似乎不太喜歡與人一同用飯，好幾次表現出不適應，大抵是為了放心裡頭沒毒，才讓柳不忘跟著一起吃。柳不忘也很瞭解小女孩的心思，每樣只用筷子夾一點點，便不再動了。

小樓吃的很挑剔，但到底是用了些飯。

禾晏鬆了口氣，對肖玨道：「現在就等著崔大人回府，問一下這究竟是誰家的孩子，把她送回去。」

說曹操曹操到，外頭傳來鐘福的聲音：「大人，喬公子和玉燕姑娘先前已經回府了，還帶回來兩位客人，眼下正在屋裡用飯。喬公子似乎有事要找老爺。」

接著，就是崔越之粗聲粗氣的聲音：「知道了。」

門簾被一把掀起，崔越之的聲音從門後傳來：「渙青、玉燕，你們回來了？找我可有急事？今日一早王女殿下急召，我不能在府裡久待，等下還要出府……」

他說話的聲音在看到小樓的臉時戛然而止，愣了片刻，聲音驚得有些變調：「小殿下——妳怎麼會在這裡？」

小樓，那個被禾晏帶回來就一直傲氣十足的小姑娘，此刻放下筷子，看向崔越之，揚起下巴，倨傲地道：「崔中騎，你總算是來了。」

小殿下？

屋中眾人十分意外。

崔越之上前一步，半跪在小樓前，語氣十分焦急：「王女殿下一早就召在下去府上，說昨夜小殿下不見了，殿下心急如焚，小殿下怎麼會在此處？」他扭頭看向禾晏：「玉燕……

這是怎麼回事？」

禾晏也很想知道，這是怎麼回事，她已然猜到這小姑娘的身分不會普通，但萬萬沒想到竟然是「小殿下」？

「昨夜我與玉燕在落螢舟上睡著了，一早在驛站附近打算雇馬車回府。途遇小殿下為人所擄，從歹人手中救下小殿下，」肖玨代替禾晏回答了崔越之的話，「擄走小殿下的人，一人已死，其餘人逃走。我與玉燕救小殿下回來時，亦不知道對方身分。」

聞言，崔越之大驚，問小樓：「竟是被人所擄走？小殿下可知道他們是什麼人？」

小樓似乎不願意提起這件事，不耐煩道：「我怎麼會知道？我一出王府，就在運河附近遇到他們，我瞧他們不像是壞人，誰知道……」說到此處，憤恨道：「包藏禍心，其心可誅！」

崔越之又問小樓：「小殿下沒受傷吧？」

「沒有。」小樓嘀咕了一聲，看向柳不忘，伸手指了指他：「本來差一點我就要被人害死了，是這個人，這個……雲林居士救了我。」

崔越之這才看見屋子裡還多了個陌生人，又見柳不忘氣度不凡，便長長作揖行了一禮，道：「多謝這位高人相救，敢問高人尊姓大名？」

「這位是我的武師傅，」肖玨淡道：「當年就是他教會我拳腳功夫，我們多年未見，不曾想在濟陽偶遇。伯父可以叫他『雲林』。」

「原來是雲林先生，」崔越之一怔，對著柳不忘愈發有好感，道：「稍後我要去王府裡，送小殿下回去，雲林先生不妨與在下一道，王女殿下要是知道先生對小殿下的救命之恩，定然會厚謝先生。」

柳不忘微微一笑，對著崔越之還了一離，「雲林早已是方外之人，大人厚愛，雲林心領，至於進府領賞還是罷了，我出手相救之時，也不知小樓是小殿下。」

這種有本事的人，大抵是有幾分孤傲脾氣的，崔越之不是不能理解。況且他又是喬渙青的師父，日後有的是機會交好，不急於一時。當務之急是趕緊將穆小樓送回王府，穆紅錦如今都快急瘋了。

崔越之便對柳不忘道：「如此，我也不勉強先生了。」

柳不忘微笑頷首。

「小殿下可還要用飯？」崔越之看向穆小樓，「若是用好了，就隨在下回府。殿下看見您平安無事，一定會很高興的。」

穆小樓從凳子上跳下來，道：「知道了，你備軟轎吧。」說著，就要跟著崔越之一道出去，待路過柳不忘時，又停下腳步，有些不甘心地問：「你真的不跟我一道回府？我祖母會賞賜你許多金子？你想要什麼都可以。」

柳不忘彎下腰，輕輕揉了揉她的頭髮：「小殿下平安就好。」

崔越之在一邊看的有些驚訝，穆小樓自小被穆紅錦嬌寵著長大，對旁人諸多挑剔，可偏偏對柳不忘頗為親近，他們都是練武之人，崔越之能感受的出來柳不忘功夫匪淺，若是此人能一直留在王府，陪在小殿下身邊，既能陪伴小殿下，又能保護小殿下安全，可真是再好不過了。

不過這些事，也得見到穆紅錦之後再說。他轉頭看向禾晏二人：「玉燕、渙青，你們收拾一下，立刻隨我一道去王府。你們救了小殿下，王女殿下定有許多問題要問你們，遲早都得去一趟王府，不如就今日了。」

禾晏與肖玨對視一眼，禾晏道：「好的，伯父。」

崔越之帶著穆小樓出去了，禾晏對柳不忘道：「師父，你就先留在府裡，有什麼事等我們回來再說。」她生怕回府後柳不忘不辭而別，又囑咐林雙鶴：「林兄，麻煩你先照顧一下我師父，千萬莫讓我師父獨自行動。」

柳不忘看著她，無奈地笑了。

林雙鶴立刻明白了禾晏的意思，道：「沒問題，保管妳回來時候，柳師父還是這個樣，一根頭髮都不少。」

禾晏這才放心，叫紅俏重新梳了頭，換了乾淨的衣裳梳洗後，才隨著肖玨往崔府門外走去，邊走邊低聲問肖玨：「都督，你方才怎麼說我師父是你的武師父？」

還說了「雲林居士」而非「柳不忘」。

肖玨揚眉：「妳那位師父，看起來十分不願意暴露自己的身分。說是我師父，至少還能省去人懷疑。」

這倒是，禾晏正想著，冷不防又聽見肖玨道：「不過妳這個師父，身分很不簡單，似乎和王女是舊識。」

禾晏悚然：「怎會？」

「他看穆小樓的眼光，像是透過穆小樓在看別的人，沒猜錯的話，應當就是那位王女殿下。」肖玨不緊不慢道：「妳這個做徒弟的，怎麼什麼都不知道？」

「他本就什麼都沒跟我說啊！」禾晏難掩心中震驚。柳不忘與穆紅錦是舊識？這真是今日聽到的最震撼她的消息了！可禾晏又隱隱覺得，肖玨說的可能是真的。柳不忘對穆小樓的溫和寵溺，琴聲中的悲傷，拒絕與崔越之一同去王府，絲絲縷縷，似乎都昭示著一件事，至少柳不忘與穆家人，不是全無關係。

可究竟是什麼關係呢？

這個問題沒有得到回答，崔越之已經催著他們往王府出發。

穆小樓坐軟轎，禾晏一行人則坐馬車。崔越之親自護送，侍衛皆是甲袍佩劍，大約是因為方才穆小樓所說的，昨日被賊人擄走，令人覺得濟陽城並非表面看起來那般和樂安全。

王府在濟陽城城中心往北一條線上，占地極廣，剛到府門口，就有兵士上來盤問。崔越之帶他們進了王府裡頭，先帶著穆小樓進去，讓禾晏與肖玨在外殿等著，等會兒再叫他們進來。

禾晏與肖玨便坐在外殿，百無聊賴下，禾晏問肖玨：「都督，你知道蒙稷王女嗎？」

「不太瞭解。」肖玨懶道：「只知道是蒙稷王當年膝下一子一女，長子未滿十八夭折，當時的蒙稷王的位子，坐的不是很穩。」

坐的不穩，就需要聯合勢力來鞏固，陛下仁政，但總有心腹看不慣藩王分據勢力，恨不得大魏所有的藩王都消失殆盡。

最後蒙稷王女嫁給朝中一位重臣的兒子，王夫為朝廷中人，就可以隨時監視著濟陽這一塊有無反心。也正是因為如此，蒙稷王才保住了自己的藩王地位。

不過那位朝臣的兒子，也就是蒙稷王女的王夫，在王女誕下一子後不久後生病去世，而他們的兒子亦有和父親同樣的毛病，先天不足，女兒幼時就撒手人寰。是以如今的蒙稷王府，其實只有王女穆紅錦和她的孫女穆小樓。

禾晏本來對穆紅錦無甚特別好奇，可方才經過肖玨那麼一說，知道此人或許與柳不忘是舊識，便生出了些期待，想知道柳不忘過去的人生裡，曾出現過什麼人。柳不忘待穆小樓都這般好，一個男人，待一個小姑娘好，若不是天性溫和，極有可能就是因為這小姑娘的親人。

他們二人坐了沒一會兒，一個梳著滿頭辮子的紗衣婢子笑著上前道：「兩位請隨奴婢來，殿下要見你們。」

禾晏與肖玨便起身，隨著這婢子往裡走去。

等一進王府裡頭，便驚覺王府裡頭竟然比外頭看著更大更寬敞，稱得上是氣勢恢宏。顏色以赤霞色為主，府中的欄杆柱子上頭，都雕著有關水神的神話傳說。在王府的後院，甚至還有一尊青銅做的雕像，雕成了一位赤著上身的神女駕著鯤在海上遨遊的模樣。

濟陽天熱，不必涼州苦寒。才是春日，早晨日頭曬起來的時候，也有些炎意。院落四角都放置了裝了冰塊的銅盆，因此不覺得熱，涼爽宜人。至於那些花草木梓，則如濟陽城給人一般的感覺似的，繁盛熱鬧，張揚傲然。

穿過院落，走過長廊，侍女在殿下停下腳步，笑道：「兩位請進。」

禾晏與肖玨抬腳邁入，只覺得眼前豁然開朗。

大殿很寬，四角有雕著水神圖案的圓柱，頭頂則是畫著雲紋吉祥圖案的彩繪，地上鋪著薄薄的毯子，清透如紗，綴著些金色，粼粼生光。有一瞬間，禾晏覺得傳說中的龍宮，大抵就是如此。

殿中有正座，旁側有側座，不過此刻上頭無人。王女不在此處？

禾晏正疑惑間，聽得殿後有人的腳步聲傳來，緊接著，有人從殿後的高座旁走了出來。

這是一個很美的女人。

帶著一種野蠻生長的神祕的美。

個子很高，身材很瘦，年紀已經有些大了，卻絲毫不見美人遲暮姿態。她穿著紅色的袍服，袍角用金線繡著海浪波紋的形狀，頭髮烏油油的梳成長辮，只在頭頂盤著，戴了一頂金色的小冠。膚色極白，眼眸卻極黑，眼尾勾了一點紅色，五官豔麗而深重，只是神情帶著一點冷，縱然唇角噙著一點笑意，那笑意也是高高在上的，如站在懸崖處，開的燦爛而冷重的一朵霜花，只能遠遠的觀看，不可近前。

很難看到一個女人有這般逼人的氣勢，她已經很美貌了，可她的高傲，令她的美貌成了一種累贅。

穆紅錦慢慢地走出來，在中間的高座上坐了下來，居高臨下地俯視著禾晏二人。

禾晏小小的扯了一下肖玨的衣角，低下頭去，恭聲道：「玉燕見過殿下。」

半晌無人回答。

就在禾晏以為穆紅錦還要繼續沉默下去的時候，穆紅錦開口了，她的聲音也是很冷，豔麗而恣意，一點點沁過人的心頭。

「本殿竟不知，右軍都督如何有空，不惜假扮他人，也要來我濟陽？」

禾晏心道，被發現了？聽這語氣，似乎不是剛剛才發現的。

再看肖玨，聞言並無半分意外，只懶散笑著，淡道：「殿下就是這麼對待小殿下的救命恩人，興師問罪？」

「他們有罪，」穆紅錦冷道：「你也不清白，來我濟陽的目的，總不可能是為了看本殿過的好不好。」

「看樣子殿下過的還不錯，」肖玨揚眉，「只是濟陽城裡其他人，就不一定了。」

穆紅錦坐在高座上，目光盯著肖玨看了一會兒，突然笑了，這一笑，方才那種冰寒不可逼視之態頓時消融不少，她身子後仰，靠著軟墊，隨手指了指旁側的客椅，「坐吧，莫說本殿怠慢了遠道而來的客人。」

禾晏道過謝，與肖玨在旁側的座位上坐了下來。

這便是蒙稷王女穆紅錦，禾晏的目光落在她身上，總覺得和自己想像中的不太一樣。在到濟陽之前，禾晏心目中的蒙稷王女，大概上了些年紀，慈愛，威嚴，穩重，後來猜測她可能是柳不忘的舊識，便認為，可能是爽朗重義之人。但沒料到現實中的穆紅錦，是這樣的美貌而強大，霸道又恣意。

「殿下……」禾晏遲疑了一下，才問：「是什麼時候發現的？」

「你們當我濟陽城這般好進，還是認為本殿是個擺設，連這也看不出來。」穆紅錦撫過指間一顆剔透的紅寶石戒指，淡道：「你們自打入城第一日起，本殿就知道了。崔越之那個蠢貨看不出來，不代表所有人都跟他一般傻。本來等著看你們究竟想做什麼，不過，既然你們救了小樓，本殿也懶得跟你們兜圈子。」

她看向肖玨：「說罷，肖都督，來濟陽城，有何貴幹？」

「此次前來，是為了找一個人。」肖玨道：「叫柴安喜，曾為我父親部下，鳴水一戰後失蹤，我查到他的行蹤，在濟陽。不過到現在並沒有找到人，至於藏身的翠微閣，半月前已被燒毀。」他嘴角微勾，「既然殿下已經知道我們一行人身分，就請殿下幫忙，想來有了殿下相助，在濟陽城裡查個人，算不得什麼難事。」

穆紅錦的笑容微收，「肖都督不會早就料到這一日，算好了借本殿的手來替你做事吧？」

肖玨淡笑。

「你好大的膽子！」

禾晏心中暗暗咋舌，現在可是在穆紅錦的地盤，他們又沒有帶兵，肖玨倒好，非但沒有夾起尾巴做人，連穆紅錦也敢嗆聲，求人辦事這態度，別說是穆紅錦，就連禾晏聽了都覺得過分。

青年漫不經心地開口：「濟陽城裡混進烏托人，殿下這些日子一定很苦惱。柴安喜或許有烏托人的線索，殿下幫我，就是幫自己。」

穆紅錦盯著他：「本殿憑什麼相信你？」

「相信我沒有損失。」肖珏聲音平靜，「也要看殿下當務之急最憂心的是什麼。」

殿中寂靜片刻，慢慢的，響起鼓掌的聲音，穆紅錦有一搭沒一搭地拍著手，盯著肖珏的目光說不出是忌憚還是欣賞，道：「封雲將軍果真名不虛傳，縱然不做武將，去做謀士，也當能做得很好。」

「殿下謬贊。」

穆紅錦站起身來，道：「你說的不錯，濟陽城裡混進了烏托人，本殿的確憂心此事已久。不過你怎麼證明，你要找的那個人，知道烏托人的線索？」

「濟陽城向來易出難進，柴安喜混進濟陽多年，烏托人入濟陽如入無人之境，必然有所關聯。殿下的王府裡，濟陽的臣子中，有人與外賊勾結，使濟陽城通行有漏洞可鑽，當是一人所為。柴安喜也好，烏托人也罷，都是借著內賊進城。」肖珏平靜開口：「殿下要做的，是清內賊，但以殿下如今的能力，已經勉強了。」

穆紅錦笑了：「哦？我為何勉強？」

「因為小樓。」

穆紅錦的笑容淡下來。

禾晏明白肖珏話裡的意思。蒙稷王女王夫去世後，好歹留下個兒子，藩王之位尚且能坐的穩。可兒子離世後，只剩下一個孫女，孫女如今還年幼。雖說女子可以繼承藩王王位，成為王女，可若真的那般簡單，當年的穆紅錦，也不會被老蒙稷王嫁給朝廷重臣之子來穩固勢力了。

偌大的王府，只有兩個女子，一對祖孫在支撐。又有多少人虎視眈眈，內憂外患，穆紅錦恐怕不如看起來那般輕鬆。

「肖都督明察秋毫，」穆紅錦嘆息，「濟陽城裡，自從我兒離世後，早已人心不穩。小樓如今年幼，還當不起大任。世家大族早已各自為派，分崩離析，這樣如散沙一盤，被人鑽空子，再容易不過。只是，」她頓了頓，又看向肖玨，「烏托人混進濟陽，只怕大魏中原局勢，亦不平穩。」

「殿下高見。」

「所以，」穆紅錦微微揚高下巴：「你要與本殿聯手麼？」

「如果殿下願意的話，」肖玨微微勾唇，「樂意之至。」

穆紅錦點頭：「本殿會讓人在城中搜尋柴安喜的下落，如果此人活著，任他如何躲藏，本殿向你保證，一定能將此人找出來。不過，你也要答應本殿，」她眼中閃過一抹狡慧，「都言封雲將軍用兵如神，神機妙算，濟陽城中的烏托人之困局，你我也要聯手解決。」

這一回，用的是「我」而非「本殿」，也就是說明，她將自己與肖玨放在同等的地位上來謀求合作。

肖玨頷首：「一定。」

話已經說開，穆紅錦的臉上，便稍稍卸下了一開始的不近人情，甚至露出些友善的笑意，「崔越之叫你們一路進宮，又在外殿等候多時，想來沒有用飯。既然來了，就用過飯再走。小樓換好衣服，也好向你們親自致謝。」她又看向禾晏，目光閃過一絲興趣，「只是我沒想到肖都督來濟陽，竟會選擇有婦之夫的身分。這一位……是你的情人麼？」

禾晏差點被自己的唾沫嗆了一口，早知道濟陽人說話爽朗直接，但連王女也這般直接，還是有些意外。

肖玨瞥她一眼，淡道：「不是，她是我下屬。」

「下屬？」穆紅錦笑道：「可我聽越之說，昨日你們一同去了水神節，還走過情人橋，替她奪風，乘了螢火舟，以肖都督的性子，一位下屬，不至於如此遷就。而作為一名下屬，提出的要求，未免太大膽了一些。」

禾晏心中沉思，這話裡的深意，是要她日後收斂一些。想了想，她便行禮恭聲道：「禾晏謹聽殿下教誨，日後必然謹言慎行，不給都督添麻煩。」

穆紅錦愕然一刻，看向肖玨：「還真是下屬啊。」

肖玨無言一刻，平靜道：「手下駑鈍，讓殿下見笑。」

「無事，那總是你的事情。」穆紅錦伸手撫過自己鬢髮，道：「本殿先去找崔越之，吩咐替你尋人的事。你們二人在此稍等片刻。」

說罷，從高座上起身，慢慢的消失在殿後。

禾晏等她走了後，才鬆了口氣。不知為何，面對這位蒙稷王女時，總覺得不能過分鬆弛，大概是她氣勢太過強烈，讓人想忽略也難。

「都督，你方才怎麼一下就承認了？」禾晏碰了碰肖玨的手肘，「也不狡辯一下。」

肖珏冷笑：「也不是人人都如妳一般是騙子。」

禾晏聳了聳肩，換了個話頭，「不過這蒙稷王女真厲害，竟在我們進城的第一時間就發現了。」

「本就沒打算瞞過她。」肖珏漫不經心道：「崔越之尚且還能敷衍，憑一己之力穩住濟陽城的女人，哪有那麼好騙。」

「嗯，」禾晏對他這句話深以為然，「女人在不感情用事的時候，都不太好騙。可若是喜歡上一個人，相信了一個人，就太容易被騙了。」

肖珏看了她一眼，慢悠悠道：「不過有的女人不僅不容易被騙，還喜歡騙人。」

禾晏：「……」

她道：「你這麼說就沒意思了，誰騙你了？」

正說著，一名王府侍女走了進來，道：「兩位請隨奴婢來，殿下請二位在宴廳用飯。」

禾晏這才和肖珏往宴廳走。

王府的宴廳，也很大，雖然牆上、頂上塗滿了彩繪，地上鋪了亮色的毯子，但因為擺著的長桌旁，人很少，還是顯出些冷冷清清的空曠。華麗的空曠，更讓人覺得寂寥。

穆紅錦坐在長桌的小榻上，道：「坐。」

禾晏與肖珏依言在桌前坐了下來。

「不知道你們愛吃什麼，隨意些。」穆紅錦似有些倦意，斜斜靠著軟墊，「本殿讓崔越之先回去了，他在，說話不方便。」

崔越之如今還不知道肖玨二人的身分，的確有諸多不便的地方。王府的吃食，和崔府的吃食其實差不離多少。不過禾晏本就對吃食一概不太講究，有的吃就好，當即道了一聲謝，矜持地拿起筷子。也記得面前人是蒙稷王女，不好放肆，吃的也就斯文了一些。

穆紅錦看向肖玨：「肖都督，如果烏托人潛入濟陽，目的是什麼。」

「大魏。」

一句話，讓禾晏喝湯的動作頓住，瞬覺美食佳餚食之無味。

「一旦烏托人得勢，攻占濟陽，第一件要做的事就是掐斷運河水運。沿河上下城池皆會受災，無糧無錢，商人罷市，中原大亂。再一舉北上，入京城，直搗皇宮。」他淡道，「沒有比這更理所當然的事。」

穆紅錦沉默一刻，才道：「這種觸目驚心的事，肖都督說的倒是很輕鬆。」

「因為已經快要發生了。」肖玨道：「不是現在，早在父親與南蠻鳴水一戰中，就已經初顯端倪。」

「南蠻？」穆紅錦還是第一次聽說這件事，疑惑道：「和南蠻有何干？」

「朝中有內奸，從前與南蠻勾結，可惜南蠻之亂被平，烏托國遠，這些年平安無事，早已暗中蓄力，所以，『他』換了合作對象，從南蠻變成烏托。濟陽，就是第一座用來邀功的城池。」

穆紅錦的手撫上心口，蹙眉道：「濟陽已經多年未戰。」

「容我多嘴一句，」肖玨問，「如今濟陽城軍，共多少？」

「不到兩萬。」

禾晏聽的皺起眉頭，不到兩萬，實在算不上一個可以令人安心的數字。要知道如今涼州衛的人，都不只兩萬。

「肖都督手下不是有南府兵，」穆紅錦問，「可否將南府兵調往濟陽？」

「太遲了。」肖玨道。

禾晏和穆紅錦同時一怔，穆紅錦冷道：「肖都督不是在危言聳聽？」

「真相如何，殿下心中已有數。倘若真不急於一時，」肖玨神情仍然平靜，「小殿下也不會在水神節被人擄走。」

穆小樓就是他們計畫中的一環，只是恰好遇到禾晏他們，計畫被打亂了。可以想像，如果當日禾晏他們沒有出現，穆小樓被成功擄走。只會有兩種結果，第一種，小殿下失蹤一事傳言開來，整個濟陽城人心惶惶，王女再無繼承人，民心一亂，世家大族鬧事，藏在暗處的人趁機攪亂渾水，直接上位。第二種則更簡單了，他們會拿穆小樓作為和穆紅錦談判的籌碼，穆紅錦若是疼愛這個孫女，會直接將王位拱手相讓，那麼對方便能不費一兵一卒，占了整個濟陽城。

無論哪一種結果，都不是如今的濟陽城能承擔得起的。

「你的意思是……」穆紅錦問。

「提前做好惡戰的準備吧。」肖玨回答。

這個話題未免太過沉重，宴廳中的眾人一時無話，正在這時，聽得一個脆生生的聲音響起：「祖母！」

是穆小樓。

穆小樓已經重新換過衣服，她的衣裳也是大紅色的袍服，上面繡著金色的蓮花，華麗又精細，她沒有戴金冠，兩條辮子垂在胸前，額上垂著一點額飾，看起來像是幼年時的穆紅錦，活脫脫一個異族少女，只是比起穆紅錦的霸氣美豔，穆小樓更多的是嬌俏高傲。

回到了熟悉的王府，穆小樓便不如在崔府時那般沉默，她如小鳥一般跑過來，跳上穆紅錦的軟榻，依偎在穆紅錦身側，道：「祖母，崔中騎怎麼不在？」

「崔中騎有事。」穆紅錦面對穆小樓時，慈愛多了，微笑著摸了摸她的頭，對她道：「妳的救命恩人在這裡，還不快跟他們道謝。」

穆小樓轉過頭，看向禾晏與肖玨，半晌，小聲道：「謝謝你們救了我。」

有些拉不下面子的意思。

禾晏也沒跟她計較，只是問穆紅錦：「小殿下那一日究竟是怎麼落到歹人手中的？莫非是歹人潛進了王府麼？」

若真是如此，那些賊子也太膽大包天了些。

穆紅錦看向穆小樓，「妳自己說。」

「也沒什麼，」穆小樓看了祖母的臉色一眼，半晌，道：「我想去水神節看看，又不想侍衛跟著，就自己出了府。路上遇到那幾個人，說可以幫我坐螢火舟，我上了船後，喝了茶就動彈不得，再然後就遇到了你們。」

她說的輕描淡寫，大抵是怕被穆紅錦怪責，想來其中經歷了不少凶險。不過這個年紀的孩子麼，貪玩也是很正常的。穆紅錦只有這麼一個孫女，平日裡定看的很嚴，生怕出什麼意外。孩子想自己出去玩，情有可原。

只是運氣實在不太好，早被人盯上了。

「實在很謝謝你們，」穆紅錦嘆了口氣，「如果小樓真有個三長兩短，本殿也不知如何活下去了。」

「殿下千萬別這麼說，小殿下吉人自有天相，就算不遇到我們，也會遇到別人，一定會平安無事的。」

穆小樓聞言，嘟囔了一句：「本來也不是你們救了我，救我的是位大叔。」說罷，她又看向禾晏，「那位大叔今日不來麼？他什麼時候能來？妳回去告訴他，我想見他，能不能進府陪我玩。」

穆紅錦還是第一次聽到有這麼個人，疑惑地問：「什麼大叔？」

「就是一位像神仙一樣的大叔，」穆小樓高興起來，給穆紅錦比劃，「個子很高，穿著白衣裳，他好厲害，我當時被人抓著，他一出現就將那把刀打翻了！他有一把劍，他還背著一把琴。」

穆紅錦的神情漸漸僵硬起來。

禾晏心中叫苦不迭，只希望這位小祖宗就此住嘴，可別再繼續說了。穆小樓卻好像對柳不忘頗有好感，說到此處，眉飛色舞，恨不得將自己知道的全都告訴穆紅錦。

「他還會彈琴，彈了琴給我聽，就是祖母妳常常彈的那一首曲子。可是他彈的比妳好多了，他說那首曲子好像叫、叫〈韶光慢〉。祖母，為什麼我從未聽過妳說起這首曲子的名字，它真的叫這個名字嗎？」

穆紅錦看向穆小樓，慢慢開口，聲音乾澀，「妳既然見過他，可知道他的名字？」

「我問過他了，」穆小樓回答：「他說他叫雲林居士，不過我聽他們都叫那個人柳師父。妳應該問他，」穆小樓指了指肖珏，「雲林居士好像是他的師父，我聽見崔中騎問了。」

穆紅錦看向肖珏：「是嗎？」

禾晏緊張得手心出汗，聽得肖珏答道：「是。」

宴廳裡莫名的沉悶了起來，穆紅錦沒有說話，只是倚在榻上，連穆小樓都沒有注意，她目光漸漸悠遠，彷彿想起了遙遠的回憶，眼中再也容不下他人。

禾晏心道，看這樣子，穆紅錦與柳不忘不僅是舊識，只怕淵源還不淺。

不知過了多久，穆紅錦才回過神，淡道：「我知道了。」

沒有說要再見一面，也沒有詢問柳不忘的消息，彷彿這個人只是一個路人，聽過名字就忘了。她的神情重新回歸平靜，有那麼一瞬間的沉鬱也盡數散去，似乎又回到了初見時那個高高在上的，不近人情的王女殿下。

她若是追問還要好些，就這麼放下，反倒讓禾晏生疑，心中彷彿有隻不安分的貓兒在不斷地抓撓，終於忍不住，問道：「殿下和雲林居士是舊識麼？」

肖玨瞥了她一眼，目露警告。

禾晏不管，柳不忘也算她的親人，如今總算能夠窺見一點柳不忘過去的影子，怎麼能就此放棄。況且穆紅錦的神情……至少和柳不忘不是仇家吧。

穆紅錦沒料到禾晏會突然這麼問，看向禾晏，禾晏大方的與她對視，半晌，穆紅錦笑了，道：「肖都督，你這屬下，膽子是真的很大。」

肖玨目光清清淡淡：「殿下海涵。」

「本殿這還沒說什麼，你不必著急忙慌的護短。」穆紅錦微微一笑，「只是這問題，許多年沒人敢這麼問了。」

禾晏心中奇怪，難道真是仇家？

既是仇家，柳不忘怎麼會對穆小樓這樣好？畢竟穆小樓和穆紅錦生的實在太像，對著一張像仇家的臉，怎麼也不會溫柔起來吧。

「其實告訴你們也沒什麼。」穆紅錦淡淡道：「本殿很多年前，還未出嫁的時候，曾有一次，從王府裡偷跑出去。」她看了穆小樓一眼，溫和道：「就如昨日的小樓。」

「不過本殿運氣很好，沒有遇見歹人，反而遇到了一個剛從山上下來的少年。」

她一雙美目盯著遠處牆上的彩繪，畫的好似少女坐在花樹下編織花環，大塊桃粉色鮮豔妍麗，一如當年的春日。

「本殿心中傾慕這少年，便纏著他，借著身無分文無處可去的藉口跟在他身邊。」

穆小樓亦是第一次聽聞祖母當年之事，有些訝然地瞪大眼睛。

「本殿是第一次喜歡上一個人，自然是抱著十分真心。不過那少年已經有了心上人，並不喜歡本殿，待本殿十分冷淡。父王告訴本殿，親事已定，不日後成婚。本殿便求那少年帶著本殿離開。」

禾晏驚訝得說不出話來，蒙稷王女果真是個膽大的，竟然敢婚前私奔。

「約定的當日，他沒有來。」穆紅錦淡淡道：「本殿被父王的人找到，回到濟陽成了親。」

「後來，就沒有與他見過了。」

第五十四章　柳少俠和穆姑娘

穆紅錦說完了，神情未見波瀾，彷彿說的是別人的事。

禾晏卻聽的不是滋味，她想了想，道：「也許……雲林居士當日有事所以沒有來。我也曾與人約定見面，卻因急事耽誤，故而失約。」

「沒有急事，沒有誤會，」穆紅錦笑道：「這是他親口告訴我的。」

禾晏不好再說什麼，卻覺得穆紅錦所言，並非全部事實。柳不忘若心中真另有他人，這麼多年，自打禾晏認識他起，從未見過什麼女子。也從未聽他提起過人的名字。要說起來，穆小樓便是他態度最有異的一個，而穆小樓是穆紅錦的孫女。

「年輕人，總認為自己是獨特的那一個。」穆紅錦笑笑，「本殿年少時亦是如此，殊不知，獨特與不獨特，也要看在誰眼中。在那人眼中，本殿只是萬千人群中，不入他眼的那一個。」

「殿下所說之人，就是家師？」肖玨問。

「如小樓所說，本殿想不出其他人。」穆紅錦道：「只是本殿沒想到，他竟然還會來濟陽……」

禾晏心道，那蒙稷王女可就猜錯了。按照那茶肆的老闆娘所說，柳不忘不但今年來了濟陽，往年也次次不落……不過，柳不忘來濟陽，不會是為了穆紅錦吧？

這算什麼，相見不如不見？

穆小樓撇嘴：「那人真沒有眼光，祖母是世上最漂亮最厲害最好的人，他竟然捨得相負？瞎子不成？我看也別叫什麼雲林居士了，叫沒眼光居士！」

「妳呀，」穆紅錦點了一下穆小樓的腦袋，笑罵道：「小小年紀，知道什麼叫相負？」

「他得了祖母的青睞，非但不感激涕零，還不當回事，這不是相負是什麼？活該他沒能娶了祖母，我可不願意自己的祖父是這樣一個人。」穆小樓氣鼓鼓道。她童言無忌，大抵是因為自己出生時，穆紅錦的王夫已經離世，既沒有見過，也無更多感情，說起此事，便沒有顧忌。

「行啊，」穆紅錦笑著摟住穆小樓：「那我們小樓日後找的夫婿，一定要珍愛小樓，永不相負。」

「那是當然！」

祖孫二人其樂融融的模樣，看在禾晏眼中不是滋味。世人千種，有緣無分的人如恒河砂礫，數不勝數，可若是被人誤會卻無法說出，那或許是最遺憾的一種。

珍貴的佳餚也無法令她開心起來，待心事重重地用過飯，肖玨與禾晏起身向穆紅錦辭行。

穆紅錦點頭。

轉身要離開時，禾晏終於還是忍不住，看向穆紅錦，問道：「殿下既然已知故人如今住在崔府，不說見面，為何不問問他如今近況，這些年的經歷呢？」

從開始到現在，自從知道柳不忘就是救了穆小樓之人後，穆紅錦輕描淡寫的將往事一筆帶過，再也沒有提起此人，就好像柳不忘與她毫無相干。

穆紅錦微微一怔，隨即看向禾晏，淡道：「那都是過去的事了。」

「至於現在，他與本殿，本就是不相關之人。」

用過飯後，禾晏和肖玨向穆紅錦辭行。

等出了王府，禾晏忍不住回頭看了王府朱色的大門一眼，遲疑地開口：「王女殿下，果真如今只當我師父是個陌生人麼？」

肖玨：「愛之深恨之切，真正放下之人，是不會刻意忘記某件事的。」

「什麼意思？」

「意思就是，」他微微勾起嘴角，「禾大小姐於情事上，實在不懂得察言觀色。」

這還帶打擊人的？禾晏心道，況且這如何能怪她？前生她就沒有什麼場合去細細揣摩別人的心思，除了敵方將領。再說女子心思本就細膩，一個女子真要掩飾自己的心意，那是決計不會讓人看出來的。

「說的都督好像很瞭解似的，」她頂嘴道。

「比妳好一點。」

他悠悠地往前走了，禾晏趕緊跟上。

空曠的大殿中，紅袍金冠的女子慢慢走上臺階，在高座上坐了下來。

穆小樓用過飯，被婢子帶著回寢房休息了。昨日她受了不少驚嚇，小孩子累了，睏的厲害，穆紅錦讓人送了點安神湯給她服下，不幸中的萬幸，大概是穆小樓只是受驚，而沒有受傷。

濟陽內憂外患，烏托人混跡其中，城池內數十萬百姓的命都握在她手裡，如今的局勢，實在算不得欣慰。這本是一團亂麻，可穆紅錦的心中，想起的卻是另一個名字。

柳不忘。

她確實沒料到，這麼多年了，還能從旁人的嘴裡聽到柳不忘這個名字。更沒有想到，柳不忘竟然敢再入濟陽城。

若是年輕時的穆紅錦，定然會站在他面前，居高臨下的俯視他，讓他滾出自己的地盤。可如今，她並無這樣的衝動，甚至連見一面對方的想法都沒有。

高座旁的小几上，放著一面雕花銅鏡。是崔越之從貨商手裡為她尋來的，鏡面極薄，雕花極美，下端的木柄上，還鑲嵌著一顆翠綠色的貓眼石。她向來喜歡繁複華麗的東西，便日日放在身邊，穆小樓總說這銅鏡瞧著老氣，穆紅錦卻不以為然。她將銅鏡拿在手上，看向鏡子裡的人。

鏡子裡的女人，容貌極美，不知什麼時候，連妝容都要同樣的威嚴與精緻。眼尾飛了一抹淺淡的紅，讓這美帶著一種冷酷的豔麗。唇也是紅的，微微抿著，顯得克制而冷漠。

她伸手撫上鬢髮，婢子們都羨慕她有一頭烏黑的長髮，縱然到了這個年紀，也不見蒼老，卻不知，每一日清晨，她都要令自己的貼身侍女就著日光，仔細的梳理找出髮間的白色，將它們一一拔除。

只要還坐著蒙稷王女這個位子，她就要永遠年輕貌美，高貴強勢，將所有的蠢蠢欲動和不安分踩在腳下，接受眾人恭敬又誠服的目光。

但是……

終歸是老了。

穆紅錦看向鏡中的自己，曾幾何時，她臉上乾乾淨淨，從不描摹妝容。眼眸中亦沒有如今這樣霸道凶悍的眼神，那姑娘總是眼角彎彎，笑起來的時候，露出潔白的牙齒，張揚的，爽朗的，無憂無慮的。

她的思緒飛到很多年前，長久到究竟是哪一年，都已經記不太清了。那時候的穆紅錦，還不是如今紅袍金冠的「王女殿下」，她是蒙稷王唯一的女兒，掌上明珠，是一個十七歲的姑娘。

十七歲的姑娘，對愛情、對未來充滿想像，陡然得知自己親事已定，要被安排著嫁給朝廷重臣的兒子，第一個反應，是激烈的抗拒。

老蒙稷王，她的父親有些愧疚地看著她，語氣卻是毋庸置疑的堅定：「妳必須嫁給他，才能坐穩王女的位子。」

「我根本不想做王女，」穆紅錦嗤之以鼻，「我不願意用自己的親事來換取這個位子，我寧願做個普通人！」

她的抗拒並沒有被放在心上，或許只當是小孩子任性的打鬧，又或許，蒙稷王心中很清楚，抗拒也沒有結果。藩王的地位本就不穩，一個不小心，誰也跑不了。

穆紅錦在一個深夜裡，溜出了王府。

她性情古靈精怪，早就對平凡人的生活嚮往有加。帶著一條馬鞭，改頭換面，當夜就出了濟陽城。

當年的穆紅錦，比如今的穆小樓年紀大一些，也更聰慧潑辣一些，一路上愣是一點兒虧都沒吃。一路到了棲雲山下。

棲雲山山路陡峭，旁人都說，上頭是一片荒山。偏偏在山下，有一片茂密桃林。正是春日，桃花爛漫，風流無限。穆紅錦就在桃林不遠處，遇到了歹人。

大抵每個落單的姑娘，倘若不喬裝改換一番，就特別容易遇到居心不軌的賊子，如果這姑娘還是個美貌的姑娘，就更躲不過了。戲文話本裡多少英雄救美的故事，都是源自如此。

穆紅錦一路逃一路跑，跑到一棵桃花樹下時，不小心崴了腳，再無處可避。

歹人們獰笑著上前，如甕中捉鱉，倘若在戲文裡，這時候，那位救美的英雄就該出場了。

救美的英雄的確出場了。

「住手。」

千鈞一髮的時候，有人的聲音傳來，是個清朗的男聲，穆紅錦回頭一看，一身白衣的少年緩步而行，長髮以白帛束起成髻，背上背著一把琴，眉清目秀，清姿出塵，彷彿不理世俗的紅塵道人，擋在她的面前。

歹人們先是一愣，隨即哈哈大笑，只當這少年看起來弱不禁風，不過是強出頭，讓他趕緊滾。穆紅錦心中也有些絕望，他看起來更像是個琴師，而非英雄。

少年卻只是平靜站著，並不動彈。

歹人們惱羞成怒，就要讓少年吃點苦頭，直到少年拔出腰間長劍，穆紅錦這才看清楚，他竟然還有一把劍。

白衣少年果真是個英雄，還是個有些善良的英雄，他的劍法極高，卻沒有奪去那些人的性命，點到即止，將那些人打得落荒而逃。

桃花樹下，只餘他們二人。片片緋色裡，穆紅錦看向對方，少年眸光平靜淡漠，衣袍纖塵不染，可她知道，他不是琴師，他是俠客。從那些驚心動魄的戲本子裡躍然而出，神兵天降般出現在她面前，救了她的少年俠客。

方才的驚恐盡數褪去，她笑得眉眼彎彎，「謝謝你救了我，我叫穆紅錦，你叫什麼名字？」

似是對她突如其來的歡快有些愕然，少年俠客頓了頓，道：「柳不忘。」

濟陽少女開朗潑辣，熱情豪爽，穆紅錦看著他，露出苦惱的神情，眼中卻閃過一絲狡黠。「柳少俠，我腳崴了，走不動路了，救人救到底送佛送到西，你背我吧！」

銅鏡裡的人，唇角微微勾起，她的目光漸漸悠遠，憶起那年的桃花，便會不自覺的微笑起來。

手裡的銅鏡沒有抓牢，一個不慎，落在地上。

響聲驚動了高座上的女人，她彎腰將銅鏡拾起，微微一怔。銅鏡光滑的鏡面上，因著剛才那一摔，露出一條裂縫。很輕微，倘若不仔細看，不會被發現。

她唇角的笑容淡去。片刻後，將鏡子放到一邊。

到底是……破鏡難重圓。

回到崔府裡時，已經是傍晚時分，崔越之還沒有回來。禾晏生怕柳不忘不辭而別，第一件事就是去找柳不忘，待找到時，發現柳不忘正在與林雙鶴下棋。他們二人都喜愛穿白衣，林雙鶴穿起來是濁世佳公子，柳不忘穿起來，就是清高出塵的劍客俠士。

瞧見禾晏回來，林雙鶴就道：「少爺、夫人，你們回來了！柳先生棋也下的太好了，我林雙鶴這麼高的棋藝，在他手下連十招都走不過。這都第幾盤了，要不，少爺你與柳先生也下下棋，替我扳回一局？」

禾晏在心中無聲地翻了個白眼，不是她吹噓自家師父，不過柳不忘這人，就沒有不擅長的。文武皆俊才，林雙鶴那等三腳貓功夫，在秦樓楚館騙騙姑娘還行，跟柳不忘比，簡直是侮辱柳不忘。

她走到柳不忘身邊，對林雙鶴道：「既然都輸了這麼多回，林兄也該回去好好練練再說下一回。我還有事要找師父，回頭再說吧！」說罷，就拉著柳不忘起身，走到屋裡去了。

林雙鶴看著禾晏的背影，湊近肖玨，奇道：「急急忙忙的，我禾妹妹這是怎麼了？」

肖玨：「聽故事去了。」

「聽什麼故事？」林雙鶴莫名其妙，「你們在王府裡見到王女了？怎麼樣，沒有為難你吧？」

肖玨輕笑，沒有回答。為難倒是沒有為難，只是……他的目光落在被禾晏關上的門上，只是這一趟，對穆紅錦，對柳不忘，甚至對禾晏來說，大概都是意外中的意外。

翠嬌捧著茶要進去，被肖玨攔住，他目光落在茶盤上的茶壺邊，道：「換碗紅糖水來，要熱的。」

翠嬌點頭應是，肖玨一回頭，見林雙鶴盯著自己，目光詭異，蹙眉：「看什麼？」

「肖懷瑾，」林雙鶴嚴肅地看著他，搖了搖扇子，說出了三個字：「你完了。」

「你有病。」他漠然回道。

屋子裡，禾晏把柳不忘按在桌前坐下，自己也跟著坐了下來。

她有很多想問的，比如之前柳不忘說的追查烏托人，還有濟陽如今的行事，可是一張口卻是：「師父，我剛從王府回來，見了王女殿下。」

柳不忘看向她。

「蒙稷王女似乎與師父是舊識。」禾晏猶豫了一下，才說道。

柳不忘道：「不錯。」

這麼快就承認了？她愕然一刻，這樣坦蕩，是否說明其實沒什麼？禾晏第一次發現，自己竟然這麼多舌，連旁人的私事也要瞭解。但如果是關於柳不忘，她又忍不住想知道，自己這位神仙一樣的，好像無情無欲的師父，究竟有過一段什麼樣的過往。

或許就是這點過往，能讓他多一點煙火氣，看起來更像是個普通人。

「蒙稷王女說，曾經傾慕過師父，不過師父心中另有所愛。」禾晏乾脆一口氣說出來，「當年蒙稷王女曾想要逃婚，與師父約好，可是師父沒有來，所以她還是回到濟陽成了親。」

柳不忘聽到此處，仍然無甚表情，看不出來心中在想什麼。

禾晏就道：「師父，這是真的嗎？」

她總覺得，以柳不忘的俠肝義膽，路過死人堆都要將屍體掩埋的性子，若是穆紅錦真心央求，他一定會帶她走的。如果一開始就不打算帶她走，根本不會和穆紅錦立下約定。何必多此一舉。

「是真的。」柳不忘淡淡回答。

禾晏意外：「為什麼？」

「這是對她最好的選擇。」柳不忘道：「身為蒙稷王女，應當承擔應有的責任，濟陽就是她的責任。」

「可是……」禾晏猶自不甘心，「師父是因為這樣才沒有帶她走，還是因為別的原因。師父心中，真的另有所愛嗎？」

這麼多年，她可從未見過柳不忘提起什麼女子，愛過什麼人。說句不好聽的，假如那位

「愛人」已經不在人世，至少每年清明中元也要拜祭，可是沒有，什麼都沒有。

柳不忘沒有回答她的話，只是微笑著看向禾晏：「她……過的好嗎？」

過的好嗎？這個問題，禾晏無法回答，濟陽城如今情勢，實在算不得好。可從某一方面來說，穆紅錦成親有子，有了孫女承歡膝下，至少不比柳不忘孤獨。

她只好道：「小樓是她的孫女。」

柳不忘笑了笑，沒說什麼。

屋子裡的氣氛，忽然變得沉默而凝滯起來。

外頭翠嬌在敲門，道：「夫人，紅糖丸子甜湯來了。」

「怎麼還是喜歡吃甜的？」柳不忘回神，失笑，「妳出去喝甜湯吧，為師想自己待一會兒。」

禾晏躊躇一刻，站起身道：「那師父，我先出去了。」

她退出屋子，門在背後被關上了。

濟陽的夜，也是暖融融的，不比北方冷寒。風從窗外吹進來，吹得樹影微微晃動。如棲雲山上的霧。

柳不忘無父無母，是棲雲山上，雲機道人最小的弟子。雲機道人絕世出塵，遁跡方外，收養了一幫孤兒做徒弟。柳不忘排行第七，被稱為小七。

少年們在山上練武學藝，待到了十八歲後，都要下山歷練。柳不忘下山時，師兄們都來送他，他性子驕傲質樸，天性純厚，大夥兒都怕他在山下被人欺騙，臨走時，諸多囑咐，聽得他耳朵起繭，一度不耐煩。

每一個少年，都覺得自己未來光明無限，能在世間鋤奸除惡，遍管不平事，沒有什麼可以折辱他們的心性，亦沒有什麼可以打倒他們的堅持。

柳不忘也是如此。

誰知道剛下山，就在山腳的桃花林中，見到歹人欺凌弱女子。柳不忘挺身而出，驅趕走歹人，就要離去，卻被那女子如狗皮膏藥黏住，甩都甩不掉。

他還記得第一次見到穆紅錦，少女生的美豔嬌俏，多看一眼都會令人臉紅，兩條辮子垂在胸前，眨著眼睛看著他，聲音一派無邪：「柳少俠，我腳崴了，走不動路了，救人救到底送佛送到西，你背我吧！」

他被這理直氣壯的言論震驚了，後退一步道：「不行。」

「為什麼不行？」穆紅錦道：「你不是少俠嗎？少俠都要這麼做的。」

少俠都要這麼做麼？少年時的柳不忘並不懂，他一直生活在山上，沒有與人情世故打過交道，一時也不知道她說的是真是假。但看她言之鑿鑿的模樣，柳不忘想，或許……山下的人都是如此，是自己太大驚小怪？

他想著想著，就見穆紅錦苦著臉「哎喲哎喲」的叫起來：「好疼啊，我動一動都疼。」

這麼嬌氣，他內心不悅，雲機道人的女兒，他的師妹都沒有這般嬌氣，只得無奈伏下身：「上來吧。」

穆紅錦高高興興地爬了上去。

少女的手攀著自己的脖頸，摟的很緊，暖熱的身子貼上來，可以聞到她髮間的清香。柳不忘不自在極了，想要推辭，已經晚了一步。便只得認命道：「姑娘，妳家住哪裡？我送妳回去。」

「我沒有家。」少女的聲音可憐兮兮的，「我是被人拐來的，我家在很遠很遠的地方，我以後就跟著你啦。你去哪裡我去哪裡。」

柳不忘驚得差點沒把她從背上摔下來：「什麼叫你去哪裡我去哪裡？為何要跟著我？」

「你既然救了我，當然要對我負責負到底啦。」穆紅錦說的理直氣壯，「不然你把我送回我家去，我家在朔京，離這裡好遠好遠，你能送到嗎？」

柳不忘：「……」

他實在沒想到，自己救人，竟還救了這樣大一個麻煩。山下的人都是如此，還是山下的女人都是如此，難怪大師兄走之前要跟他說：「山下的女人是老虎。」老虎尚且放個炮仗就嚇跑了，這女子，怎還甩都甩不掉？

似是看出了他的心思，姑娘貼著他的耳朵，道：「你別怕，我吃的不多，也花不了你多少錢，你帶著我，不會是個麻煩的。」

「求求你啦，少俠。」

柳不忘過去十八年的人生裡，除了小師妹外，沒有和女子打過交道。縱然是小師妹，也是溫柔守禮的，哪裡見過這等生猛的奇葩。師兄們說他生性純厚，確實不假，他架子擺的極高，卻屢屢對穆紅錦束手無策。

他沒辦法，甩不掉穆紅錦，便想著等下山事情辦完，再將她帶到棲雲山上，如何處理，由雲機道長定奪。

陡然之間，身邊多了個溫香軟玉的姑娘，柳不忘十分不自在。但很快，這點不自在就被憤怒沖淡了。穆紅錦並不像她嘴裡說的「我吃的不多，也花不了你多少錢，你帶著我，不會是個麻煩」。

穆紅錦確實吃的不多，但花的錢卻不少，實在是她太過挑剔，吃食要撿最好的酒樓，穿的也要漂漂亮亮，住客棧絕不可委屈。不過好在她自己有銀子，且非常豐厚，完全負擔得起。不僅如此，還大方的與他分享：「少俠，這吳芳樓的烤鴨真的很好吃，你嘗一點唄！」

柳不忘皺眉看向她：「妳不是說妳是被拐子拐來的，身上如何有這樣多的銀錢。拐子拐走妳的時候，總不會好心到沒有搜妳的身吧！」

穆紅錦一愣，有些抱歉地道：「被你發現了啊，好吧，其實我不是被拐子拐到這裡來的，我是……」她湊近柳不忘，在他耳邊低聲道：「我是逃婚出來的。」

柳不忘驚訝地看著她。

「真的！我沒騙你，我爹要將我嫁給一個比他年紀還要大的糟老頭子，你瞧瞧我，這般年輕美貌，怎麼可以羊入虎口。聽說那人還是個變態，前頭娶了三房妻子，都被他折磨死了。我也是沒辦法，」她作勢要哭，拿袖子掩面，「我只是不想死的那樣慘。」

柳不忘將信將疑：「胡說。妳既身上帶著這麼多銀子，可見家世不錯，妳爹為何要將妳嫁給這樣的人？」

「那人比我們家家世更大呀！」穆紅錦委委屈屈地道：「你不知道，官大一級壓死人嗎？他瞧中了我，就要我去做他的夫人，我爹也沒辦法。可我不願意，我連夜逃出來的，要是被他們抓到，我就死定了。所以，少俠，你可千萬別拋下我一個人。」

柳不忘沒好氣道：「我又不是妳夫君。」這話說的，活像他始亂終棄似的，本就是萍水相逢的陌生人，若真被她家人找到，他們要帶走穆紅錦，他又有什麼理由阻攔？

「那可不行，」穆紅錦抓住他的手，「你救了我，當對我負責到底。若是你中途將我拋下，那我遲早是個死字。還不如現在就死，來！」她將柳不忘腰間的長劍一把奪過去，放在桌上，看著柳不忘，氣勢洶洶地道：「死在你劍下，總好過死於被那種混帳折磨，少俠，你殺了我吧！」

周圍人來人往，有人瞧見他們如此，俱是指指點點，柳不忘頓時有些臉紅，怒道：「妳在胡說什麼！」

「你如果不答應要一直護著我，我就一直這樣。」

少年頓感焦頭爛額，世上怎會有這樣不講道理的女子？偏生話都被她說盡了，連反駁都無力。

片刻後，他敗下陣來，咬牙道：「我答應妳。」

罷了，這山下歷練，不過月餘，月餘過後，帶她回棲雲山，雲機道長自有辦法，到時候，任這女子如何囂張，也不會再見面。

穆紅錦聞言，登時展顏，忽而湊近他，看著他的臉道：「其實，還有一個辦法。只要我現在成了親，那糟老頭子便不能將我如何，我看少俠你風姿英俊，又劍術超群，比那人有過之無不及，不如你娶了我，咱們皆大歡喜？」

少女淺笑盈盈，一雙眼睛水潤如山澗清泉，清晰的映照出他的身影。白衣少年嚇了一跳，如被蛇咬了一般的跳起來，斥道：「誰要跟妳皆大歡喜！」

「哦，」穆紅錦遺憾地攤了攤手，「那真是太遺憾了。」

那真是太遺憾了。

手邊突然發出「錚」的一聲，他回過神，不知何時，指尖不小心觸到桌上的琴弦，將他的回憶片片打碎。

他怔然片刻，腦海中似乎浮現起當年姑娘清亮狡黠的聲音，一口一個「少俠」，叫得他滿心不耐，意亂心煩。

片刻後，柳不忘低頭淡笑起來。

俱往矣，不可追。不過是，徒增傷感罷了。

因著白日裡在王府遇到穆紅錦一事，禾晏有了心事。這天夜裡，睡得不是太好，輾轉反側欒大半夜才睡著，好在沒有吵到肖玨。

因夜裡睡得晚，第二日也就醒的晚了些。醒來後，沒瞧見肖玨。紅俏笑道：「公子一大早就出去了，叫奴婢不要吵醒夫人。」

禾晏「哦」了一聲，問紅俏：「他有沒有說自己去哪？」

紅俏搖了搖頭。

禾晏便起來梳洗，用過飯，走到院子裡，看見柳不忘正在煮茶，林雙鶴坐在一邊讚嘆不已。

「師父。」禾晏過去叫了一聲。

「阿禾，」柳不忘微笑道：「要喝茶嗎？」

「不了。」禾晏連連擺手，柳不忘煮茶的功夫看著是挺能唬人的，但煮的茶一向很苦，和藥差不多。她雖然不怕吃苦，但也不是自討苦吃的主兒。當即便道：「我出去走走，你們繼續，繼續。」

禾晏訕笑著走遠了。

到了濟陽，若非有事的話，日子其實無聊得很。如果是從前，這樣好的清晨，好天氣，早就該練會功夫強身健體，可惜如今她穿著女子的衣裳，不方便做這些，更怕露陷，想了想，只得作罷。

正遺憾著，翠嬌匆匆跑來，道：「夫人，有客人來了！」

「有客人來就來了，」禾晏莫名其妙，「與我何干？」

她又不是崔府的主人，明明也是客人，縱然是有客前來，也輪不到禾晏前去相迎。

「不是，」翠嬌小心打量著她的臉色，「這客人您認識，就是之前典薄廳凌典儀家的小姐，今日來來府上，說是特意來找您閒玩的。」

禾晏感到費解，凌繡？她與凌繡很熟嗎？話都未說過幾句，這關係還沒有親密到可以互相串門的地步吧？

「夫人，您要不要去看看？」

禾晏嘆了口氣，人都跑到家裡來了，還能閉門不見不成？罷了，也就去會一會，看看她們葫蘆裡究竟賣的什麼藥。

小花園裡，幾名少女圍坐在一起，俱是盛裝打扮，俏麗多姿，直將園子裡的春色都比了下去，嘰嘰喳喳的笑鬧著，聲若出谷黃鶯，光是瞧著，的確令人賞心悅目。

衛姨娘站在走廊下，恨恨地絞著帕子，道：「這群人真是過分，欺負我們玉燕都欺負到頭上來了！」

二姨娘正翹著手指塗蔻丹，蔻丹的顏色紅豔豔的，襯得她手指格外纖細潔白，「那也沒辦法，誰叫喬公子生的俊呢，咱們濟陽多少年沒出一個這樣的人物了。這年紀也剛剛好，若是我再年輕個十歲，我也要去試一試的。」

「妳試個屁！」衛姨娘急得粗話都出來了，「小心我告訴老爺！」

「好姐姐，我就說一說，怎麼還當真了？」二姨娘笑了一聲，將塗好了蔻丹手指對著日光仔細瞧了瞧，「這麼多狼追一塊肉，我還嫌事兒多呢，懶得應付。」

「玉燕姑娘真可憐，」三姨娘喜歡傷春悲秋，拿帕子掩著心口，蹙眉嘆息了一聲，有些感同身受地道：「剛到濟陽就被這麼多人盯上了，日後要是一直待在濟陽，日子豈會好過？雖說如今年輕貌美，可旁的女子真要日日在喬公子眼前晃，喬公子又堅持的了幾日？男子的真心太容易變化，抵不過狐狸精三言兩語。」

「妳這是罵誰呢？」二姨娘斜睨了她一眼，「老爺面前妳敢這麼說嗎？」

三姨娘假裝沒聽到她的話，兀自擦拭眼角的淚水。

四姨娘年紀最小，原是街頭賣藝的，總是笑得沒心沒肺，一邊磕瓜子兒一邊問：「那就得看喬公子究竟喜不喜歡他的夫人了。我倒是挺喜歡玉燕姑娘的，沒什麼大小姐的嬌氣，上回還幫我丫鬟提水桶了。我還是頭一次瞧見幫下人幹活的主子，多好啊！」

「那可就糟了，」三姨娘大驚小怪，「男子都喜歡柔柔怯怯的姑娘，提水桶……沒得讓人看輕了自己，還以為她天生就合該不被小心對待。」

四姨娘不滿，「呸」的一聲吐出嘴裡的瓜子皮，「什麼看輕了自己，我原來在街頭賣藝，一次頂五個水缸，老爺還不是喜歡我喜歡的緊，什麼柔柔怯怯，像妳這樣隔三差五就頭疼腦熱的，老爺才不耐煩應付！」

「行了，都別吵了。」衛姨娘被她們吵得腦袋疼，斥道：「現在說的是玉燕姑娘！」

「反正她挺慘的，」三姨娘嘀咕了一聲，「妳看吧，凌家小姐可不是善茬，其他姑娘也沒那麼好打發。喬公子生的標緻，可待人冷漠的很，對玉燕姑娘，我瞧著也不是很上心，遲早要出事。」

「三妹妹，」二姨娘看了三姨娘一眼，「妳知道我們四個人裡，為何妳最不得寵？實在是因為妳太沒有眼光。」

三姨娘怒視著她，眼淚在眼眶裡打轉，眼看著又要哭了。

「那喬公子，性情的確冷漠，瞧著對喬夫人不太上心的樣子，我是不知道是什麼原因，或許成親前並無感情？不過，以他這幾日的舉止行為來看，分明就是有些喜歡喬夫人。尋常人的喜歡，沒什麼了不起，不過這種人的喜歡，可是了不得。」

「有那麼一種人，不動心則已，一動心，眼裡就只有一個人。」二姨娘翹著手指，笑的像個給人傳授經驗的狐狸精，「旁的女子再多再美，在他眼中，都是枉然。」

「喬渙青啊，就是這種人。」

此話一出，幾人都靜了一刻，大抵這樣的男子都是女子的嚮往，竟一時無言。

半晌，衛姨娘才開口，問道：「妳的意思是，我們不必去解圍？」

「解什麼圍。」二姨娘不甚在意的一笑，「那位喬渙青，可是護短的緊。我們打個賭如何，只怕溫玉燕還沒被刁難，她的夫君就要站出來為她出頭了。」

禾晏來到小花園的時候，撲面而來的就是一陣香風，險些將她薰昏。

不知道為何濟陽女子這般喜歡佩戴香包，還是味道極濃烈的那種，一人還好，許多人擠在一起，彷彿一團脂粉雲。

一時間，禾晏非常懷念肖珏身上的月麟香，隱隱約約，清清淡淡，真是恰到好處。

「喬夫人來了。」凌繡站起身來，對著她笑道。

這幾位姑娘，禾晏除了凌繡與顏敏兒，其他人都不認識。想了想，便道：「聽聞凌小姐是特意來找我的？」

「不必說的這般鄭重，」凌繡笑道：「就是今日天氣好，閒來無事，幾個姐妹在一起坐坐閒談，想著如今既然喬夫人也在此，不如就一起。喬夫人不會嫌我們叨擾吧？」

「不會。」禾晏笑笑，心裡哼了一聲，她縱然對女子間的事情不甚敏感，也能瞧得出來這群人是醉翁之意不在酒。哪裡是要來看她，分明是來看肖珏的。

果然，凌繡的下一句就是：「怎麼沒見著喬公子？」

「夫君一大早就出門去了。」禾晏笑的非常和氣，「可能要深夜才回來。」

憑什麼她們想看就看，好歹是大魏的右軍都督，當然不是隨隨便便就任人觀賞的，不給看就是不給看。

凌繡，以及她身後的幾個姑娘聞言，臉上頓時露出失望之色。

禾晏笑道：「凌姑娘不是特意來找我的麼？怎麼，不會是說笑的吧？」

「怎麼會？」凌繡回過神來，親熱地拉著禾晏的手在院子裡的石桌前坐下，「快請坐。我爹和崔大人關係極好，過去的時候，我也常來崔府上玩，只是從來沒有姐妹，未免寂寞。喬夫人來了就好了，日後阿繡再來崔府，不愁找不著人說話。」

禾晏心道，這哪裡是來找姐妹，分明就是來看美男子的，肖玨應該過來看看，什麼叫真比她還能一本正經的騙人。

禾晏在石桌前坐了下來，說實話，她根本不大認識這些人，也不知道能說什麼，就隨意撿些果子吃，打算坐在這裡當一個擺設，聽她們說就好了。

可惜的是，既然對方是衝著肖玨而來，肖玨不在，這個「夫人」便不可能倖免於難。說著說著，話頭就落到了禾晏身上。

「聽聞喬夫人是湖州遠近聞名的才女，之前阿繡是真心想要聽喬夫人的琴聲，可惜最後卻被喬公子攔住了，現在想起來都覺得遺憾。」凌繡笑著開口。

禾晏笑道：「這有何遺憾，我夫君不是也彈奏了一曲。」

「可喬公子說，他的琴藝不及夫人十分之一。」凌繡盯著禾晏的眼睛，「真讓人難以想像。」

是啊，真令人難以想像，禾晏心道，肖玨這個謊話，說的也太誇張了一些，現在從別人嘴裡聽到，自己都覺得臉紅。

「我夫君是過譽了一些，」禾晏給自己倒了杯茶，捧起來喝了一口，「我的琴藝，也就和他差不多吧。妳們聽了他的，就相當於聽過我的了。」

「那怎麼可以？」凌繡顯然不打算這樣放過她，「咱們濟陽，最崇拜才華橫溢之人，夫人既有吞鳳之才，便不該藏著掖著。今日天氣好，不如咱們就在這裡接詩會友如何？一來有趣，二來，也好讓我們瞧瞧夫人的才情。」

來了來了，禾晏心中煩不勝煩，為何凌繡不是讓自己彈琴，就是讓自己作詩，是不是只要她說不會作詩，就要下棋寫字？禾晏尋思著，縱然這位姑娘為肖玨的皮相所惑，心中傾慕，那也當奔著肖玨而去，比如在肖玨面前展示一番自己的鳳采鸞章，過來為難她做什麼？難不成誰為難倒了她，肖玨就會喜歡誰嗎？

一次還好，次次都如此，禾晏也不想再耐著性子陪她們玩這種把戲，只笑道：「我今日不想作詩，也不想下棋，更不想寫字，當然，絕對不會彈琴。」

竟是一點兒迴旋的餘地都沒有，直接拒絕了。

饒是凌繡再如何玲瓏心腸，也沒料到禾晏會這麼說。片刻後，倒是一直沒說話的顏敏兒哼了一聲，嘲笑道：「都說中原女子婉約有禮，我瞧著喬夫人說話做派，倒像是我們濟陽姑娘，爽直的很。」

「入鄉隨俗而已。」禾晏笑得滴水不漏。

「喬夫人，可是瞧不上我們？」凌繡低下頭，有些不安地問。

「不是瞧不上，」禾晏疑惑地開口，「只是今日不想。不是說凌姑娘是才女，怎麼連一句簡單的話都聽不懂。我說的話很難懂嗎？」

若今日在這找碴是的男子，禾晏早就讓他們出來打架了。可是女子，便不好做那等沒風度之事。想來想去，不如就得一個惡女羅刹的威名，好讓這些姑娘明白，她不是好惹的，受了驚嚇，以後自然便不會再登門要她搞什麼「琴棋書畫」的歪招。

凌繡愣愣地看著她，沒說話。一邊的其他幾個姑娘見狀，皆是對禾晏面露不滿，大抵凌繡在她們中極有威望，凌繡受委屈，個個都要出來為凌繡出頭。

有個嗓門略大的姑娘就道：「喬夫人這也不肯，那也不肯，該不會是不會吧？所謂的才女名頭其實名不符實，才會次次都這樣推脫。」

「怎麼可能？」另一名女子彷彿故意跟她唱和一般，訝然開口：「那喬公子可不是普通人，琴彈得那樣好，可見是個風雅之人。從前便是家財萬貫，如今又已經認祖歸宗，在濟陽遲早都是有身分之人。聽聞喬夫人只是尋常人家，若是再無什麼特長，喬公子看上她哪一點？」

顏敏兒皮笑肉不笑道：「美貌唄，說起來，喬夫人生的膚白如玉，月貌花容呢。」

她重重地咬了「膚白如玉」幾個字。

禾晏：「……」好像說她黑的是肖玨吧，這也能算在她頭上？什麼道理？

「月貌花容，咱們濟陽貌美的姑娘多了去，阿繡生的不貌美嗎？家世又好，性情溫柔，才華橫溢，這麼說，阿繡才是和喬公子般配之人。」

「別胡說。」凌繡眼睛紅紅地道。

濟陽姑娘究竟有多大膽，說話有多直接，禾晏這回可算是領教過了。但他們這是何意？凌繡好歹是個清清白白的閨女，肖玨如今是「有婦之夫」，難道要給肖玨做妾不成？或是要她下堂給凌繡騰路？腦子沒毛病吧？

「我們又沒有說錯，喬夫人如此，遲早不得夫君喜愛。」那個嗓門最大的姑娘笑道：「喬夫人可別怪我們說話不好聽，這都是將妳當做自己人才這般說的。別見外。」

謔，明的不行，就來她這挑撥離間了？

禾晏跟肖玨久了，將他那些罵人不帶髒字，氣死人不償命的本領也學到了一二，當即就毫不在意地搖頭，笑得格外甜蜜：「不見外，不見外，我知道各位妹妹是一片好心。不過，妳們實在多慮了。」

「我夫君待我好得很，別說我會這些琴棋書畫，縱然我不會，他也不會對我有半分埋怨。我這個人，脾氣不好，動輒就生氣不理人，我夫君啊，每次都會耐著性子哄我。會給我煮麵，帶我去買麵人，我隨便說的每一句話他都會記在心上，就連月事這種事，都比我記得還牢。」禾晏看了凌繡一眼，見凌繡臉色不好看，心中得意，越發賣力的大放厥詞，「學會琴棋書畫有何難？我不開心的時候，我夫君便將他會的技藝用來討我歡心，妳們窺見的，不過冰山一角，沒瞧見的多得是呢。」

院子外，肖玨還沒走到花園，才到了拐角處，聽見的就是禾晏裝模作樣的長嘆了口氣，用一種噁心的讓人膩歪的語氣說話。

「哎，這樣出類拔萃，矯矯不群的男子，偏偏獨寵我一人，眼裡容不下別人，我又有什麼辦法呢？」

第五十五章　烈女

身後的飛奴：「……」

肖珏只覺得自己眉心隱隱跳動，剛回到崔府，還沒來得及換衣裳，聽翠嬌說禾晏被凌繡拉去小花園了。凌繡這樣的女子，打什麼主意他看一眼就明白，偏偏禾晏與女子後宅事情一竅不通，想了想，還是怕她吃虧，才先過來救火。

誰知道，剛來就瞧見她這般洋洋自得的賣瓜，看上去沒吃什麼虧，倒把那幾個女子氣得臉色發青。

也不算太傻，肖珏又好氣好笑，索性沒有上前，乾脆就站在花園拐角處，冷眼瞧著她，聽聽這人還能說出什麼驚世駭俗的瘋話。

另一頭，二姨娘露出了然的笑容，朝花園拐角處的身影努了努嘴：「瞧，護短的來了。」

「真的耶。」四姨娘雙手握拳，「二姐，還是妳瞧人瞧的準，小妹佩服！」

「幫誰還說不定呢，」三姨娘不甘心自己判斷失誤，只道：「萬一喬公子瞧見那凌繡生的貌美，臨時倒戈怎麼辦？」

衛姨娘眉頭一皺：「不會說話就不要說話！」

二姨娘幸災樂禍地笑起來。

那一頭，禾晏還在侃侃而談：「所以我說諸位妹妹，琴棋書畫自然是要學的，但學來不過是為了讓自己高興，倘若只是為了讓男子喜歡，不如學些馭夫之術，我在未成親前，也很喜歡風花雪月，可成親之後，就覺得一切不過是山谷浮雲。唯有這馭夫的訣竅，才是實打實的厲害。」

「果真？」這群姑娘年紀都不太大，雖有時候有些令人討厭，卻沒那麼多彎彎繞繞，能將主意寫在臉上的，自然沒什麼心計，有個姑娘就問：「那妳說說，妳的馭夫訣竅是什麼？」

禾晏清咳兩聲，正色回答：「說來慚愧，我也不知我的馭夫之術是什麼。我與夫君當年不過是在花燈節上見了一面，我都不認識他，第二日，他就上門提親，非我不娶。我其實本不想這麼早嫁人，可他癡心的厲害，跟我說非我不娶，倘若我不答應嫁給他，就要跳河自盡。我想著好歹也是一條人命，權當是做好事了。況且妳們也知一句話，烈女怕纏郎，他這般死纏爛打，所以我也就嫁了。」

「我想了想，這馭夫的訣竅，不過就是一件事，首先，妳要長了一張能讓人一見癡心，非妳不娶的臉。」她梳理了一下自己垂在胸前的長髮，有些不好意思道：「當然，這個不是人人都能做到的。」

「其次，妳喜歡他，須得小於他喜歡妳。男女之間，大體勢均力敵，小事上，總有人占上風，總有人占下風。這就跟打仗一樣，妳們時時刻刻將情人看的過於重要，並非是件好事。對自己好些，自然有人來愛妳。」禾晏胡編亂造，說的差點連自己都相信了，「我就從來不討好婉媚夫君，夫君卻疼愛我如珠如寶，這就是結果。」

「第三，」禾晏心道，第三我編不出來了，她微微一笑，「良人稀少，諸位得擦亮眼睛仔細看著點才是。與其盯著別人手裡的，不如自己擦亮眼睛養個新的。」

飛奴偷偷地看了自家主子一眼，肖二公子靠牆站著，笑意微冷，眸光譏誚，飛奴心道，這禾大小姐說什麼烈女怕纏郎，他們家少爺是纏郎？還對她死纏爛打？真是好會給自己臉上貼金！

二姨娘停下嗑瓜子兒的手，盯著禾晏，驚訝道：「原是我看走了眼？還以為是個不通後宅之事的，沒想到是個高手。妙啊！」

「雖然她說的我不太明白，」四姨娘撓撓頭，「但聽起來很厲害的樣子。」

禾晏心中稍安，覺得自打重生以來，跟著肖珏見了不少世面，連見人說人話見鬼說鬼話這一套也學了不少，可不，眼下這一通胡謅，就將這些小姑娘唬得一愣一愣的。

不過一群人裡頭，總有那麼一兩個不大好騙的。顏敏兒看向她，譏諷道：「妳說這些話，真以為有人會信？喬公子寵愛人？還癡纏妳，喬公子看起來像是這種人？」

這麼一說，剛才還聽的雲裡霧裡的幾個姑娘，想到喬渙青那副冷清如月的樣子，登時又清醒了幾分，怎麼看，喬渙青都不像是對溫玉燕死纏爛打的人吧？

「妳肯定在騙人！」大嗓門姑娘道。

「我沒有啊，」禾晏十分誠懇，「我們夫妻關係好得很，好到超乎妳想像。就前幾日的水神節，我們還去走了情人橋。我怕高，本來不想去的，結果夫君聽說一起過橋的人一生一世不分離，硬生生的將我抱過去了。要不是我嚴詞拒絕，他可能要走三次，緣定三生。」

肖玨：「……」

他有些聽不下去了，只覺得匪夷所思，世上怎麼會有這種人，說這種謊話都臉不紅氣不喘，一本正經到令人髮指。

「這有什麼？」一邊的姑娘不服：「那麼多人都會走情人橋……」

「我們還一起看圖。」禾晏道。

凌繡不解：「什麼圖？」

「春……」

話音未落，一聲輕咳響起，眾人回頭一看，年輕男子緩步而來，風流可入畫，英俊如美玉。也不是第一次見了，但每一次看見，旁人都免不了為這人的容色所惑，心中贊一聲好風華。

他路過禾晏身邊，漂亮的眸子落在禾晏眼中，露出一絲警告。

禾晏一時間也忘了自己方才說到哪裡了，正要開口，就聽見肖玨淡淡道：「燕燕，在這裡做什麼？」

燕燕？

凌繡怔住，夫妻之間，喚小字也不是沒有，可都是在私下裡，這般當著眾人的面，除非是情濃到沒有任何避諱。

禾晏一口氣梗在胸口，竟不知作何表情。雖然知道肖玨叫的是溫玉燕的「燕燕」，可那麼巧，她也有個「晏」字，這麼一想，便覺得他叫的好像是「晏晏」。

她懵然回答：「就……喝茶閒聊。」

肖玨點了點頭，一雙瀲灩黑眸盯著她，微微一笑，語氣溫和的令人心顫：「能不能陪我回屋坐坐？」

「坐什麼？」禾晏萬分不習慣他這樣說話，只覺得周圍的目光如刀，「嗖嗖嗖」的朝她飛來，真令人沮喪，她剛才在這裡自吹自擂如何受寵，換來的不過是一句「騙人」，而肖玨都沒怎麼說話，只將目光放溫柔些看她，她就能收到這麼多妒忌的眼神。

誰看了不說一句肖二公子厲害呢？

「陪我練練琴。」青年面如美玉，目若朗星，玉冠束起的青絲柔順冰涼，垂在肩上。他伸手，在禾晏髮頂輕輕揉了揉，端的是寵溺無邊。

看得一旁的人都恨不得將禾晏一把推開，將自己的腦袋塞在這青年手下。

「好……好啊。」禾晏定了定神，站起身來，再抬頭時，亦是一副嬌羞的表情，「諸位妹妹，對不住了，我夫君要我回去陪他練琴。」她又嘆息一身，很煩惱地道：「烈女怕纏郎，這句話是真的。」

禾晏轉身，款款地挽著肖玨遠去了。身後一干人面面相覷，半晌，凌繡一甩帕子，咬了咬貝齒，拿手抹了一下臉，顏敏兒一怔：「妳怎麼了？」

凌繡居然被氣哭了。

一盤瓜子兒見了底，四姨娘拍了拍手，很意猶未盡地道：「這就沒了？」
「想看自己去尋話本子。」衛姨娘嗔怪，「喬公子豈是給妳看戲的？」
「別說，這比相思班的戲好看多了，」二姨娘一手托著腮，「遠遠瞧著，方才喬公子護妻的那一刻，還怪讓人心動的。看得我都想……」
「妳都想什麼？」衛姨娘道：「別給我惹事。」
「好姐姐，我就說說而已，」二姨娘風情萬種的一笑，「咱們這把年紀了，縱是想和人花前月下，也沒人捧著啊。」
三姨娘一反往常的沒有說些酸話，只嘟囔道：「喬夫人運氣還挺好，找到這麼一個夫君。」
「妳這腦子，怎麼就只看到喬公子不差呢，」四姨娘白了她一眼，「我看那喬夫人，也是個有趣的人。若是妳方才被人這麼圍著，早就哭哭啼啼跳河去了，看看人家，什麼叫四兩撥千斤。馭夫訣竅不簡單呢，妳多學著點，三姐。」
此刻，擁有著令人羨慕的「馭夫訣竅」的禾晏，正和肖玨在回院子的路上。
禾晏一路上大氣也不敢出，也不抬頭看肖玨，一句話沒說。毫無疑問，這人既然在當時出現，可見不是才來，說不準在後頭站了許久，她那些抹黑肖玨形象的話，大概都被肖玨聽到了。
都怪那群姑娘太能說了，吵吵嚷嚷的，竟沒讓她聽出肖玨的腳步聲。平白讓人看了熱鬧，她也不知肖珏這會兒是怎麼想的，一定很生氣了。等下回去了應該怎麼才能讓他消氣呢？沒等他發怒的時候先道歉？

正想著，院子已經近在眼前。禾晏和肖珏回去的時候，還看到站在院子裡和丫鬟說話的林雙鶴，林雙鶴這個登徒子也不知道和新認的丫鬟妹妹說了什麼，直把那小丫鬟逗得滿臉通紅，笑得花枝亂顫。

一抬眼，看見禾晏與肖珏回來，林雙鶴跟他們打招呼：「少爺、少夫人回來了？這是去哪了？」

禾晏尷尬地回道：「喝了點茶，回頭再說。」

她隨著肖珏回到了屋，剛一進屋，迎面就撞上肖珏，差點撲進對方懷裡，肖珏清清淡淡地看了她一眼，伸手越過她的身體，將她身後的門掩上了。

禾晏：「……」

「坐。」他轉身在桌前坐下來，平靜的語氣，卻讓禾晏嗅到一絲興師問罪的味道。

禾晏趕緊在他對面坐下。

「怎麼不說話？」肖珏挑眉，似笑非笑地看著她：「剛才不是挺能說的，烈女？」

禾晏一驚，果然聽到了！

她道：「都督，你也知道，她們隔三差五來找碴，我煩不勝煩，權宜之計。我能不能問問，你是何時來的，我的話，你又聽到了多少？」

肖珏冷笑：「有什麼區別？」

「區別在於我跟你道歉的內容。」

肖珏側頭盯著她，看了好一會兒，才道：「禾大小姐，妳是不將自己的清譽當回事，還是不將我的清譽當回事？」

「對不起，」禾晏道歉的很誠懇，「但我想，現在我們是喬公子和溫姑娘，將你我的關係說的親密些，應當無事。畢竟夫妻之間，親暱些無可厚非。」

肖珏忍無可忍：「妳說的是親暱嗎？」

「不是嗎？」

「剛才如果不是我過來，妳打算說什麼，妳和我看了什麼？」他到底是骨子裡教養良好，說不出那兩個字。

但禾晏顯然沒有他那麼講究，聞言很爽快地道：「你說的是春圖啊！」

肖珏捏了捏額心：「不必說的如此大聲。」

禾晏將聲音放低了一些，疑惑地問：「我們一起看春圖，說明我們關係極好，這有什麼不對嗎？」

當年在軍營裡的時候，漢子們表示過命的交情，大抵就是將自己珍藏的寶圖給兄弟共用。若是關係沒那麼好的，求著借都不給借。夫妻間就更是了，兩個人在一起看圖，這是何等的如膠似漆，琴瑟和諧？

肖珏的臉色陰得要滴出水來，緩緩反問，「誰跟妳說，一起看圖就是關係好了？」這是什麼人？說這種話說的理所當然，禾綏教女兒是如此教的，連什麼話該說什麼話不該說都不明白？她究竟知不知道，如果今日不是自己出現阻攔了她接下來要說的話，她說的這些話，足以讓濟陽一城的人都感到驚世駭俗。

「我……」禾晏猝然住嘴，「我自己是這般覺得的。而且當時你看了之後，我們關係是也不錯，並沒有因此生出隔閡啊？」

「我什麼時候看過？」肖珏臉色鐵青。

「你當時就是看了呀，」禾晏一口咬定，「看一眼也是看。我們已經一起看過了。」

他微惱：「我沒有看。」

「你看了。」

「我沒有。」

「算了，」禾晏道：「你要說你沒有就沒有吧。」

肖珏頓感頭疼，明明是她自己胡說八道，怎麼還像是自己在無理取鬧一般。

「妳這樣胡說八道，不將妳我的清譽當回事就罷了，連喬渙青和溫玉燕的清譽也會被妳一併毀掉。」他微微冷笑。

禾晏思忖片刻，道：「我知道了，我以後不會在外人面前說你我一同看春圖的事。」

「我並未和妳一起看。」肖珏再次強調。

「那我自己看，可以嗎？」禾晏費解，肖珏何以在這件事上一直耿耿於懷。

「自己也不許看，」他揚眉，冷聲警告：「妳知不知道妳剛才說的是什麼虎狼之詞？烈女。」

禾晏「咳咳咳」的被自己嗆住了。她小聲央求：「都督，別叫我烈女了，聽著好像在罵人。」

「哦？」肖玨似笑非笑地開口，「但我看妳說的挺高興的，我非妳不娶，娶不到就去跳河。看不出來，禾大小姐個子不高，腦子裡戲還挺多。」

「那不是為了證明你對我心如磐石嘛。」禾晏無奈，「我只是想讓她們死心而已，不然隔三差五來找我碴，誰受得了這個？你自然是可以恃美行凶，倒楣的是我，都督，你得有點同情心。」

「我沒有同情心？」肖玨氣得笑了。如果剛剛不是為了幫她解圍，讓凌繡一干人別做無用之事，他也不必當著他人的面做那些格外膩歪的動作了。到現在還覺得渾身不自在。

「我為何要有同情心？」他漠然道：「妳不是馭夫有術麼？只要勾勾手指就能讓夫君獨寵妳一人。聽上去，是妳夫君比較令人同情。」

禾晏：「……」

「長了一張讓人看了一眼就非妳不娶的臉，」肖玨唇角微勾，笑容玩味，盯著她的眼睛慢條斯理道：「喜愛妳如珠如寶，妳卻喜愛他不及他喜愛妳，纏郎還癡心不改，非要跟妳緣定三生。烈女，妳是不是有點太無情了？」

這一口一個「烈女」，聽得禾晏雞皮疙瘩都起來了。她忙將凳子搬得離肖玨近了一點，抓著他的手臂，義正辭嚴的討好道：「就是！我們都督這麼貌美丰姿的人，怎麼可能是死纏爛打的那一個呢？除了都督，誰都沒有資格稱作是烈女。若是都督想跟人緣定三生，別說是過橋了，刀山都過！沒有人能對都督無情，沒有人！」

「妳剛才可不是這麼說的。」他悠悠道。

「我剛才是假話，現在才是真心話。」禾晏道：「你一定要相信我！」

少女目光清澈，眼神堅定，如他在院子裡遇到的那隻野貓，踩中了尾巴就會炸毛，但跳起來被摸頭的時候，就會格外乖巧。

他眼中極快地掠過一絲笑意，不過須臾就消失，淡道：「以後少看些亂七八糟的東西，」頓了頓，又道：「此事就算了。」

禾晏心中大大舒了口氣，這人還真是不好騙，不過就是把他說的稍微……不那麼冷豔了一點，就這麼生氣。看來肖二公子當真在意自己在他人眼中的形象。

思及此，禾晏便挨著他道：「都督，你也不要光看這些，在此之前，我也說了你不少好話。比如……我說你琴棋書畫樣樣精通，世上無所不能。你下次一定要在他們面前諸多表現，足以證明我說的不假。」

肖玨冷笑：「我是街上賣藝的？」

「……那倒不是。」禾晏撓了撓頭。她想了一會兒，對肖玨道：「不過下次如果有這種事，還有這樣沒有眼色的人過來找麻煩，都督，你一定要與我配合，表現的咱們鶼鰈情深，夫妻恩愛，可能這樣，她們就知難而退，不再沒事找事了。」

肖玨揚眉：「配合？」

禾晏點頭。

他瞥了禾晏一眼，「妳求我的話，我可以考慮一下。」

禾晏：「求求都督了。」

肖玨：「……」

居然就這麼輕易的說出來了？他微微蹙眉，嘴角浮起一絲嘲諷的笑：「這麼沒有骨氣，還叫什麼烈女。」

「都說了不要叫我烈女，」禾晏氣結，「都督，你這樣真的很幼稚。」

「哦。」他揚眉，一字一頓道：「烈女。」

「幼稚！」

不過自從花園一事後，不知道究竟是禾晏那番話起了作用，還是肖玨最後出現清清淡淡的表現了一番對愛妻的寵愛造成的衝擊，一連兩日，崔府上下都安靜的不得了。沒有了濟陽城裡的小姐們想要來與喬夫人喝茶閒談了。

紅俏從箱子裡將「淚綃」捧出來，道：「今日夫人進王府，就穿這個吧。」

禾晏頷首：「好。」

蒙稷王女今日在王府設宴，讓禾晏與肖玨二人參加，說是有客人前來，也不知道是誰。

崔越之還有些疑惑，「殿下怎生叫你們二人卻不叫我？」

禾晏卻心知肚明，在穆紅錦心中，她和肖玨的身分已經暴露，若是崔越之也在，說話總有不方便的地方。只是有貴客前來，卻叫了她和肖玨作陪，怎麼，對方是他們認識的人？

但想也想不出來，等到了王府就知道了。紅俏給禾晏梳妝好後，禾晏出了門，肖玨已經在外等候，正與柳不忘說話。這幾日，柳不忘白日裡都不在，只有夜裡才回來，他回來的時候太晚，禾晏已經睡下，都沒時間和柳不忘說話。眼下看到柳不忘，自己卻又要出門了。

「師父。」她道。

其實有好幾次，禾晏都想問問柳不忘，要不要去見見穆紅錦，可到底是旁人的事，不好插手太多。況且他們二人之間，究竟發生了什麼，只有自己知曉。

柳不忘對她笑著點頭：「阿禾，小心為上。」

禾晏點了點頭。如今濟陽城裡可能混有烏托人，未必沒有見過肖玨的人，萬事小心總不是壞事。

飛奴和赤烏作為車夫一同跟著，林雙鶴待在崔府上，不必一道前去。禾晏與肖玨上了馬車，禾晏問：「都督，你說今日，蒙稷王女特意讓你我二人前去王府赴宴，卻不叫崔中騎，那就是顧忌我們的身分。可又有貴客前來，莫非……貴客知道我們的身分？到底是什麼人？」

肖玨垂下眼睛，眸中情緒不明，聲音極是平淡。

「朔京來的人。」

到了蒙稷王府，禾晏與肖玨下了馬車，由王府裡的婢子引路進去。已經不是第一次去王府，倒比上次自在了許多。婢子將禾晏和肖玨引到宴廳門口，恭聲道：「殿下與貴客都在裡面，喬公子與夫人直接進去即可。」

禾晏與肖玨進了宴廳。

穆紅錦倚在軟榻上，紅袍鋪了一面，唇角含著淺淡笑意，正側頭聽一旁的琴師撥琴。矮几長桌前，還坐著一人，背對著禾晏，穿著青竹色的長袍，頭戴玉簪，背影瞧上去有幾分熟悉。

她還在思索這人是誰，穆紅錦目光掠過他們，微笑道：「肖都督來了。」

禾晏與肖玨同穆紅錦行禮，與此同時，那位背對著二人坐著的男子也站起身來，回頭望來。

眉眼間一如既往的溫雅如蘭，清如謫仙，禾晏怎麼也沒想到，竟會在濟陽的蒙稷王府，看見楚昭。

震驚只有一刻，禾晏隨即就在心中暗道不好，她如今扮作女子，楚昭看見了不知會怎麼想，這人身分尚且不明，若是回頭告訴徐敬甫，徐敬甫拿此事做文章，給肖玨找麻煩就不好了。

她腳步頓住，下意識地往肖玨身後撤了一步，試圖擋住楚昭的目光，但心中也明白，除非她馬上掉頭就走，否則今日遲早會被楚昭發現身分。

肖玨似有所覺，微微側頭，瞥了她一眼，嗤道：「怕什麼。」

禾晏正要說話，楚昭已經對這肖玨行禮，微笑道：「肖都督，禾姑娘。」

得了，他一定是看見了，連臉也不必遮，都不用看鏡子，禾晏也知道自己此刻的臉色一定很難看。

肖玨道：「楚四公子。」

「看來你們是舊識，」穆紅錦笑笑：「坐吧，楚四公子是自朔京來的貴客。」

肖玨與禾晏在旁邊的矮几前坐下。

身側的婢子過來倒茶，穆紅錦揚了揚手，讓還在彈撥古琴的琴師退下。宴廳中安靜下來，禾晏低頭看著茶杯中的茶葉上下漂浮，病從口入禍從口出，節食無疾擇言無禍，這個時候，最好是少說話為妙。

肖玨看向楚昭，道：「楚四公子來濟陽，有何貴幹？」

開門見山，也不說旁的，楚昭聞言，低頭笑了一下，才答：「在下此次來濟陽，是為了烏托人一事。」

烏托人？禾晏豎著耳朵聽，聽得楚昭又道：「如今濟陽城裡有烏托人混跡其中，恐不日會有動亂，我此番前來，就是為了助殿下一臂之力，不讓更多的濟陽百姓遭此災禍。」

他看向蒙稷王女。

肖玨唇角微勾，「不知楚四公子從何得知，有烏托人混入濟陽？」

「朔京城裡抓到密謀起兵的烏托人，順藤摸瓜，與他接應之人如今正在濟陽。我與父親通過對方傳遞的密信得知，烏托人打算在濟陽發動戰爭，一旦截斷運河，對整個大魏都是麻煩。是以父親令我立刻趕往濟陽，將此事告知殿下，未雨綢繆。」

肖玨挑眉，聲音含著淡淡嘲諷，「據我所知，石晉伯早已不管府中事，恐怕命令不了四公子。」

這話林雙鶴也對禾晏說過，石晉伯每日除了到處拈花惹草，早已對府中大事小事一概不論。後宅之事是石晉伯夫人打理，而其餘的，自打楚昭背後有了徐敬甫撐腰，石晉伯早就成了楚昭的府邸。

「不過是外人以訛傳訛罷了，」楚昭好脾氣地回道：「父親的話，在下不敢不聽。」

穆紅錦似是從這二人你來我往中發現玄機，倒也不急著說話，只懶懶地喝茶，不動聲色地觀察。

「想要告訴殿下，一封密信就行了，」肖玨嗤道：「楚四公子何必親自跑一趟。」

「因為還有更重要的東西，要親手交到殿下手上。」

穆紅錦輕笑一聲：「楚四公子帶來了烏托人的兵防圖。」

肖玨與禾晏同時抬眸看向穆紅錦。

有了對方的兵防圖，戰爭就成功了一半。可這樣重要的東西，楚昭又是如何拿到？

禾晏忍不住問：「楚四公子從何得來這圖？這圖上所畫，如何確定是真是假？」

「如何得來，全憑僥倖。」楚昭笑的溫柔，「至於是真是假，我也不能確定。所以只能拿給王女殿下。」頓了頓，又看向肖玨：「不過看到肖都督，在下就放心了。有肖都督在，不管兵防圖是真是假，濟陽一城，必然能保住。畢竟同是水攻，大魏將領奇才，唯有肖都督功標青史。」

此話一出，禾晏心中跳了跳，忍不住看向肖玨。虢城長谷一戰的水攻，是肖玨心中難以邁過的一個坎，楚子蘭這話，無異於在他傷口上插刀。

肖玨神情平靜，勾了勾唇，亦回視楚昭：「楚四公子千里迢迢，來到濟陽，就帶了一封不知是真是假的兵防圖，會不會有點小題大做？亦或是……」他頓了頓，眸中意味深長，「有別的要事在身？」

「事關大魏社稷，怎能說小題大做，」楚昭搖頭，「我留在濟陽，與諸位共進退。若烏托人真有異心，我與肖都督抗敵，若消息有假，也是虛驚一場，皆大歡喜。」

「共同抗敵？」肖玨懶洋洋開口，「楚四公子自身難保之時，可沒人趕得及救你。」

楚昭微笑不語。

肖二公子嘲笑人的功夫，本就無人能及。況且楚子蘭的確文弱，真要出事，怕是還會拖後腿。

「肖都督，」穆紅錦看戲也看得差不多了，對這二人之間的關係，心中大致有數，她看向肖玨，「本殿會將楚四公子帶來的兵防圖臨摹一份給你，濟陽城裡城外所有兵士加起來，堪堪兩萬，也會由你指揮。聽楚四公子帶回來的密信，十日內，烏托人必作亂，這十日內，我們……」她沉吟了一下，「務必將濟陽百姓安頓平安。」

肖玨挑眉：「殿下考慮周全。」

穆紅錦目光又掃過一邊微笑的楚昭：「楚四公子遠道而來，你們又是舊識，這些日子，楚四公子也住在崔府，你們若有重要事情，方便相商。」

楚昭還禮：「殿下有心了。」

禾晏：「……」

穆紅錦真是好樣的，一來就將兩個死對頭安排在一起，莫說是有重要事情相商，禾晏沉思著，光憑這兩人說話都能刀光劍影來說，想要安安穩穩的度過這十日，不是個簡單事。

又說了些客套話，穆紅錦起身讓人送禾晏一行人回崔府。等宴廳再無旁人時，身側年長的侍女問道：「殿下為何要讓楚四公子住在中騎大人府上？肖都督看起來，不喜楚四公子。」

「這二人不和，」穆紅錦幽幽道：「不和就能互相制衡。肖懷瑾是用兵如神，但濟陽城不能全憑他一人擺布，畢竟，誰也不知道他說的是真是假。」

「這二人說話，五分真五分假，對照著聽，總能聽出一點端倪。何況，」她嘆息一聲，站起身來，望向殿外的長空，「時間不多了。」

倘若烏托人真要動濟陽，從明日起，就要安排濟陽百姓撤離城內，父王將濟陽城交到她手中，這麼多年，她一直將濟陽保護的很好，臨到頭了，不可功虧一簣。

還有穆小樓。

她轉過身，眼尾的描紅豔麗的深沉，冷道：「去把小樓叫來。」

禾晏與肖玨一同出了王府，楚昭就站在他們二人身側，三人出府時，並未說什麼話，禾晏卻在心中暗自盤算著，要怎麼將這個謊圓的天衣無縫。

不如就一口咬定自己本就是男子，此次扮作女子與肖玨到濟陽也是無奈之舉，至於為何扮演的這般像，就說是男生女相好了。赤烏跟著他們這麼久了，不也沒發現麼？思及此，心中要稍稍輕鬆了一些。

「禾姑娘。」正想著，身側有人喚自己的名字，禾晏回頭看去，楚昭停下腳步，正含笑看向她。

肖玨亦是站定，沒有走遠。

有上司在身邊，禾晏心中稍感安慰，看向楚昭笑道：「四公子不必這樣叫我，其實我……」

「沒想到自從上次見過禾姑娘紅妝後，還能在今日再次見到禾姑娘做女子的模樣，」年輕男子笑的很柔和，就連誇讚都是誠摯的，比繡羅坊的夥計和林雙鶴閉眼瞎吹聽起來真誠不少：「這衣裳很襯妳，禾姑娘很適合。」

禾晏心中想好的說辭戛然而止，什麼叫「上次見過」，她自打入了軍營，這還是第一次做姑娘打扮，楚昭又是從哪看到的？禾晏下意識地看了肖玨一眼，肖玨微微揚眉，似也在等她說話。等等，肖玨該不會以為她和楚昭早就是一夥兒的了吧？

飯可以亂吃，話不可以亂說，禾晏便道：「楚兄這話裡的意思，我不太明白，我何時……紅妝出現在楚兄面前了？」

「朔京跑馬場時，」楚昭微微一笑，「禾姑娘為了保護父親與幼弟，親自上陣，教訓趙公子，英姿颯爽，令人過目難忘。當時風吹起姑娘面上白紗，」他低頭笑笑：「在下不小心看見了姑娘的臉。那時候，就已經知道姑娘的女子身分了。」

朔京跑馬場？這是什麼陳芝麻爛穀子的事，楚昭居然還記得，這話裡的意思豈不是，楚昭早就知道她是個女的？禾晏驚訝：「所以楚兄上次在涼州的時候，就已經認出我來？」

「當時看禾姑娘似乎不願被人發現身分，且又是衛所，人多嘴雜，便沒有說穿。」楚昭道：「不過今日既然在此遇到，也就不必再隱瞞。」楚昭看向禾晏，溫聲開口，「在下說這些話的意思，不是為了其他，只希望禾姑娘放寬心。之前在涼州我沒有說出姑娘的身分，如今在濟陽，我也不會告訴他人。濟陽一事後，楚昭會當沒有見過禾姑娘，禾姑娘仍可回涼州建功立業，不必擔心在下多舌。」

他大概是看出了剛剛在宴廳時，禾晏的顧忌，此刻特意說這些話，讓禾晏放心。

不管楚昭到底身分如何，與徐敬甫又是何關係，單從他說話禮儀方便來看，實在很貼心周到了，很難讓人生出惡感，禾晏就笑道：「那我就先謝過楚兄了。」

「妳我之間，不必言謝。」楚昭笑道：「在下不希望因為自己的出現，讓禾姑娘提心吊膽。至於告密一事，楚昭也不是那樣的人。」

肖玨一直站在禾晏身側，冷眼聽著他說話，聞言唇角浮起一絲譏誚的笑意，「楚四公子說的好聽，千里迢迢來濟陽，不就是為了告密？」

「告密一事，也得分清敵友。」

「南府兵的人，就不勞楚四公子費心了。」他揚眉，淡道，「縱然有一日她身分被揭穿，本帥也保的住人。」

楚昭一愣，看向禾晏：「禾姑娘入南府兵了？」

禾晏：「……是吧。」

肖玨已經答應過，若是與他假扮夫妻解決濟陽一事，就讓她進南府兵。雖然眼下事情還未完全解決，不過進不進，也就是主子一句話的事，他既然說進，那就是進了。

楚昭眸光微微一動，片刻後，笑起來：「那我就先恭喜禾姑娘……不，是禾兄了。」

禾晏頷首。

肖玨平靜地看著他：「沒別的事，就請楚四公子自己去尋輛馬車。夫妻二人間，不適合與外人共乘，楚四公子，請便。」

他絲毫不掩飾對楚昭的厭惡，楚昭也不惱，只笑道：「肖都督，咱們崔府見。」又朝禾晏笑笑。

禾晏尷尬地回之一笑。

赤烏趕著馬車過來，禾晏與肖玨上了馬車，才坐下來，就聽得肖玨冷淡的聲音響起：「朔京馬場上和姓趙的比騎馬的人，是妳？」

禾晏心中叫苦不迭，來了來了，楚昭說出馬場之事的時候，她差點忘了，當時肖玨也在場。而且肖玨還送了禾雲生一匹馬，被禾雲生取名叫做「香香」。

「……是。」禾晏不等他開口，先下嘴為強，「都督送給舍弟的那匹馬，舍弟喜歡的不得了，每天都割草餵牠！一直都沒來得及跟都督道謝，當時若不是都督出現解圍，不知我們家會被姓趙的如何為難。都督的大恩大德，禾晏無以為報。」

肖玨眼神微涼：「所以妳早就認出了我，是嗎？」

禾晏無話可說。

豈止是一早啊，上輩子就認識了，可這要怎麼說。

「您是右軍都督，封雲將軍，大魏誰能比您風姿英武啊，我的確是認識你了。可那時候你是高高在上的雲朵，我是您靴子邊一隻小小的螞蟻，我縱然是認識您，您也不認識我啊。後來進了軍營，我猜都督早就將此事忘記了，畢竟都督貴人多事，哪裡記得住一隻小小的螞蟻。」禾晏湊近他：「我怎麼知道，都督還記得此事？」

明知道這傢夥謊話張口就來，諂媚的話一堆一堆的，但看她明眸皓齒的坐在身邊，賣力表演時，縱是有些不悅，也變成好笑了。楚昭竟然比自己更早知道這人的女子身分，聽上去，好似他被蒙在鼓裡落了下乘似的。

肖珏移開目光，淡道：「妳和他可還有見過？」

「沒有沒有。」禾晏連忙回答：「我在朔京裡，就和他見過兩次。」說罷又抱怨道：「我怎麼知道那麼巧，他當時也在馬場，還看到了我的臉。我若是知道，定將臉遮的嚴嚴實實，戴一塊鐵面具。看他如何火眼金睛，也不知道我是誰。」

「妳不希望他看到妳的臉？」

「當然不希望了，」禾晏莫名其妙，「留給別人一個漏子鑽，誰知道會不會出事。」

肖珏輕笑一聲：「也不算太蠢。」

「都督，」禾晏問：「你覺得楚四公子究竟會不會將我的身分告知於旁人？」雖然楚昭話是這般說了，但禾晏還真不敢輕易相信他，尤其是此人本身身分微妙，如今是敵非友都不明。

「現在知道怕了？」

「也不算怕，」禾晏道：「倘若他要說，我便提前收拾包袱跑路就行了。」禾晏說著，嘆息一聲，「只是我在涼州衛也待了這麼久，實在捨不得都督，真要和都督分別，定然很難受。」

「妳捨不得的，是進南府兵的機會吧。」肖玨不為所動。

「你怎麼能如此想我？」禾晏正色，「我這般身手，在哪個將領手下都會得到重用，之所以對南府兵念念不忘，還不是因為南府兵是都督領的兵。」大抵是被肖玨時常說諂媚，不知不覺，禾晏說起諂媚的話來，已經可以臉不紅氣不喘了。

「都督，你剛剛說的話還算數吧？」

「什麼話？」

「就是縱然我的身分暴露，大家都知道我是個女的，你也可以保得住我？」

肖玨嗤道：「不用擔心，楚家的手再長，也伸不到我南府兵裡來。不過，」他漂亮的眸子凝著禾晏，不鹹不淡道：「禾大小姐如此麻煩，我為何要費心費力，替妳擔諸多風險？」

「因為我們是一起看過圖的關係，非一般的交情。」禾晏答的泰然自若。

肖玨平靜的臉色陡然龜裂：「……妳說什麼？」

「放心，」禾晏豎起食指在嘴前，做了一個噤聲的姿勢，道：「我是絕對不會告訴旁人，都督來濟陽的第一天，就和我一起看了圖這件事的。」

馬車在崔府門口停下，禾晏與肖玨剛進去，還沒走到院子，就看見林雙鶴急急忙忙地走來。看見他們二人，林雙鶴一合扇子：「可算回來了，你們知不知道……」

「楚四公子來濟陽了。」不等他說完，禾晏便道。

「你們已經知道了？」林雙鶴一愣，「就在你們前一刻到的，聽說是蒙稷王女安排，他如今就住在崔府。這是怎麼回事？」他看了下四處無人，小聲湊近道：「不會有什麼陰謀吧？還有禾妹妹妳，」林雙鶴有些頭疼，「不能讓楚子蘭看見妳這副樣子，妳的身分萬一敗露了怎麼辦？」

「我們方才已經在王府裡見過面了。」禾晏寬慰：「楚四公子也答應了我們，暫且不會將此事告訴旁人。林兄可以先放心。」

「見過面了？」林雙鶴看了看肖玨，又看了看禾晏，稍稍明白了過來，只問：「蒙稷王女叫你們進王府，見的人不會就是楚子蘭吧？」

禾晏點頭。

「楚子蘭來濟陽幹什麼？」林雙鶴奇道：「朔京來的公子，跑這麼遠不會是為了遊山玩水，怎麼偏偏早不來晚不來，你們前腳剛到濟陽，他後腳就到，這麼巧？」

他還不知道烏托人一事，禾晏就道：「此事說來話長，我師父呢？」

「柳先生也才剛回來，」林雙鶴問：「怎麼？」

禾晏看向肖玨：「之前救下小殿下時，我師父曾提起，他來濟陽城，是為了追查一群烏托人。楚四公子帶來的消息既然和烏托人有關，不如將我師父一起叫來，咱們幾方消息一經對比，許會有別的發現。」頓了頓，她生怕肖玨不信任柳不忘，道：「我師父絕對不是壞人，都督可以放心。」

肖玨微一點頭，「叫上柳先生，一起到屋裡說罷。」

院子裡，小廝將馬車上卸下的東西一一搬進屋中，從衣物到吃食，甚至褥子和薰香，應有盡有。這些東西全是楚昭在來濟陽之前，徐大小姐令人為他準備的。這等體貼關懷的準備，若是旁人，早已感動欣慰的不得了，楚昭坐在屋中，瞧著桌上漸漸填滿的空白，神情卻未見波瀾。

應香走了過來。

濟陽女子因著風土的原因，生的眉目深重，偏於美豔，即便如此，應香在其中，仍舊是最惹眼的那個。她捧著茶盤走到楚昭身邊，將茶壺放下，給楚昭倒了一杯茶，輕聲道：「公子，屋子已經收拾好了。」

楚昭點了點頭，看向院外。

崔越之安排的屋子，與肖玨的屋子倒是相隔不遠。

「肖都督剛剛已經回府，」應香道：「此刻與那位白衣的劍客、林公子進了屋。當是在一起說話。」

至於說什麼話，毫無疑問，定然是與他有關。

不過，他也不會將這點事放在心上。

楚昭抿了一口茶，問：「可有柴安喜的下落？」

第五十六章　望月

「可有柴安喜的下落？」

應香搖了搖頭，「奴婢打聽到，蒙稷王女如今正派人四處搜尋柴安喜的下落。」

楚昭不甚在意的一笑：「肖懷瑾來濟陽，無非是為了找人。」頓了頓，又問身側的女子：「柳不忘又是什麼人？」

「此前未聽說過此人的名字，明面上是肖都督的武師父。」

「肖懷瑾哪來的武師父。」

應香也點頭：「不過他們對那位柳先生，看起來極為信任看重。」

楚昭放下手中的茶盞：「這些都不重要，最重要的是，趕在肖懷瑾之前找到柴安喜。」

「奴婢知道了。」片刻後，應香遲疑地開口：「只是公子打算如何對待禾姑娘呢？」雖然之前已經從楚昭嘴裡得知禾晏是個姑娘，內心早有準備，可直到真正透過窗戶看到禾晏的女兒身時，才有了真實之感。實在很難將眼前這個嬌小柔弱的少女，和記憶中颯爽凜冽的少年聯繫起來。

「不覺得肖懷瑾身邊帶著個女人，很奇妙麼？」楚昭微微一笑，「這個女子，究竟能得他信任到什麼地步，我很想知道。」

應香垂著眼，不說話了，唯有茶盞裡的茶水飄出嫋嫋熱氣，極快的遁入空中，無跡可尋。

另一頭，屋子裡的人各自坐著。

「這就是烏托人的兵防圖。」禾晏將卷軸遞給柳不忘看。

「石晉伯府上的四公子帶來消息，烏托人不日會攻打濟陽，不過現在也不知道是真是假。師父看看這兵防圖，可有什麼問題？」

柳不忘看了片刻，將手中卷軸放下：「我不知道這圖是真是假，不過，烏托人倘若真要攻打濟陽，的確如圖上所畫，會從運河入手。」

畢竟濟陽城裡最重要的，就是這條運河，掐斷了運河，就是掐斷了一城的命脈。

「之前柳先生曾說，是追查烏托人到了濟陽。」肖玨看向柳不忘，「能不能說說，其中緣由。」

柳不忘想了想，才道：「每年的水神節前後，我都會回濟陽看看。今年還沒到濟陽，在濟陽城外，遇到了一樁滅門慘案。有人趁夜殺光了城外一莊百姓，換上莊子裡人的衣裳，偽作身分進入城內。其中有一個僥倖逃脫的孩童告訴我此事，我本以為是仇家尋仇，或是殺人劫財，追查途中，卻發現幾人並非大魏人。這些烏托人扮作平民混入城內，並非一朝一夕之事，我能查到的是少數，恐怕在此之前，已經有不少城外百姓遭了毒手，濟陽城裡，也多的是偽裝過後的烏托人。」

「師父是說，已經有很多烏托人進來了？」禾晏問。

柳不忘道：「不錯，他們籌謀已久。就等著水神節的時候作亂，才會擄走小殿下，只是計畫陰差陽錯被你們打亂，是以應該很快會第二次動手。」

「柳師父的意思，濟陽城很快就會打仗了？」林雙鶴緊張道：「這裡豈不是很不安全？」

「不必擔心。」禾晏寬慰他：「蒙稷王女曾與我們提過，會在這幾日讓百姓撤離城內，到稍微安全些的地方。林兄介時跟著濟陽城裡的百姓一道，不會有什麼事。」

林雙鶴這才心下稍安，不過立刻就顯出一副義正辭嚴的模樣。道：「什麼跟著城裡的百姓？我豈是那等貪生怕死之人，自然是要跟兄弟們共同進退，同生共死，你們都別勸我了，我一定要和你們在一起，決不獨活。」

禾晏無言片刻，才對柳不忘道：「師父，蒙稷王女將城門軍交給了都督，您要不要也一道瞧瞧？」

「阿禾，妳是不是忘了，」柳不忘有些無奈，「我只會布陣，並不會打仗。」

這倒也是，柳不忘會奇門遁甲，會弓馬刀槍，可都是一個人的功夫，當年教會她奇門遁甲，也是禾晏自己鑽研鑽研，用到了排兵布陣裡，才漸漸磨出了一套自己的章法。

「不會打仗啊，」林雙鶴很驚奇，「那我禾妹妹兵書背的這樣好，我還以為是名師出高徒，怎麼，我禾妹妹是自學成才？」

禾晏尷尬地笑：「天賦卓絕，也可能我上輩子是個女將軍，所以一點即通吧！」

肖玨嗤笑一聲，沒有說話。

「這幾日我還是會繼續追查那群烏托人的下落。」柳不忘道：「找到了他們的頭，許能解決不少事情。至於濟陽的城門軍，就交給肖都督。」柳不忘看向肖珏，他如今已經知道肖珏的身分，「城門軍人數並不占優勢，肖都督多費心，濟陽的百姓，就托您照顧了。」

他似對濟陽有很深的感情，肖珏頷首。

眾人又就著烏托人一事說了些話，肖珏明日起會去訓濟陽城的城門軍，時間很短，對他來說並不是一件容易的事。柳不忘則繼續追查烏托人的下落，林雙鶴本也沒能指望他幹什麼，待在崔府安生待命就好，至於禾晏，反倒成了最尷尬的一個。她有心想要跟著肖珏一起去看看城門軍，但穆紅錦並未讓她前去，不知會不會出現什麼事端。索性將那兵防圖又拓印了一份，打算連夜看看，能不能根據濟陽的地勢布新陣，若這兵防圖是真的，也好事半功倍。若是假的，正好能發現其中漏洞，不至於上當。

說完話後，眾人打算散去，剛將門推開，便見門外的院子樹下，站著一個美貌婢子，正是楚昭的貼身侍女應香。她也不知道在此地站了多久，看見眾人出來，逕自上前，對著禾晏行了一禮：「禾姑娘。」

禾晏還禮。

「公子有話想對禾姑娘說。」應香笑道：「正在前廳等待，禾姑娘可有時間？」

禾晏回頭一看，林雙鶴對她微微擺手，示意她不要去，肖珏倒是神情平靜，看不出什麼心思。應香見狀，笑道：「公子說，之前與禾姑娘恐是有些誤會，想親自同禾姑娘澄清。上回在涼州衛時，沒來得及和姑娘道別便不辭而別，很是失禮，還望姑娘不要計較，今日權當是賠罪。」

不辭而別這件小事，禾晏本就沒放在心上。涼州衛裡那麼多事，哪裡有功夫追究這些細枝末節。堂堂石晉伯府上的公子，卻記得這樣清楚，都這般好聲好氣了，她若再拿喬，未免顯得有些不識好歹。況且……禾晏的確也想知道，如今的楚昭究竟是以什麼身分，什麼立場來到涼州衛，所謂的對付烏托人，究竟是他的說辭還是有別的目的。

思及此，便欣然回答：「好啊。」

林雙鶴臉色大變：「禾妹妹！」

「多謝公子寬容。」應香喜出望外。

「都督，我先去瞧瞧，」禾晏對肖玨道：「晚上不必等我用飯了。」說罷，又對柳不忘告辭：「師父，我先走了。」

林雙鶴還想要再勸阻幾句，可惜禾晏已經跟著應香走了。柳不忘還有事在身，只是對肖玨二人稍一行禮，就跟著離開。

待他們走後，林雙鶴問肖玨：「你就這麼讓她走了？」

「不然？」

「那可是楚子蘭啊！禾妹妹之前不是喜歡他喜歡到失魂落魄，被人失約還一個人去看月亮，這等沒有責任的負心人，居然又回頭來找我禾妹妹，你看著吧，他定又要故技重施，用溫柔攻勢打動我禾妹妹的女兒心！」

「那不是很好。」肖玨轉身，懶洋洋地嘲道：「騙子總算得償所願。」

「你就不擔心嗎？」林雙鶴搖著扇子緊跟在他身邊，「倘若楚子蘭見到我禾妹妹紅妝如此驚豔，一時獸性大發，對禾妹妹做出什麼畜生不如的壞事怎麼辦？」

肖珏進了屋，給自己倒了杯茶，漫不經心道：「你是對楚子蘭的眼光有什麼誤解，那騙子的紅妝，當得起驚豔二字？」

「怎麼不驚豔了？」林雙鶴憤憤，「肖懷瑾，你不能拿自己的臉去對比天下人。」

肖珏懶得理他，只道：「再說了，楚子蘭對她做壞事？」他眼底掠過一絲嘲諷，「那傢夥徒手就能擰掉楚子蘭的腦袋，與其擔心她的清白，不如擔心擔心楚子蘭。」

林雙鶴：「……」

禾晏在前廳遇到了楚子蘭。

楚子蘭見她來了，微笑著起身，道：「禾姑娘。」

「楚四公子。」禾晏亦還禮。

天色已經暗了下來，濟陽城裡的夜，亦是熱鬧繁華。楚昭看了看外頭，道：「出去走走？」

禾晏不知他葫蘆裡賣的什麼藥，只是崔府裡人多口雜，這樣說話也不方便，禾晏便道：「好。」

二人便朝府外走去。

濟陽的春夜，本就暖意融融，沿著河流兩岸，小販提著燈籠沿街叫賣，樓閣錯落分布，風光迤邐。真可謂「村落閭巷之間，弦管歌聲，合筵社會，晝夜相接」。

只是看起來這樣柔和繁華的夜裡，不知暗藏了多少殺機，人來人往笑容滿面的小販臉皮下，不知又有多少包藏禍心的烏托人。這般一想，便覺得再如何熱鬧有趣的景致都變的索然無味，禾晏的眉頭，忍不住皺了起來。

「禾姑娘可是在生在下的氣？」身側的楚昭輕聲開口。

「怎麼會？」她有些訝然。

「那為何姑娘一同在下出門，便皺著眉頭，心事重重的模樣？」

禾晏失笑：「不是，我只是想到烏托人的事，有些擔心而已。」

沉默片刻，楚昭才道：「禾姑娘不用擔心，王女殿下會安排好一切，更何況，還有肖都督不是嗎？」

他倒是對肖玨不吝讚美，禾晏有心試探，就問：「我還以為楚四公子和我們都督，不太對盤。」

「肖都督對在下有些誤會。」楚昭微笑：「不過，他與在下的立場，本有稍許不同。各為其主罷了。」

竟然就這般承認了？禾晏有些意外。

「不過在烏托人一事上，我與肖都督的立場是一致的。禾姑娘不必擔心，」楚昭道：「我是大魏人，自然不願意看見大魏的河山被異族侵略。」

禾晏點頭：「那是自然，覆巢之下焉有完卵。本就該一致對外。」

「我這般說，禾姑娘可有、放心了？」他問。

禾晏：「為何說放心？」

「我不會傷害肖都督，禾姑娘也不必為肖都督的事，對我諸多提防。」

禾晏乾笑了兩聲：「楚四公子多慮了，我並沒有提防你。」

「是嗎？」楚昭笑的有些傷心，「可自打這一次見面，妳便不再叫我『楚兄』了，叫楚四公子，聽著好似在刻意劃清界限。」

這也行？禾晏就道：「沒有的事，如果你覺得不好，我可以再叫回你楚兄。」

「那我可以叫妳阿禾嗎？」

禾晏愣了一下。

年輕男子笑的格外溫和，如在夜裡綻放的一朵幽韻的、無害的蘭花，在濟陽的春夜裡，衣袍帶香，容顏清俊，來往的路人都要忍不住看他一眼，實在是惹人注意。對著這樣生的好看，脾氣又好的人，實在是難以說出什麼重話。禾晏猶豫了一下，道：「你想這樣叫，就這樣叫吧。」

楚昭眼底劃過一絲笑意，與禾晏繼續順著河岸往前走，道：「之前的事，還沒有與阿禾賠罪。當日明明約好了與妳一同去白月山喝酒，卻臨時有事，沒能赴約，第二日出發的又早，連告別的話都沒來得及與阿禾說。後來在朔京想起此事，總覺得十分後悔。」

「這等小事，楚兄不必放在心上。」禾晏道：「況且你也不是有心的，我並未因此生氣。」若不是楚昭，她那天晚上不會去白月山腳，也不會等來肖玨，更不知道當年在玉華寺後的山頂上，遇到的將她從黑暗裡救贖出來的人就是肖玨。

這或許就是，因禍得福？

「阿禾不計較，是阿禾心胸寬廣。」楚昭微微一笑，「我卻不能將此事當做沒有發生過，一定要與阿禾賠罪。」他看向前方，「我送給阿禾一樣東西吧。」

禾晏一怔：「什麼？」

楚昭伸出手來，掌心躺著一枚小小的穗子，穗子上綴著一朵極精巧的石榴花，以紅玉雕刻成，下頭散著紅色的流蘇穗子，東西雖小，卻十分巧妙。

「今日在王府門口時，看見阿禾腰間佩著一條長鞭。」楚昭溫和地看著她，「我曾僥倖得到一枚花穗，但我並不會武，亦無兵器在身，放在我那裡，也是可惜了。不過這花穗，和阿禾的長鞭極為相配，阿禾試一試，看看會不會更好？」

禾晏下意識的就要拒絕，「無功不受祿，楚兄，還是算了，況且這東西看起來也不便宜。」那紅玉小小的，色澤通透如霞，誰知道會不會又是一個「幾百金」？拿人手短，她成日在這裡拿個東西，在那收個「薄禮」，不知道的，還以為她真是來騙吃騙喝的。

「阿禾叫我一聲『楚兄』，也就是當我作朋友，朋友之間，贈禮是很尋常的事。況且阿禾多慮，這花穗並不昂貴，這玉也是假的，阿禾不必有所負擔。這東西留在我這裡，也是無用，阿禾不要，可是嫌棄在下，亦或是在內心深處，仍是將在下視為敵人？」

縱然是略帶指責委屈的話，由他說來，也是溫和從容的，禾晏遲疑了一下：「這石榴花果真是假玉？」

楚昭笑了：「阿禾想要真玉的話，在下可能還要籌些銀子。」

既是假玉，也就不怎麼貴重，接受起來也要爽快些。禾晏笑道：「那就多謝楚兄了。」她伸手取下腰間的紫玉鞭，將花穗繫在紫玉鞭的木柄上，烏油油的鞭子霎時間多了幾絲靈動，顯得好看了幾分。

「和阿禾的鞭子果然相配。」楚昭笑道。

「禮尚往來，既然楚兄送了我花穗，我也該回送楚兄一樣東西。」禾晏到底是覺得拿人手短，若是不回送，總覺得自己占了楚昭便宜一般，她道：「今日楚兄在這夜市上看中了什麼，我都可以送給楚兄。」說罷，手伸進袖中，摸了摸自己可憐的一串銅板，又很沒底氣的補充，「不過我出門出的匆忙，並未帶太多銀兩，楚兄就……看著挑吧。」

畢竟今日出門沒帶林雙鶴，不能說買就買。

楚昭忍不住笑了，看向她：「好。」

禾晏隨他走著，濟陽的夜市很熱鬧，夜裡賣東西的，從吃喝點心到胭脂水粉，舊書古籍到生銹的兵器，應有盡有。他們二人姿容出色，走過一處，便收到熱絡的招呼。

走到前方的路盡頭處，可見一群人圍著一處商販，禾晏隨楚昭上前去看，見是個做糖畫的。小販是個年輕人，穿著乾淨的青布衣，坐在小攤前，面前擺著個擦得乾乾淨淨的石板，一旁的大鍋裡，熬煮著晶瑩紅亮的糖漿。他以大鐵勺在鍋裡舀了一勺糖漿，淋在石板上，動作很快，鐵勺在他手中起伏，彷彿畫筆，落下的糖絲勾勒出或複雜或精美的圖案，很快澆鑄成型，再用小鏟刀將石板上的畫兒鏟起，黏上竹籤。

「這是倒糖餅兒。」禾晏高興起來，「沒想到濟陽也有。」

以前在朔京的時候，每年都有廟會，她因身分微妙，怕被人揭穿，這樣人多的地方能不去就不去，因此，竟從未去過廟會。只能等家裡的姊妹們從廟會回來，偷偷聽她們說起廟會熱鬧的場景，新鮮的玩意兒。「倒糖餅兒」就是一樣，朔京有一位做「倒糖餅兒」的師傅，做的極好，禾晏每次聽她們說，都很是嚮往。有一次實在忍不住，偷偷央求禾大夫人能不能給她也帶一個，許是瞧她可憐，又渴望的厲害，禾大夫人動了幾分惻隱之心，果真從廟會上給她帶了一個。禾晏還記得是一隻鳥的圖案，她捨不得吃，將糖人插在筆筒裡，可天氣炎熱，不過兩日就化了，糖漿黏黏膩膩化了一桌子，被禾大夫人訓斥了一頓。

她當時倒沒覺得髒，只是很遺憾地拿手去撈，心想，要是這糖畫能堅持的再久一點就好了。

幼時沒能見著的新鮮玩意兒，沒料到竟在濟陽見著了。而看這年輕人的手藝，想來與朔京的那位老師傅不相上下。禾晏拉著楚昭擠上前去，見一邊的草垛子上，已經插了不少做成的糖畫，看起來都是些很吉祥的花鳥鳳凰，飛禽走獸，栩栩如生。

楚昭看了禾晏一眼，忽然笑了，就道：「我很喜歡這個，阿禾要送我東西的話，不如送我一幅糖畫如何？」

「你喜歡這個？這有何難？」禾晏十分豪氣，一揮手：「小哥，你這裡最貴的糖畫是什麼？」那旁邊有幅字，明碼標價，兩文一個，她帶了一大把銅錢，怎麼也夠了。

小攤主笑道：「最貴的當屬花籃兒了，一共八文錢。姑娘是想要一個嗎？」

花籃兒又是什麼？不過選最貴的準沒錯，禾晏就問楚昭：「楚兄覺得可還行？」

楚昭忍住笑意：「這樣就好。」

「小哥，」禾晏排出八文銅錢，「麻煩做一個花籃，做的漂亮些。」

小販道：「沒問題！」

他從鍋裡舀了一勺糖漿，先做了個薄薄的圓餅，在圓餅上澆鑄了一圈糖線，慢慢的豎著勾畫，禾晏看的目不轉睛，眼看著這花籃從一開始的一個扁扁的底，變的豐富生動起來。有了籃框，又有了提手，小販很是實誠，往提籃裡加了不少的花。禾晏數著，月季花、水仙花、菊花、桃花、荷花……不是一個季節的花，都被堆湊到一個籃子裡，熱鬧又豔麗。

禾晏看著看著，眼見著籃子一點點被填滿，突發奇想，問小販：「小哥，我這花籃是送給朋友的，能不能在花籃上寫上我朋友的名字？」

「當然可以！」

楚昭一頓，笑意微散：「阿禾，這就不必了……」

「怎麼了？」禾晏不解，「你名字那麼好聽，不放在花籃上可惜了。」

「好……聽？」

「是啊，」禾晏點頭，「昭，是光明的意思，子蘭呢，是香草的意思。為你取這個名字的人，一定很愛你，希望你品行高潔，未來光明，才會為你取如此雅字。」

楚昭一怔，那姑娘已經轉過身去，對小販道：「小哥，麻煩就寫，子蘭二字好了。」

回去的路上，禾晏一直看著楚昭手裡的花籃。

這花籃看起來很漂亮，小販將「子蘭」兩個字寫的格外用心，他的字本就透出出塵雅致，與那花籃裡的各種芬芳放在一處，真是相得益彰。

「楚兄回去後，一定要早些吃掉。」禾晏道：「否則以濟陽的天氣，應該很快會化掉。」她自己也買了一個麒麟模樣的，早已吃完，「我嘗過了，味道挺好，也不太甜。」

楚昭笑意溫柔，「多謝阿禾，我回去後會很小心的。」

禾晏這才放下心來。

他們買過糖畫後，就順著河岸往回走，沒什麼話說的時候，禾晏還間或問了一下許之恒。

「楚兄上次回去參加朋友的喜宴，怎麼樣，是否很熱鬧？」

楚昭微怔，隨即笑著回答：「嗯，很熱鬧。畢竟是飛鴻將軍的妹妹，太子殿下還親自到場祝賀。」

這話說的令禾晏有些生疑，太子殿下？太子來看許之恒娶妻，是為了許之恒，還是為了禾如非，亦或是兩者皆有？禾家與許家之間的陰謀，難道太子也在其中摻了一腳？更甚者，太子也知道她的身分？

「不過……」楚昭又嘆道：「許大爺許是對亡妻深情，喜宴之時，還流淚了。」

禾晏：「啊？」

許是她臉上表情寫滿了不相信，楚昭有些啼笑皆非：「怎麼了？是不相信世上有深情的男子嗎？」

禾晏心道，她當然相信世上有深情男子，比如她如今的這個爹禾綏，禾夫人去世後，獨自一人將兩個孩子拉扯大。禾大小姐如此驕縱，禾綏都能因為小姑娘長得肖似髮妻而對她溺愛縱容，可見世上定然有那種情深無悔的癡心人。但這個人可以是任何一個人，卻絕對不會是許之恒。

「不是不相信，」禾晏掩住眸中譏嘲，道：「只是他如此這般，新娶的那位夫人難道不生氣麼？」

「如今的這位許大奶奶，心地很是良善純真，見許大爺難過，自己也紅了眼眶。」楚昭道：「非但沒有生氣，還很是感同身受。惹得飛鴻將軍和其他禾家人都很是感懷。所以說，熱鬧是熱鬧，就是這喜宴，未免辦的傷感了一些。」

禾晏覺得，今年聽到的許多笑話裡，就數楚昭眼下講的這個最好笑。禾家人會為了她難過悲傷？這話說給豬欄裡的豬聽，豬都會覺得自己的腦子被侮辱了。但楚昭說起此事的神情，顯然極大部分人都這般想。

壞事做就做了，偏偏做完後，還要扯出一副哀哀欲泣的可憐模樣，裝作是世上難得有情有義的可憐人，真是令人作嘔。

「阿禾似乎對在下的話不怎麼贊同？」楚昭留意著她的神色。

禾晏笑道：「沒什麼，只是覺得這許大爺挺有意思。」

「此話何解？」

「若真是情深，念念不忘髮妻，縱然是陛下親自賜婚，他想要拒絕還是能夠拒絕。他畢竟是個男子，」禾晏輕嘲道：「若是女子，無法決定自己的姻緣是常事。楚兄聽過強取豪奪的公子，聽過逼良為娼的惡霸，聽過賣女求榮的禽獸父親，可曾聽過這樣做的女子？」

「我聽剛剛楚兄所言，那許大爺，倒像是個被人逼著成親的弱女，那新娶的許大奶奶像是逼著他娶了自己的惡人。這是何意？他不想成親，沒人能拉著他去喜堂。他不想洞房，莫非許大奶奶還能強取豪奪？親已經結了，他日後仍舊沉迷『亡妻』，又讓新的許大奶奶如何自處？我覺得，未免對那一位不太公平，楚兄的這位友人，有些虛偽。」

她說的毫不客氣，禾心影是她同父同母的妹妹，縱然她極討厭禾家人，但禾心影沒對她做過什麼，禾晏沒辦法愛她，也沒辦法恨她，只能將她當做個陌生人。

任何一個清醒的人，聽到此事，只會覺得錯的更多的是許之恒。禾家毀了一個不夠，還要再送進去一個犧牲品。

何其冷血，簡直荒謬。

楚昭愣了一會兒，忽然笑了，停下腳步，對禾晏拱手道：「是在下狹隘，還是禾兄身為女子，能站在女子的立場感同身受。」

「是根本就沒人想過要站在她們的立場上而已。」

「阿禾與尋常女子很不一樣。」

禾晏看向她：「哪裡不一樣？」

楚昭繼續朝前走去，聲音仍舊很柔和：「大多女子，縱然是面對這樣的困境，卻早已麻木，無動於衷，並不如阿禾這般想的許多。阿禾眼下為她們思慮，可極有可能，她們卻樂在其中，且還會怨妳多管閒事。」

禾晏笑了：「楚兄這話，聽著有些高高在上。」

楚昭笑意微頓：「何出此言？」

「朝廷是男子的朝廷，天下大事是男子的天下大事，就連讀書上戰場，也是男子獨得風采，世人對男子的稱讚是英雄，對女子的稱讚卻至多是美人。真是好沒有道理，男子占盡了世間的便宜，卻反過來怪女子思想麻木，不思進取，這不是高高在上是什麼？」

「楚兄覺得我與尋常女子很不一樣，是因為我讀過書，走出過宅門，甚至還離經叛道進了軍營，天下間如我這般的女子並不多。可你若讓那些女子也如我一般，見過涼州衛的雪，見過濟陽城的水，見過大漠長月，見過江海山川，你說，她們還會不會甘心困在爭風吃醋的宅院，還會不會沾沾自喜，麻木愚昧？」

禾晏笑了一笑，這一刻，她的笑容帶了幾分譏嘲，竟和肖玨有幾分相似：「我看天下間的男子們正是擔心這一點，便列了諸多荒謬的規矩來束縛女子，用三綱五常來折斷她們的羽翼，又用那些莫須有的『賢妻美人』來評斷她們，她們越是愚昧，男子們越是放心，明明是他們一手造成的，卻還要說『看啊，婦人淺薄』！」

「因為他們知道，一旦女子們有了『選擇』的機會，是決計不肯成為後宅裡一位伸手等著夫君餵養的花瓶的。那些優秀的女子，會成為將領、成為俠客、成為文士、成為幕僚，與他們爭奪天下間的風采，而他們，未必能贏。」

女孩子的眼眸中，清凌凌的如濟陽城春日的水，通透而澄澈，看的分明清楚，乾淨剔透，彷彿能映出最燦然的日光。

楚昭一時愣住，向來能說會道，不會將氣氛弄到尷尬地步的他，此刻竟不知道說什麼。好似說什麼，都無法反駁眼前人。分明是可笑的、不自量力的、天真的令人覺得討厭的正義凜然，但竟照的出人的影子，陰暗無所遁形。

禾晏心中亦是不平。

扮作「禾如非」，雖然為她的人生帶來諸多痛苦，於此同時，也令她見過了許多女子一生都見不到的風景。若不是扮作「禾如非」，她不會知道，比起女子來，男子們可以做的事情這樣多。倘若你有文才，便能做滿腹經文的學士，倘若你身手卓絕，就能成為戰功不俗的將領。縱然什麼都平平，還可以做街頭最普通的平凡人。說句不好聽的，就連樂通莊，女子在其中是賭妓，男子在其中就是賭客。

正因為她後來又成為了「許大奶奶」，同時做過男子和女子，才知道世道對男女有著如此區別對待，男子們不是不吃苦，可他們的吃苦，可以成為評判自己的基石。而女子的吃苦，一生都在等著男子們的肯定。

明明都是投生做人，誰又比誰高貴？可笑的是有些男子還打心底裡看不起姑娘，令人無語。

她一口氣說完，發現楚昭一時沒有說話，心中暗暗思忖，莫不是這句話將楚昭得罪了？但轉念一想，得罪就得罪了吧。反正他手無縛雞之力，縱然是打架也不可能打得過自己。

「楚兄，剛剛我所言，太急躁了些。」禾晏笑道：「希望楚兄不要計較我的失禮。」

「不會，」楚昭看向她的目光裡，多了一抹奇異的色彩：「阿禾之心，令人敬佩，楚昭自愧弗如。今後絕不會再如今日一般說此妄言，阿禾的話，我會一直放在心上。」

楚昭這人，真是有風度，剛才她劈里啪啦說了一堆，他還是和若春風，溫柔的很。

禾晏笑了笑：「那我們快走吧。」

楚昭點頭笑著應答。

二人繼續往回崔府的路上走，禾晏低下頭，心中暗暗嘆息一聲。

楚昭與肖玨，終究是不一樣的。對待女子，他們同樣是認為女子柔弱，不可保護自己。可前者的評判裡，帶了一絲否定和居高臨下，而後者，從對待涼州城裡孫家後院的女屍就能看出，更多的，是憐惜。

為將者，當坦蕩正直，沉著英勇，但更重要的品格是，憐弱之心。

禾晏與楚昭回來的時候，已經很晚了。楚昭住的院子，比禾晏的院子要更遠一些。待到了門口，楚昭道：「阿禾今日早些休息吧。」

「楚兄記得趁早吃掉。」禾晏還惦記著他的花籃糖畫，囑咐道。

他看一看手中的花籃，搖頭笑了：「一定。」

禾晏看著他離開，才轉身想回屋裡，一回頭，卻見到長廊下，小亭中站著一人，正看著她失笑，白衣飄逸，正是柳不忘。

「師父還沒有休息麼？」禾晏走過去問。她這些日子夜裡，極少看到柳不忘。

「出來透氣。」柳不忘看向她，「去買糖畫兒了？」

禾晏點頭：「楚四公子替我隱瞞身分，想了想，還是送他點東西。拿人手短，他也不好到處說我的祕密。濟陽城糖畫兒挺便宜的，我送了他一個最貴的，在朔京起碼十文錢往上，這邊只要八文錢。價廉物美啊。」

柳不忘笑了，看著她道：「阿禾，妳如今比起過去，活潑了不少。」

禾晏一怔。

她前生遇到柳不忘的時候，恰是最艱難的時候。才從朔京安定的日子裡逃離，來到殘酷鐵血的軍營，又藏著諸多祕密，因此，行事總帶了幾分謹慎。縱然是後來和柳不忘在山上，偶爾流露出自己放肆的一面，大多數時候，總是儘量不給人添麻煩。

現在想一想，好像自打她變成「禾大小姐」以來，不知不覺中，竟放開了許多。就如今日和楚昭上街買糖畫兒，這在從前，是絕無可能的事。

是因為她如今是女子，還是因為沒有了禾家的束縛，可以想做什麼就做什麼，不必擔心面具下的祕密被人窺見？

「現在這樣不好嗎？」禾晏笑嘻嘻道：「不一定非要穩重有加吧。」

柳不忘道：「這樣很好。」

他說這話的時候，神情有些悵然，不知道在想什麼。禾晏有心想問，瞧見柳不忘淡然的目光時，又將到嘴的話咽了回去。

柳不忘似乎有些難過。

春日的月亮，不如秋日的明亮，朦朦朧朧，茸茸可愛。柳不忘的目光落在小徒弟翹起的嘴角上，腦中浮起的，卻是另一個身影。

穆紅錦。

當年的穆紅錦，亦是如此，眼神乾淨清亮，偶爾掠過一絲慧黠，她的紅裙也是嬌俏的，裙角上總是繡一些花鳥，精緻又驕麗。少女總是梳著兩條長辨，辮子下綴著銀色的鈴鐺，走動的時候，鈴鐺發出叮叮咚咚的悅耳鈴聲。有時候還沒走近，聽到鈴鐺的響聲，就知道是她來了。

他那時候每日身邊跟著這麼個尾巴，實在煩不勝煩。說過許多次希望他們二人分道揚鑣，每次穆紅錦都是嘴巴一扁，立刻要哭，柳不忘再心硬如鐵，也不擅長應付姑娘的眼淚。於是每次都被她輕易化解，到最後，已然默認這人是甩不掉的牛皮糖，任她跟在身邊給自己添麻煩。

穆紅錦很會享受，明明帶了豐厚的銀兩，不到半月，便揮霍一空。那時候柳不忘不知道穆紅錦是蒙稷王的愛女，只對她驕奢淫逸的生活充滿鄙視。她倒是很不在乎柳不忘如何看自己，銀子照花，還非要讓他跟著一起享受。

半月後，穆紅錦的銀子花光了，只得跟著柳不忘一起吃糠咽菜。

客棧，睡的是最簡單的那種，飯菜，吃的很普通。沒有錢買街邊的小玩意兒，穆紅錦堅持了半日，對柳不忘抗議：「少俠，我們能不能吃頓好的？」

「不能。」

柳不忘沒什麼錢，雲機道長的七個弟子下山歷練，說的是下山歷練，其實不過是體會一番紅塵俗世。至於平日裡做什麼，則是師兄們之前接到的活分給他一點，說的明白些，拿人錢財替人消災。只是他們師門，不可做惡，不可鑽營，以至於最後真正做的，就是什麼「幫莊子的租戶找走失的羊」、「替出嫁的姑娘送封密信回娘家」這種細枝末節的小事，錢也拿的很少。有時候甚至還要幫人寫家信，來者不拒，什麼都接。

一個清冷出塵的白衣少年牽著一頭走失的羊走在莊子的小道上，畫面未免有些滑稽，穆紅錦就笑話他：「你們這是什麼師門？怎生什麼事情都要你做。不如跟了我，我……」

「你什麼？」柳不忘沒好氣的問她。

「我……」穆紅錦美目一轉，「我比他付給你的多！」

柳不忘氣的不想說話。

但的確就是這樣了，畢竟師兄交給他的任務還沒做完。正因為做的都是這些小事，錢都很少。他若是一個人還好，可如今穆紅錦跟著，又將自己的錢花完了，一個人變成兩個人，客棧、吃飯……日子過得捉襟見肘，恨不得將一文錢掰成兩半兒花。

能看得出來，穆紅錦也在極力適應這種粗糙的生活。她鬧騰過幾日，但見柳不忘真的有些生氣時，便不敢再說什麼。老老實實的跟柳不忘一起過粗茶淡飯的生活。

但她骨子裡看見什麼都想買的習慣還是沒變。

柳不忘還記得，有一日他們在濟陽城外的茶肆邊，遇到一位賣花的老婦人。老婦人面前放著兩只竹筐，一根扁擔，竹筐裡裝著滿滿的野菊花。纖細可愛，淡粉的、白的。也很便宜，應當是直接從棲雲山腳下摘的。

穆紅錦湊過去看，老婦人見狀，笑道：「小公子，給姑娘買朵花戴吧。」

「不必。」

「好呀好呀！」

二人同時出聲，柳不忘警告地看了穆紅錦一眼，穆紅錦委屈地扁扁嘴。老婦人反倒笑了，從竹筐裡挑了一朵送給穆紅錦：「姑娘長得俊，這朵花送給妳。戴在頭上，漂亮的很！」

穆紅錦歡歡喜喜地接下，她嘴甜，笑盈盈地喚了一聲：「謝謝婆婆！」

既然如此，柳不忘便不好直接走人，就從袖中摸出一文錢遞給老婦人。

「不要不要。」老婦人笑咪咪地看著他：「小姑娘可愛，老婆子喜歡。公子日後待她好些就行了。」

柳不忘轉過頭，穆紅錦得了花，美滋滋地戴在耳邊，問柳不忘：「好不好看？」

柳不忘不自在道：「與我無關。」

穆紅錦瞪了他一眼，自顧自地蹲下，看向扁擔裡的首飾脂粉，片刻，從裡撿出一枚銀色的鐲子，驚呼道：「這個好好看！」

很簡單的銀鐲子，似乎是人自己粗糙打磨，連邊緣也不甚光滑的模樣，勝在鐲子邊上，雕刻了一圈栩栩如生的野菊花，於是便顯得清新可愛起來。

「這個真好看！」穆紅錦稱讚。

「這個叫悅心鐲，是老婆子和夫君一起雕刻的。」老婦人笑道：「送一個給心上人戴在手上，一生都會不分離。小哥不如買一支送給姑娘？一輩子長長久久。」

「聽到沒有，柳少俠，」穆紅錦央求，「快送我一個！」

柳不忘冷眼瞧著她，從她手裡奪過那支銀鐲，重新放回扁擔裡，才對老婦人冷道：「她不是我心上人。」

穆紅錦眼中閃過一絲失落，到底沒有再去拿那支銀鐲子，嘟囔道：「你怎麼知道我不是你心上人。」

你怎麼知道。

是啊，他怎麼知道。

少年驕傲，並不懂年少的歡喜來的悄無聲息，等明白的時候，已經洶湧成劫，避無可避。後來很多年過去了，柳不忘常常在想，如果那一日，他當著穆紅錦的面將那支銀鐲買下來，戴在她手上，是不是他們不至於走到後來那一步，就如老婦人所說的一般，一生一世不分離。

可笑他也會相信怪力亂神，命中註定。

月光灑在地上，落了一層白霜，記憶裡的鈴鐺聲漸漸遠去，落在耳邊的，只有濟陽城隔了多年的風聲，孤獨而寂寞，一點點冷透人的心裡。

「妳喜歡肖珏？」

冷不防的聲音，打斷了禾晏的沉思。禾晏驚訝地側頭去看，柳不忘收回目光，看向她，目光帶著了然的微笑，再次重複了一遍：「阿禾，妳是不是喜歡肖珏？」

「……沒有。」禾晏下意識地反駁，片刻後，又問：「師父為何這樣說？」

「妳難道沒有發現，」柳不忘淡道：「妳在他身邊的時候，很放鬆。妳信任他，多過信任我。」

禾晏怔住，她有嗎？

可能是有的。無論是前世還是今生，肖玨在她心中的模樣，或許有諸多誤解，冷漠也好，惡劣也罷，但從始至終，她並沒有懷疑過肖玨會傷害自己。看似對任何事都大大咧咧的禾晏，在心底，始終保持著一分警惕。這份警惕在面對當年的柳不忘時不會卸下，面對許之恒的時候不會卸下，面對禾如非的時候不會卸下，甚至於連面對禾家毫無攻擊力的禾綏父子時，也仍然存在。

但對肖玨，她始終是信任的。

「使妳如今這樣輕鬆的，不是時間，也不是經歷，是他。」柳不忘聲音溫和，「阿禾，妳還要否認嗎？」

禾晏沒有說話。

過了一會兒，她抬起頭，看向懸掛在房頂上的月亮，月亮大而白，銀光遍灑了整個院子，溫柔地注視著夜裡的人。

「師父，你看天上的月亮，」她慢慢開口，「富貴人家的後院到荒墳野地的溝渠，都能照到光。可你不能抓住它吧？」

「我既不能抓住月亮，也不能讓月亮為我而來，所以站在這裡，遠遠地望著就行了。」

第五十七章　楚昭

禾晏回到屋裡的時候，燈還亮著。兩個丫頭躺在外屋的側榻上玩翻花繩，看見禾晏，忙翻身站起來道：「夫人。」

禾晏小聲道：「沒事，妳們睡吧，我進屋休息了。少爺睡了嗎？」

翠嬌搖頭：「少爺一直在看書。」

禾晏點頭，「我知道了，妳們也早些休息。」

她推門進了裡屋，見裡屋的桌前，肖玨坐著，正在翻看手中的長卷。他只穿了中衣，雪白的中衣鬆鬆地搭在他肩上，露出如玉的肌膚，鎖骨清瘦，如月皎麗。

禾晏將門關上，往他身邊走，道：「都督？」

肖玨只抬眸淡淡地看了她一眼，沒說話。

「我還以為你睡了。」禾晏將腰間的鞭子解下，隨手掛在牆上。那鞭子頭柄處掛的彩穗隨著她的動作飄搖如霞光，一粒紅色的紅玉石榴花更是絕妙，十分引人注目。肖玨目光落在那彩穗上。

禾晏見他在看，就將鞭子取下來，遞到肖玨手下：「怎麼樣？都督，好看不？這是楚四公子送我的。」

「楚子蘭真是大方，」肖珏斂眸，語氣平靜，「這麼貴重的東西，送妳也不嫌浪費。」

「貴重？」禾晏奇道：「楚四公子說，這石榴花是假玉，值不了幾個錢。我聽他這麼說才收下的。」

「哦，」他眉眼一哂，嘲道：「那他還很貼心。」

「真這麼貴重啊？」禾晏有些不安，「那我明日還是還給他好了。」拿人手短，萬一以後有什麼扯不乾淨的事情，錢財的事，還是分清楚些好。

肖珏：「收下吧，妳不是很喜歡他嗎？」

禾晏震驚：「我喜歡他嗎？」她自己怎麼不知道！

「我本來不想管妳的事，但還是要提醒妳，」青年的眉眼在燈光下俊的不像話，瞳眸黝黑深邃，帶著幾分莫名冷意，「楚子蘭是徐敬甫看好的乘龍快婿，不想死的話，就離他遠點。」

徐娉婷是徐敬甫的掌上明珠，似乎喜歡楚子蘭，這事林雙鶴也跟她說過，但這和自己有什麼關係？且不說她喜不喜歡楚昭了，楚昭那樣斯文有禮的，當也看不上會盤腿坐在床上打拳的女子。

肖珏真是瞎操心。

「都督，我看你是對楚四公子太緊張了，連對我都帶了成見。」她擠到肖珏身邊，彎腰去看肖珏手中的長卷：「這麼晚了，你在看什麼？」

肖珏沒理她，禾晏就自己站在他身後伸長脖子看，片刻後道：「是兵防圖啊！怎麼樣，看出了什麼問題嗎？」

「妳說話的語氣，」肖珏平靜開口，「似乎妳才是都督。」

禾晏立馬將搭在他肩頭的手收回來，又去搬了個凳子坐在他身邊，道：「我就是太關心了。蒙稷王女這幾日轉移濟陽城裡百姓的事，應當很快就會被那些烏托人知道。那些烏托人得了消息，也會很快起兵。」禾晏頭疼，「可是濟陽城裡的兵實在太少了，烏托人既然敢前來攻城，帶的兵不會少於十萬。」

兩萬對十萬，這兩萬，還是多年從未打過仗的城門軍，怎麼看，情況都不太令人欣慰。

「妳上輩子不是女將軍嗎，」肖珏身子後仰靠在椅背上，扯了一下嘴角，「說說怎麼辦。」

禾晏愣了一下，這叫什麼事，明明說的是真話，卻偏偏被當做假話。

「兵防圖裡，他們是從水上而來。」禾晏道：「既然如此，就只有……水攻了。」

說到這裡，她小心地抬眼去看肖珏的神情，青年神情一如既往的平淡，牆上掛著的飲秋劍如雪晶瑩，冷冽似冰。

說來也奇怪，她與肖珏，一個前生死在水裡，對水，心底深處總帶了幾分陰影。另一個第一場仗就是水仗，於他來說，水攻並不是什麼美好回憶。偏偏在濟陽城裡，無論如何都避不開這麼一場。

禾晏都懷疑她與肖珏上輩子是不是什麼火精了，與水這般孽緣。

「明日一早我要去武場練兵，」肖珏道：「妳也去。」

「我？」禾晏躊躇了一下，「我是很想去，但是蒙稷王女會不會不太高興？」

名義上，肖玨是大魏的右軍都督，沒有人能比他更能練兵備戰，但禾晏只是肖玨的手下。

「不必管她。」肖玨道：「妳跟我一起去。」

夜深了。

男子坐在屋裡的長几前，靜靜看著桌上的花籃。

糖畫兒在油燈暖融融的燈火下，顯得紅亮而晶瑩，花籃裡的花開的茂密繁盛，花籃正前方，寫著兩個字：子蘭。端正而美好。

耳邊似乎響起某個含笑的聲音。

——「昭，是光明的意思，子蘭呢，是香草的意思。為你取這個名字的人，一定很愛你，希望你品行高潔，未來光明，才會取如此雅字。」

為他取這個名字的人，一定很愛他？

楚昭從來不這麼認為。

他的母親叫葉潤梅，是沁縣一戶小官家的女兒，生的絕色貌美，可比天仙。他記憶裡也是如此，那是一個眉眼都生的無可挑剔的女人，又美又媚又可憐，楚楚姿態裡，還帶了幾分天真不知事的清高。

這樣的美人，見一眼都不會忘懷。沁縣多少男兒希望能娶葉潤梅為妻，但葉潤梅，偏偏看上了來沁縣辦事的，那位同樣俊美出挑的石晉伯，楚臨風。

楚臨風縱然是在朔京，也是難得的美男子。加之出手大方，在脂粉堆裡摸爬滾打了那麼多年，很知道如何能討人歡心。不久，葉潤梅就對這位風流多情，體貼入微的楚公子芳心暗投了。

不僅芳心暗投，還共度良宵。

但只有三個月，楚臨風就要離開沁縣回到朔京。臨走之前，楚臨風告訴葉潤梅，會回來娶她，葉潤梅那時候一心沉浸在等著心上人來娶自己的美夢中，絲毫沒有意識到，除了知道楚臨風的名字，家住在朔京，她對楚臨風一無所知。

楚臨風這一走，就再也沒了消息。

而在他離開不久後，葉潤梅發現自己有了身孕。

她心中焦灼害怕，不敢對任何人說。但肚子一天比一天大起來，終究是瞞不住。葉老爺大怒，逼問葉潤梅孩子父親究竟是誰，葉潤梅自己都不知道對方真實身分，如何能說得清楚，只是哭個不停。

最後，葉老爺沒辦法，只得請了大夫，打算將葉潤梅肚子裡的孩子墮走，過個一年半載，送葉潤梅出嫁，此事就一輩子爛在肚子裡，誰也不說。

葉潤梅知道了父親的打算，連夜逃走了。

她不願意墮下這個孩子，不知是出於對楚臨風的留戀，還是因為別的。總之，她逃走了。

葉潤梅決定去朔京找楚臨風。

她一個大著肚子的女子，如何能走這麼遠的路。但因為她生的美，一路上遇著一位貨商，主動相幫，答應帶她一起去朔京。

還沒到朔京，葉潤梅就生產了，楚昭就是在這個時候出生的。楚昭出生後，葉潤梅悲慘的日子才剛剛開始。

貨商並不是什麼好心人，看中了葉潤梅的美貌，希望葉潤梅做他的小妾，葉潤梅抵死不從，抓傷了貨商。貨商一怒之下，將葉潤梅以十兩銀子的價格賣進了青樓。

楚昭也一併賣進去了，因為青樓的媽媽覺得，葉潤梅生的如此出挑，她的兒子應當不會差，日後出落得好看，說不準能賺另一筆銀子。若是生的不好看，做個奴僕也不虧。

葉潤梅就和楚昭一起住進了青樓。

前十來年嬌身慣養，不知人間險惡的大小姐，在青樓裡，見到了各種各樣醜陋惡毒的人，似乎要將她過去的順風順水全部收回來，葉潤梅過得生不如死。長期的折磨令她性情大變，她變得易怒而暴躁，在恩客面前不敢造次，對著楚昭卻全然不顧的發洩自己內心的怨氣，常常毒打楚昭，若不是青樓裡的其他女子護著，楚昭覺得，自己可能活不過見到楚臨風的時候。

楚昭並不明白葉潤梅對自己的感情是什麼。若說不愛，她為了保護腹中骨肉，獨自離家，流落他鄉，吃盡苦頭，也沒放棄他。若說愛，她為何屢屢拿那些刺痛人心的話說他，眼角眉梢都是恨意。

她總是用竹竿打他，邊打邊道：「我恨你！如果不是你，如果不是你，我的人生不應該是這樣！你為什麼要出現，你怎麼不去死！」

惡毒的詛咒過後，她看著楚昭身上的傷痕，又會抱住他流下淚來：「對不起，娘對不起你，阿昭，子蘭，不要怪娘，娘是心疼你的……」

幼小的他很茫然，愛或是不愛，他不明白。只是看著那個哀哀哭泣的女人，內心極輕的掠過一絲厭惡。

他希望這樣的日子早些結束，他希望自己能快點長大，逃離這個骯髒令人絕望的地方。

這樣想的人不只一個，葉潤梅也在尋找機會。

她從未放棄過找楚臨風，她一邊咒罵楚臨風的無情，一邊又對他充滿希冀。她總是看著楚昭，彷彿看著所有的希望，或許當年她留下楚昭，為的就是有一日再見到楚臨風時，能光明正大地站在他面前，告訴他：這是你兒子。再將這多年來的艱辛苦楚一一道來。楚臨風會心疼她，會如當年對她所說的那般，將她迎娶過門，把這些年對他們母子的虧欠一一補足。

葉潤梅是這樣想的，所以每一個朔京來的客人，她總是主動招待。她生的絕色，很容易就成了青樓裡的頭牌。雖不在朔京，但往來客商總有朔京的人，有一日，竟真的讓她等到了一個認識楚臨風的人。

那人是楚臨風的友人，一開始聽葉潤梅訴說當年心酸往事時，只當聽個樂子，間或陪著安慰幾句，滿足自己救世主的善心。可待聽到那人叫楚臨風，生的風流俊美，又是朔京人時，臉色就漸漸變了。

認識楚臨風的人都知道此人流連花叢，尤其好色。出門在外與小戶人家的女子勾搭上，也不是沒可能。只是這事情做的未免不夠地道，好歹也將實情告知，讓人斷了念想，沒得將人仍在原地，苦苦等候多年的，反倒成了孽緣。

「我那苦命的孩子……也不知道今生有沒有機會見到他的父親。」葉潤梅掩面而泣。

「還有孩子？」友人一驚，問道：「可否讓我見見？」

葉潤梅就讓楚昭出來。

楚昭的鼻子和嘴巴生的像葉潤梅，眉眼間卻和楚臨風同個模子印出來的，溫柔多情，看人的時候，似乎總是帶了幾分柔和笑意。這張臉若說是楚臨風的兒子，沒有人會懷疑。

友人就起身，敷衍了幾句，匆匆出了門。

葉潤梅失望極了。

友人回到了朔京，第一件事就是去石晉伯府上找了楚臨風，問他多年前是否在沁縣與一位美人有過露水情緣。楚臨風想了許久，總算模模糊糊回憶起了一點印象，依稀記得是個生的格外楚楚的女子，可惜就是蠢了些，對他說的話深信不疑。

「那女子如今流落青樓，」好友道：「還為你生了一個兒子，我見過那孩子，與你生的十分相似，漂亮極了！」

這就出乎楚臨風的意料了。

楚夫人貌醜無鹽，從來不關心他在外的風流韻事，是以他便也樂得自在，往府裡抬了十九房小妾，個個國色天香。可惜的是，楚夫人只有一個條件，納妾可以，孩子，只能從她的肚子裡爬出來。

楚夫人生了三個孩子，楚臨風對多子多福這種事並無太多興趣，便覺得足夠了。唯一遺憾的是，他的三個兒子，一個也沒有繼承到他的相貌，容色平平，他知道同僚友人們都在背後笑話他，他一生貪戀好顏色，可惜的是子嗣卻平庸乏味，不夠動人。

如今卻有人來告訴他，他竟然還有一個遺落在外的兒子，且生的非常出挑，眉眼間與他十分相似？這於他來說，是天上掉餡餅的好事。一時間便極想讓這個孩子認祖歸宗，這樣一來，旁人再說他楚臨風生不出好看的兒子，他便能狠狠打他們的臉。

但楚臨風多年與夫人相敬如賓，雖然楚夫人看似端莊大氣，但並不是好惹的。否則楚府裡的小妾不會一個兒子都沒有。楚臨風沒辦法，只得去求老夫人，他的母親。

楚夫人雖然對庶子並不怎麼看重，但總歸是楚家的血脈，流落在外也是不好的，何況還是青樓那樣的地方，於是親自去找了楚夫人。楚夫人與老夫人在屋裡說了一個時辰的話，再出府時，楚夫人親自吩咐人，去笪州青樓，將那位庶子接回來。

只是那位庶子，沒有提葉潤梅。

石晉伯在京城裡，雖稱不上是一手遮天，但也是達官顯貴，於笪州的人來說，更是高不可攀。信件從朔京飛到笪州時，葉潤梅幾乎不敢相信自己的眼睛。

她知道楚臨風應當不是普通人，出手如此闊綽，風姿又與沁縣那些男子格外不同，想來家世當不差。可怎麼也沒想到，他居然是當今的石晉伯。是她一輩子想都不敢想的人。

彷彿多年的隱忍籌謀到了這一刻，終於收穫了甜美的果實，她抱著楚昭喜極而泣，「子蘭，你爹來接我們了，咱們可以回家了……」

楚昭靜靜的任由女子激動的眼淚落在自己脖頸，幼小的臉上是不符合年紀的淡漠。回家？誰能確定，這不過是從一個火坑，跳到另一個火坑？

畢竟這些年，他在青樓裡，見到的男子皆貪婪惡毒，女子全愚蠢軟弱。沒有任何不同。

但葉潤梅卻不這麼想，她花光了自己的積蓄，買了許多漂亮的衣服和首飾，將楚昭打扮的如富貴人家的小公子，將自己打扮的嬌媚如花。她看著鏡子裡的女子，女子仍然貌美，只是皮膚已經不如年少時候細潤如脂。眼裡銷盡天真，再無當年展顏嬌態。

她落下淚來，春色如故，美人卻遲暮。

而答應要娶她的郎君，還沒有來。

葉潤梅想著，楚臨風既是石晉伯，定然是不會娶她的，可將她抬做妾也好。她的兒子，也是石晉伯的兒子。她在青樓裡看人臉色行事，這些年過的太苦了。做官家妾，也比在這裡做妓來的高貴。

她要將自己打扮的格外動人，見到楚臨風，要如何楚楚可憐的說清楚這些年為他吃得苦，要告訴他自己愛的堅決。葉潤梅自作聰明的想，天下間的男子，聽到一個美人癡心戀慕自己，心中一定會生出得意，而這點得意，會讓他對那位美人更加憐惜寵愛，以昭示自己的英雄情義。

她不會放過這個機會，她要重新奪得楚臨風的寵愛，縱然是小妾，也是他的小妾裡，最吸引他的那一個。

但葉潤梅沒想到，楚臨風竟然沒有來。

來的是兩個婆子，還有一干婢子，她們居高臨下地看著葉潤梅，目光裡是忍不住的輕蔑，彷彿多看一眼都會汙了自己的眼睛。

為首的婆子問：「楚公子呢？」

葉潤梅覺得屈辱，想發怒，但最後，卻是堆起了謙卑的笑容。

「在……在隔壁屋裡換衣裳。」她提前囑咐好了楚昭，讓他去插上那支玉簪，顯得清雅可愛。

「正好。」婆子垂著眼睛，皮笑肉不笑道。

葉潤梅心中閃過一絲不安，她問：「妳們想幹什麼？」

一個婆子過來將她的手往後一拉，另一個婢子用帕子捂住她的嘴，葉潤梅瞪大眼睛，意識到她們要對自己做的事，她拼命掙扎，驚怒道：「妳們怎麼敢……妳們怎麼敢！妳們這麼做不怕楚郎知道嗎？楚郎會殺了妳們的！」

那婆子冷眼瞧著她，笑容是刻骨的寒意，「這麼大的事，沒經過老爺的允許，奴婢們怎麼敢決定。梅姑娘——」她叫葉潤梅在青樓裡的名字，「難道我們石晉伯府中，會收容一個在青樓裡千人騎萬人枕的妓女麼？妳是要人笑話老爺，還是要人笑話妳的兒子。」

葉潤梅拼命掙扎，可她身量纖細柔弱，哪裡是人的對手，漸漸的沒了力氣。

「去母留子，已經是給妳的恩賜了。」

葉潤梅的腿漸漸蹬不動了，直挺挺地倒在地上，眼睛瞪得很大。

她等夫君等了一輩子，滿心歡喜的以為熬出了頭，卻等來了自己的死亡。

楚昭插好了頭上的簪子，在鏡子面前左右端詳了許久，才邁著規整的步子走到母親房前，本想敲門，伸出手時，猶豫了一下，先輕輕地推了一小條縫，想瞧瞧那位「父親」是何模樣。

然後他看到，兩個婆子拎著葉潤梅，如拎著一隻死豬，她們往房梁上掛了一緞白綢，把葉潤梅的腦袋往裡套。葉潤梅的臉正朝著門的方向，目光與他對視。

珠圍翠繞，麗雪紅妝，抱恨黃泉，死不閉目。

他腳步踉蹌了一下，捂住了自己的嘴，不讓自己驚叫出來。

屋子裡的人還在說話。

「漂亮是漂亮，怎麼蠢成這樣，還指望著進府？也不想想，哪個大戶人家府上能收青樓裡的人當妾。」

「畢竟是小戶出身，不懂什麼叫去母留子。若是當年好好待在沁縣，也不至於連命都保不住。」

「嘖，還不是貪。」

楚昭慢慢後退，慢慢後退，待離那扇門足夠遠時，猛地拔腿狂奔，他跑到不知是哪一戶人家的屋裡，將門緊緊關上，死死咬著牙，無聲地流出眼淚。

似乎有個女子的聲音落在他耳邊，帶著難得的溫柔。

「華采衣兮若英，爛昭昭兮未央。你以後就叫阿昭好了，總有一日，咱們阿昭也能跟雲神一樣，穿華美的衣服，外表亮麗，燦爛無邊。」

「字呢，就叫子蘭吧。蘭之猗猗，揚揚其香。娘啊，過去最喜歡蘭花了。」

他懵懂地、討好地道：「以後阿昭給娘買很多很多蘭花。」

女子的笑聲漸漸遠去，他的目光落在眼前的花籃上。

爐火發出微微的熱意，楚昭頓了片刻，將桌上的那只花籃扔了進去。火苗舔舐著籃子，不過片刻，糖漿流的到處倒是，泛出燒焦的甜膩。

他面無表情地走開了。

第五十八章　濟陽城軍

第二日一早，禾晏和肖珏早早的用過飯，去濟陽的演武場看看這邊的濟陽城軍。林雙鶴沒有跟來，在崔府裡休息。柳不忘則是繼續追查那些烏托人的下落，與禾晏他們同一時間出了門。

濟陽城裡河流眾多，城池依著水上而建，水流又將平地切割成大大小小的幾塊，因此，大片空地並不好找。演武場修繕在離王府比較近的地方，原因無他，唯有這裡才有大片空地。

禾晏與肖珏過去的時候，遇到了崔越之。崔越之看見他們二人，笑呵呵地拱了拱手：「肖都督。」

似是看出了禾晏的驚訝，崔越之笑著拍了拍肖珏的肩：「其實你們來濟陽的第二日，我就開始懷疑了。連我的小妾都看出來，你生的實在沒有和我崔家人一點相似的地方。怎麼可能是我大哥的兒子？只是後來帶你們進王府，殿下時時召你們入府，想來是早就知道了你們的身分，殿下有打算，崔某也只好裝傻，不好說明。」

這個崔越之，倒也挺聰明的。

他「嘿嘿」笑了兩聲，憨厚的臉上，一雙眼睛卻帶了點精明：「殿下覺得我傻，那我就傻唄，傻又沒什麼不好的。」

禾晏了然，崔越之能成為穆紅錦的心腹，不僅僅是因為他身手驍勇，也不是因為他與穆紅錦青梅竹馬有過去的情誼，而是因為他這恰到好處的「犯傻」。

有這麼一位憨厚忠勇的手下，當然要信任重用了。

是個挺有處世智慧的人。

崔越之又看向肖玨：「殿下告訴我，所有的濟陽城軍從今日起，全聽肖都督指揮。」他的神情嚴肅了一些，「烏托人之事，殿下已經告訴崔某了。崔某會全力配合肖都督，濟陽城的百姓，還賴肖都督保護。」

「殿下已經開始轉移城中百姓了嗎？」禾晏問。

「今日開始，只是……」崔越之嘆道：「也不是件容易的事。」

一城百姓，習慣安居於此，乍然得了消息濟陽有難，後撤離城，心中自然恐慌，年輕一點的還好說。那些生病的、老邁的、無人照料的，根本離不開。城裡有家業的、有鋪子的，又如何能放心的下將一切都拋下。

「不過，」崔越之打起精神，「一直耳聞封雲將軍縱橫沙場，戰無不勝，崔某早就想見上一面了。沒料到肖都督比想像中的還要年輕，還生的這樣英俊，」他半是羨慕半是感嘆道：「世上怎麼會有這般被上天偏愛之人呢？」

禾晏：「……」

這偏愛的經歷，恐怕尋常人承受不起。

說著說著，已經走到了演武場邊上。濟陽城因著靠水，又多年間沒有打過仗了，士兵們沒有鎧甲，只穿了布甲，布甲是青色的，各個手握長槍。大概尋常做力氣活做的比較多，看起來各個威武有力。只是禾晏一眼就看出，他們的兵陣實在太沒有殺傷力，就如一個花架子，還是有些陳舊的花架子。

這些年，只怕穆紅錦根本沒有花過多的心思在城軍練兵這一塊兒，不過也無可厚非，濟陽從蒙稷王那一代開始，和樂安平，別說是打仗，就連城裡偷搶拐騙的事情都不多。民風淳樸，也就不必在此上多費工夫。

「居安思危，思則有備，有備無患。」禾晏搖了搖頭，「濟陽的城軍，已經懈怠太久了。」

崔越之看向禾晏，他已經從穆紅錦嘴裡「知道」禾晏是肖玨的手下，但他以為的「手下」，是肖玨的婢子一類，是為了濟陽之行更符合「喬渙青」這個身分而必要準備的「嬌妻」。雖然在中途他也曾疑惑過，這個婢子和肖玨的關係未免太隨意了一些，不過眼下聽到禾晏此話，他有些好奇：「玉燕可看出了什麼？」

「崔中騎，我姓禾，名晏。河清海晏的晏，我看不出別的，只是覺得濟陽城軍的這個兵陣，有些老套。在我們朔京，早幾年就不這麼打了。」

「晏姑娘，」崔越之挺了挺胸，不以為然道：「布陣並非越新越好，也要看清適不適合用。這兵陣，是我當時與軍中各位同僚一同商議下鑽研而出，很適合濟陽的地形。又哪裡稱得上是陳舊呢？」

他不敢自誇比得過肖玨，但肖玨的手下，還是比得過的。一個好的兵陣，要數年才能研磨出來，禾晏嘴裡這說的，又不是新菜式，圖個新鮮，隔三差五換一換，誰換的出來？

禾晏看這兵陣處處是漏洞，也不好打擊他。又看了肖玨一眼，見肖玨沒說話，也就是沒反對她的意思，她想了想，委婉道：「不提兵陣吧，單看這裡城軍們的身法，更像是演練，上戰場，只怕還差了點什麼。」

「差了點什麼？」崔越之問。

「悍勇。」禾晏道：「這些城軍，只能對付不及他們的兵士，或者與他們旗鼓相當的兵士，若是有比他們更凶悍殘暴的……」禾晏搖了搖頭：「恐怕不能取勝。」

他們說話的時候，已經走到了演武場前面，禾晏說的話，也就落在最前面一排兵士的耳中。站在最前首位置的年輕人手裡正拿著長槍往前橫刺，聞言忍不住看了禾晏一眼。

崔越之聽見禾晏如此說他的兵，有些不服氣：「晏姑娘這話說的，好似我們濟陽軍是豆腐做的一般。」

禾晏沒有說謊，這一批濟陽城軍，恐怕還沒有真真實實的上過戰場，比涼州衛的新兵還要不如。安逸日子過久了，老虎的爪子都會沒了力氣。何況烏托人有備而來，絕不會軟綿綿如羔羊。

「我只是有些擔心而已。」禾晏道。

「這位姑娘，」突然間，有人說話，禾晏轉頭去看，說話的是那位拿著長槍，站在首位的年輕小哥，他膚色被日光曬成麥色，模樣生的很俊朗，他絲毫不畏懼站在一邊的肖玨，看著禾晏冷道：「將我們城軍說的一文不值，這是何意？濟陽城雖安平多年，但城軍日日認真苦練，一日都不敢懈怠。姑娘未至其中，有些事還是不要輕易下結論為好。」

禾晏道：「我並非輕易下結論。」

那小哥並不認識禾晏，也不知道肖玨的身分，還以為是崔越之帶著自己的姪兒與姪兒媳婦過來看兵，大抵是年輕，還不懂得掩飾自己的情緒，又有些義憤，對禾晏道：「軍中男兒之事，婦人又怎會明白？」

禾晏：「……」

禾晏心道，婦人真要發起火來，十個軍中男兒只怕也不夠打。

要知道倘若濟陽城軍都以這樣自大的面貌去應付烏托人，此戰絕無勝念。她正想著如何委婉的滅一滅這人的氣勢才好，冷不防聽見肖玨的聲音。

「既然如此，你跟她比試一下。」

禾晏看向肖玨。說話的士兵也有些驚訝，似乎沒料到他竟會提出這麼個破爛提議來。

「這……不好吧？」禾晏遲疑道。

士兵心中稍感安慰，想著這女子倒是識趣，還沒來得及順坡下，就聽見禾晏剩下的話傳來：「好歹也是崔中騎的兵，萬一折了他的士氣，日後一蹶不振怎麼辦？」

崔越之：「……」

他本來也在想，肖玨這個提議未免太草率了一些，此時聽到禾晏的話，真是不知道說什麼才好。崔越之也是練武之人，但他不能直接去上手摸禾晏的根骨，單從外貌上看，禾晏瘦小羸弱，實在看不出有什麼厲害的地方。肖玨這樣說，這女孩子應當會點功夫，只是和木夷比，可能還是托大了。

看她那細胳膊細腿的，木夷輕而易舉就能將她手臂折斷。

禾晏看向肖玨，演武場的晨光下，青年身姿如玉，如春柳毓秀，暗藍衣袍上的黑蟒張牙舞爪，則為他添了數分英氣凌厲。箭袖方便拿用兵器，在這裡，他不再是肖二公子，而是右軍都督，封雲將軍。

木夷——那個兵士尚且還沒說話，禾晏已經看向他，笑了：「怎麼樣？小哥，要不要和我打一場？」

她仍穿著濟陽女子穿的紅色騎服，黑色小靴，垂在胸前的辮子嬌俏可愛，看起來活潑而無害，如濟陽春日裡無數摘花輕嗅的小娘子一般，沒有半分不同。

年輕的男子，大多總是存了幾分好勝之心，若有個姑娘出言挑釁，還是生的不錯的姑娘，便總要證明自己幾分。木夷也是如此，心中只道是已經給過這姑娘一次機會，但她自己偏要不依不饒，只有讓她嘗嘗濟陽城軍的厲害了。

思及此，木夷便拱手道：「得罪了。」

禾晏微微一笑，翻身掠起，一腳踏上旁邊的木樁，旁人只瞧見一隻紅色的燕子，轉眼間已經落到演武場中心的空地上，她緩緩從腰間抽出紫玉鞭，做了一個「請」的姿勢。

外行看熱鬧，內行看門道。出場一番，已經不同尋常。木夷心中微訝，隨即不甘示弱，跟著掠到了禾晏對面。

一人一槍，一人一鞭，眨眼間便纏鬥在了一起。

周圍的濟陽城軍早已放下手中的長槍，目不轉睛地盯著這頭。一方軍隊有一方軍隊的特點，如南府兵規整嚴肅，涼州衛灑脫豪爽，濟陽城軍，則活潑熱鬧如看戲的場子一般，登時沸騰了起來。

「好！打得好！」

「木夷你怎麼不行啊！別憐香惜玉啊！」

「姑娘好樣的，揍死這小子！」

一時間，吶喊助威的聲音不絕於耳。

崔越之盯著中心游刃有餘的紅色身影，那道鞭子在她手中使的行雲流水，蜿蜒如閃電痕跡。他心中驚訝極了，木夷是濟陽城軍裡，極優秀的一個，且不說兵陣裡如何，單拎出來，在這裡的人裡也算得上頭幾名。可就連木夷在面對禾晏的時候，亦是落於下風。

旁人只道木夷許是因為對手是個姑娘手下留情，崔越之眼睛毒，一眼就看得出來，木夷根本沒機會。那姑娘的鞭子太快了，步法也太快了，一套一套，木夷沒有出手的機會，這樣下去，很快他就會敗下陣來。

崔越之忍不住問肖玨：「肖都督，禾姑娘，真的是您手下？」

這樣的手下，他濟陽城軍裡，根本都挑不出一個，可真是太令人妒忌了！

「輸給涼州衛第一，你的手下也不冤。」肖玨淡道。

涼州衛第一？崔越之不解，可禾晏是個女子，難道她跟涼州衛的人也打過？

臺上，木夷形容狼狽，額上漸漸有汗珠滲出。

這姑娘看似清麗柔弱，動作卻迅猛無敵，對他的每一步動作，都毒辣的預判。她自己動作也快，彷彿不知疲倦，最重要的是，一個女子，怎麼會有這樣大的力氣？

「啪」的一聲，鞭子甩到他身側的石樁上，石樁被打碎了一個角，濺起的碎石劃過木夷的臉，木夷簡直不敢相信自己的眼睛。

那可是石樁，平日裡用劍砍都不一定能砍的碎，她用的還是鞭子，鞭子不僅沒斷，禾晏看起來還挺輕鬆？

這是什麼道理？

木夷自然不知道，禾晏之前在涼州衛的時候，擲石鎖的日子，是以「月」來計算。倒不是禾晏針對誰，論氣力，在場的各位，都不是她的對手。

木夷正想著，長鞭已經甩到他的面前，驚得他立刻用手中長槍去擋，空中發出「啪」的一聲，長槍竟然應聲而碎，斷為兩截。

周圍的濟陽軍都安靜下來，只聽得女孩子含笑的聲音迴盪在場上。

「最後三鞭，第一鞭，讓你不要小看女子。」

木夷手忙腳亂，抓住那根較長的斷槍繼續抵擋。

「啪」，又是一聲。

他手中的斷槍再次被一擊而碎。

那位力大無窮的女力士歪著頭，嘆道：「第二鞭，狂妄自大，對戰中乃是大忌。」

掌心裡只有一截不及巴掌長的槍頭，木夷一時間手無寸鐵，那第三鞭已經挾捲著勁風飛至眼前，讓他避無可避。

「第三鞭，別怕，我又不會傷害你。」長鞭在衝至他面前時，調皮地打了個捲兒，落在了他的手中，將他手裡的槍頭捲走。待木夷回過神來時，紅裙黑髮的姑娘已經上下拋著他那支鐵槍頭把玩，走過來拍了拍他的肩，將槍頭還給他，笑道：「人外有人天外有天，少年人，還要繼續努力呀。」

她越過木夷，笑著走了。

同伴們簇擁過來，紛紛問道：「不是吧？木兄，你輸的也太快了？是故意手下留情嗎？怎能這般沒有志氣！」

「別胡說，」木夷又氣又怒：「我沒有手下留情！」

夥伴們面面相覷，有人道：「沒有留情？難道她真的這麼厲害？」

「不可能吧？」

又有人指著他的臉說：「木夷，你臉怎麼紅了？」

遠處吵吵嚷嚷的聲音落進耳朵，崔越之此刻也沒有心思去教訓。只是感嘆，時間有多快，半炷香都不到。

就這麼打敗了濟陽軍裡極優秀的那個人，而且崔越之能清楚地看出來，禾晏根本沒用盡全力，否則她的鞭子只要不是對著木夷的長槍，而是對著木夷這個人，木夷如今，會吃不少苦頭。

「肖都督有個好手下。」崔越之衷心地道，想到他方才的話，又有些憂心，「濟陽軍不及涼州衛，可……」

「涼州衛已經和烏托人交過手一次了，」禾晏剛巧走過來，聞言就道：「烏托人的凶殘與狡詐，是崔中騎想像不到的。斷不會如我方才那般仁慈，濟陽城軍若是不能相勝，對滿城的百姓來說，會是一場滅頂之災。」

崔越之打了個冷顫。

「最重要的問題不是城守軍。」肖玨道。

「那是什麼？」

「濟陽多水，烏托人只會水攻，這場仗，註定會在水上進行。你們的兵陣之所以落伍，正是因為，並非是為水攻而用。」

崔越之皺了皺眉，「都督可否說的更明白一些。」

禾晏看向肖玨，心裡有些激動，沒想到，肖玨和她想到一塊兒去了。

青年垂下眼眸：「船。」

最重要的，是船。

閣樓裡，男子收回目光，低頭笑了笑。

應香輕聲道：「沒想到禾姑娘的身手這樣出色。」

雖然早已知道禾晏在涼州衛裡，身手數一數二，但畢竟沒有親眼見過。很難想像在演武場與人交手的姑娘，竟比她做女子嬌態安靜站著的時候更令人亮眼。同樣是美人，應香心中卻覺得，禾晏的美，於天下女子來說，是尤為特別的。但正因為這份特別，使得能欣賞她的人，不會如欣賞俗世之美的人多。

「四公子，」應香開口，「今日蒙稷王女已經開始撤離城中百姓了，您要不要跟著一起？」

「老師將我送來濟陽，就是為了盯住肖懷瑾，肖懷瑾都在這裡，我又怎可獨自撤離？」楚昭的目光落在與遠處，似乎與肖玨說話的禾晏身上，淡淡一笑。

「肖都督留在濟陽，縱然烏托人前來，都督也可自保，可公子並不會武功，留在城裡，難免危險。」應香還要再勸。

「越是危險，越能證明我對老師的忠心。」楚昭不甚在意的一笑，「應香，妳還不明白嗎？老師將此事交給我，就是給了我兩條路。一條路，死在這裡，另一條路，活著，將事情辦妥回京。倘若事情未成，我活著回去，也是死了，明白嗎？」

應香默了片刻，道：「明白。」

「妳無需擔心，」楚昭負手看向遠處，「何況如今，我還有一位會武功的好友。既然如此正義天真，想來……應當會護著我的安危。」

應香順著他的目光，看向遠處的禾晏，想了想，還是提醒道：「公子，禾姑娘是肖都督的手下。」

「妳也說了是手下。」楚昭微笑道：「世上沒有一成不變的關係，忠心的夥伴，下一刻就是可怕的宿敵。」

這種事，他見過不少。

人心善變。

王府裡，穆小樓抱著盒子「蹬蹬蹬」的從石梯上跳下來，嘴裡喊著：「祖母！」

穆紅錦坐在殿廳中，聞言看向她，眸光微帶倦意：「怎麼了，小樓？」

「童姑姑讓我只拿重要的東西，可我每一樣都很喜歡。」穆小樓道：「童姑姑說馬車放不下來，這些祖母先替我收起來好不好？等我回濟陽時，再來問祖母討要。」

穆紅錦微笑著打開盒子，盒子裡都是些小玩意兒，木頭做的蛐蛐、一個陀螺、紙做的小犬、吹一下就會唱歌的哨子……

大多數都是崔越之從街上買來討好穆小樓的玩意兒，一些是穆小樓從來往府裡做客的同齡小夥伴手裡搶的。這也是她的寶貝。

穆紅錦將木盒的蓋子合起來，交給一旁的侍女，道：「好，祖母替小樓收起來，小樓回濟陽的時候，再來問我討要。」

穆小樓點頭，「祖母一定要小心保管。」

穆紅錦失笑，點著她的額頭：「知道了，財迷。」

「祖母，」穆小樓跳到軟榻上，抱著她的腰撒嬌，「我為什麼要離開濟陽啊？我不想離開祖母，可以不去參加王叔的壽宴嗎？」

「胡說，」穆紅錦道：「怎麼可以不去？妳是未來的王女殿下，只有妳才能代表濟陽。」

「人家不想去嘛……」小姑娘耍賴，「我怎麼知道那個王叔長成什麼樣子，好不好相處，萬一他很凶怎麼辦？」

「不會的，他們都會對妳很好。」穆紅錦摸了摸她的頭，語氣溫和中帶著幾分嚴厲，「小樓，妳已經不是小孩子了，祖母不能陪著妳一輩子，總有一日，妳要獨當一面，獨自承擔起許多事情。只有看著妳長大了，祖母才能放心。」

「長大也要慢慢長大呀，」穆小樓不解，「又不是山口的竹筍，一夜就破土了。」

穆紅錦被她的話逗笑了，笑過之後，眼神中又染上一層憂色。

沒有時間了。

烏托人潛在暗處，這幾日已經有了動作，她必須將穆小樓送出去，穆小樓是濟陽城最後的希望。她也做了最壞的打算，只是不能看著小姑娘長大，成為她成年以前堅不可摧的庇佑，真是一件遺憾的事情。

可人世間，怎麼就這麼多遺憾呢？

穆小樓又依偎著穆紅錦說了會兒話，被童姑姑叫走了。身側的侍女扶著穆紅錦站起身，往前走了幾步，走到了畫著壁畫的彩牆前。

殿廳寬大而冷清，唯一熱鬧的，也只有這幅畫牆。市集人流，運河往來，將濟陽城的所有熱鬧都繪於其中。人人臉上都是喜氣和快活，那點生動的鮮活，她已經許多年沒有看到了。

畢竟自從坐上了王女的位子，她待的最多的，就是這座空蕩蕩的王府。

穆小樓今日後就會被送出城，所謂的王叔壽宴，不過是個幌子。藩王與藩王之間，已經多年不曾往來，免得引起陛下猜忌，眾人各安其所，天下太平。如今烏托人藏在暗處，濟陽風雨欲來。她這個王女不可逃跑，需留在城池，與走不掉的百姓共存亡，這是穆家的風骨，可穆小樓不能留下，她是濟陽唯一的希望，倘若……倘若走到最壞的那一步，只有穆小樓活著，一切就都還有希望。

「幾位大人已經下令疏散百姓了。」侍女輕聲道：「殿下是在擔心小殿下？」

穆紅錦笑著搖了搖頭，「我擔心的是濟陽城。」

窗外的柳樹，長長的枝條蘸了春日的新綠，伸到了池塘邊上，蕩起一點細小的漣漪，池中鯉魚爭先輕啄，一片生機。

年年春日如此，變了的，不過是人而已。

穆紅錦年輕的時候，很喜歡王府外的生活，身為蒙稷王的小女兒，在兄長還活著的時候，她和所有濟陽富貴人家府上天真爛漫的掌上明珠一般，有人嬌寵著，活的熱烈而可愛。可自從十六歲兄長去世後，日子就改變了。

蒙稷王開始要她學很多東西，立很多規矩，那時候穆紅錦才真正明白，原先兄長過的有多辛苦。可辛苦便辛苦，蒙稷王沒有別的子嗣，作為日後要擔起整個王府的人，為之吃苦，是無可厚非的事。

但如果連姻緣也要被他人控制，穆紅錦有些接受不了。

現在想來，她那時候被嬌寵慣了，年輕氣盛，竟敢一走了之。絲毫沒有意識到將父親一人留在王府，要如何應對接下來被悔婚的朝廷重臣。倘若是如今的穆紅錦，應當沒有這樣的勇氣了。

承擔的越多，越沒有身為「自我」的自由。豁出一切的勇氣一生只此一回，過了那個年紀，過了那個時間，就再也沒有了。連同年少的自己，一同消失在歲月的長河中。

穆紅錦原先，是真的很喜歡柳不忘。

白衣少年性子冷冷清清，端正自持，但有時候又有些不通世故的天真。明明身懷奇技，身手超群，卻能認認真真的替農人找一隻羊，決不抱怨。但穆紅錦想，所謂的這些優點，譬如善良，譬如純真，那都是附加的，她喜歡柳不忘，從一開始柳不忘在桃花樹下，提劍擋在她面前，替她趕走那些歹人時就開始了。

英雄救美，傳奇話本裡成就了多少美滿姻緣。她決心要跟著柳不忘，要賴流淚連哄帶騙，什麼招法都往對方身上使。可惜柳不忘待她一直清冷有禮，未見任何青睞。

穆紅錦有些氣餒，但轉念一想，比起旁人來，柳不忘對她已經不錯了。本來賺的銀子就少，卻會在吃飯的時候，多替她點一盤杏花酥。住客棧的時候，多花點錢替她加床厚些的褥子。他把錢放在顯眼的地方，對她偷偷拿點買胭脂的行徑睜一隻眼閉一隻眼，若非無好感，定不會容忍到如此地步。是以穆紅錦總覺得，再多一步，再多點時間，柳不忘愛上自己也是遲早的事。

直到柳不忘的小師妹下山來尋他。

小師妹叫玉書，和濟陽女子潑辣的性子不同，看起來羸弱的彷彿一陣風就能吹跑，皮膚白的像個瓷娃娃，如觀音座下的童女，仙氣飄飄的，說話也是輕聲細語，很能讓人心生憐愛。但穆紅錦卻能從這姑娘的眼中，看到一絲淡淡的敵意。

她那時粗枝大葉，並沒有意識到什麼。聽說玉書是雲機道長的女兒，特意下山來，就是怕柳不忘應付不了山下的人情世故來幫忙。便對她也存了幾分好感，拿她當妹妹看。

二人行變成三人行，穆紅錦也沒覺得有差。玉書總是乖乖的，與她不同，從來不給柳不忘添麻煩，一晃月餘就過去了。

到了柳不忘該回棲雲山的那一日，本來打算帶著穆紅錦一道上山的，誰知濟陽城內外，在盤查失蹤的小殿下，官兵戒嚴，挨個排查，就連棲雲山腳下也有。

穆紅錦沒法上棲雲山。

她將柳不忘拉到房間裡，認真地看著他道：「我不能跟你回去。」

少年以為她又在鬧什麼鬼，就問：「為何？」

「告訴你吧，」穆紅錦躊躇了一下，將真相和盤托出，「我就是蒙稷王的女兒，城裡城外官兵們盤查的要找的人，就是我。」

柳不忘怔住。

「我父親要將我嫁給朝廷臣子的兒子，用來穩固藩王的地位，我不願意，所以逃了出來，沒想到遇到了你。這一個月來，我過得很開心，柳不忘，」她沒有叫「少俠」，直呼柳不忘的名字，「我不想嫁給他，但我也不能跟你上山，我該怎麼辦？」

女孩子不再如往日一般活潑胡鬧，安靜地看著他，眼神裡是全然的信賴，或許，還有幾分不自知的依賴。

柳不忘也不知道說什麼。可能他也早就覺察出穆紅錦的身分不同尋常，住在蒙稷王府裡金枝玉葉的姑娘，和濟陽城裡普通人家的女孩，到底是有些不同。

柳不忘思考良久，對她道：「既然如此，妳就在這間客棧等我。等我上山將此事告知師父，過兩日再下山接妳，想辦法解決此事。」

穆紅錦有些不捨：「你這就要走了嗎？」

「我會回來的。」少年不自在的開口。

走的那一日，穆紅錦在客棧後面的空地送他，眼裡有些不安，似是已經預見到了什麼，忍不住抓住柳不忘的袖子，對她道：「柳不忘，記著你的話，你一定要回來。」

「放心。」他第一次，也是最後一次安撫地拍了拍她的頭。

柳不忘和玉書走了，穆紅錦在客棧裡乖乖等著他。她相信柳不忘一定會回來，雖然柳不忘還沒有喜歡上她，但柳不忘是個言出必行的人。

兩日後，柳不忘沒有回來。

穆紅錦依舊在客棧裡等著，她想，或許柳不忘是路上有什麼事耽誤了。連下了幾日雨，山路不好走，可能他沒法立刻下山。或者雲機道長有什麼事交代他，他得完成了才能過來。

又過了五日，柳不忘仍舊沒有出現。穆紅錦心中有些著急，世道如此不太平，莫不是被過路的山匪給劫了？他雖劍法厲害，但心地純善，連自己都能將他騙得團團轉，豈能真的鬥過那些陰險齷齪的小人？

第十日，客棧裡終於來人了，不過來的不是柳不忘，而是官兵。官兵頭子站在她面前，語氣恭謹而冷酷，「殿下，該回家了。」

穆紅錦被帶回了蒙稷王府。她被關在屋裡，將窗戶拍的「砰砰」作響，大喊道：「放我出去！」

沒有人應答。

她開始絕食抗議，他的父親，蒙稷王令人將門打開。

穆紅錦撲到蒙稷王面前，委屈的哭訴：「父王，您怎麼能讓他們把我關起來！」

「紅錦，」蒙稷王搖頭笑道，將侍女託盤上的飯菜一碟碟端到她面前，「這都是妳愛吃的點心。」

「我不想吃。」穆紅錦別過頭去，「我想出府。」

蒙稷王沒有發怒，沉默了一會兒，才問：「妳在等那個姓柳的少年嗎？」

穆紅錦猛地抬頭，目光難掩訝然：「您怎麼知道？」

「他不會回來了。」

「不，他會回來！」穆紅錦忍不住道：「他答應過我，不會食言。」

「是麼，」蒙稷王淡淡道：「妳以為，我是怎麼找到妳的下落。」

穆紅錦呆住。

殘酷的話從她的父親嘴裡說出，將她一直自欺欺人的美夢瞬間破碎，「就是他告訴我，妳所在的位置。」

「他親手將妳送了回來。」

柳不忘為何會將自己送回王府，這個問題，到後來，穆紅錦也沒能明白。她不願意相信蒙稷王的話，但柳不忘這個人，就真的如從她生命裡消失了一般，再也沒有出現過。

穆紅錦後來漸漸相信了。

那樣的人，真想要打聽一個人，如何會找不到辦法。她已經堅持了大半年，實在堅持不下去了。

半年後，穆紅錦出嫁，嫁給了當朝重臣的兒子，雖是出嫁，卻稱是她的「王夫」。藩王的位子坐穩了，不過，生下的世子，還是隨「穆」姓。

王夫並沒有穆紅錦之前說的那般糟糕，但也稱不上多出色。兩人過著相敬如賓的生活，丈夫納妾，她欣然受之，不妒忌，也不吃醋，王夫也很有分寸，待她算是尊重。在外人看來，這是盲婚啞嫁裡，最美滿的一樁姻緣。只是穆紅錦卻覺得，她的鮮活與生機，早在那個春日裡，如曇花一般飛快的開放，又飛快的衰敗，消失殆盡了。

她總覺得自己的心裡空空的，不知道求的是什麼。於是只能將更多的時間放在了濟陽城中公事上。

一隻紅鯉躍出水面，攪翻一池春水，片刻後，紅尾在水面一點，飛快的不見了。

穆紅錦看著水面發呆。

她告訴禾晏，柳不忘沒有來客棧履行他們的約定，兩人之後就再也沒見過。其實她說了謊，她那之後，和柳不忘，其實有再見過一面，只是那見面，實在算不上愉悅。

那是她生下孩子的第二年，帶著幼子與王夫去濟陽城裡的寶寺上香祈福。佛像嫋嫋，梵音遠蕩，她祈求幼子平安康健長大，祈求濟陽城風調雨順，百姓和樂。祈福完畢，要離開時，看見寺門外似乎有人偷窺，穆紅錦令人前去，侍衛抓了一個年輕女子過來。

一別經年，那女子卻還如初見時候一般柔弱乖巧，看著穆紅錦的目光裡，帶著幾分畏懼和慌張。

穆紅錦一怔，竟是玉書。

她下意識的要去找柳不忘的身影，玉書在此，說不定柳不忘也在這裡。

玉書卻像是瞭解她心中所想，脫口而出：「他不在這裡！」

「哦？」穆紅錦看著她，意味深長地笑起來。

時間會讓一個女子飛速成長，穆紅錦已經不是當年那個粗枝大葉的，連情敵都分不出來的傻姑娘了。她當然明白過去那些時候，眼前這姑娘眼中的敵意從何而來，不過穆紅錦從來沒將她當做對手罷了。

她偏頭，蹲下身，饒有興致的盯著玉書的臉：「不在這裡也沒關係，我抓了妳，他自然會出現。」

玉書臉色大變。

穆紅錦站起身，神情冷漠：「就說寺裡出現女刺客，意圖行刺本殿，已經由侍衛捉拿。」她的眼尾描出一道紅影，精緻而華麗，她早已不是那個目光清亮，天真不知事的姑娘。

穆紅錦沒有回王府，就住在寺裡，遣走所有的侍衛和下人，叫王夫帶著幼子離開，獨自等著那人出現。

夜半時分，那個人果真出現了。

一別經年，他看起來褪去了少年時候的青稚，變得更加冷清而陌生。而看見穆紅錦的第一句話，不是問她這些年過的如何，而是：「玉書在哪？」

毫無感情，彷彿他們兩個從來都只是不相干的陌生人。

穆紅錦低頭，有些想笑，她幾乎要懷疑，那些日子，那個濟陽城外的春日，是否只是她一個人的臆想。她將柳不忘當做生命裡突然出現的英雄，而柳不忘看她，不過是一個不願意出現的意外。

「在牢中。」她的聲音亦是冷淡。

柳不忘看向她。

他變了不少，她又何其陌生。記憶裡的少女，和眼前這個紅袍金冠，神情冷傲的女子，沒有半分相似。

「玉書不可能行刺妳。」

「為何不可能？」穆紅錦諷刺的笑了一聲，「知人知面不知心，何況我與她並不相知。」

「妳放了她。」柳不忘道：「抓我。」

他看她的眼神，冷淡毫無感情，再無當年無奈的寵溺，或是惱人的退讓。只有如陌生人的平靜，或許，還有一點對「權貴」的厭惡。

多可笑啊。

「為什麼，」穆紅錦上前一步，只是看著他的眼睛，「不過是師妹而已，這般維護，你喜歡她？」

她不過是試探的一句話，穆紅錦自己都不知道自己在期待什麼？或許，她期待的是對方飛快的否認，然後看著自己，說一句「心中唯有妳一人」。多麼惡俗的橋段，穆紅錦往日看到了，都要啐一口噁心，可如今，心中卻萬分期待能從他嘴裡聽到。

可惜的是，話本就是話本，傳奇本就是虛構杜撰的故事。天下間恩愛癡纏，到最後不過徒增怨氣。多少愛侶反目成仇，多少夫妻江湖不見。

柳不忘道：「是。」

她說：「你說什麼？」

「我喜歡她。」

青年的聲音坦然而直接，一瞬間，穆紅錦覺得自己的手指都在發抖。曾幾何時，她很想從柳不忘嘴裡聽到這句話，為了這句話，她坑蒙拐騙什麼招都使過，柳不忘嘴巴嚴的厲害，她屢次氣急，只覺得這人嘴巴是石頭做的，怎麼都撬不開。

眼下這麼輕易就說出來了。

原來不是撬不開，只是對著說話的人，不是她而已。

她內心越發覺得自己可笑，當年種種，從腦海裡一一閃現而過。她做無憂少女的時候，沒看出來玉書對柳不忘的情誼，做蒙稷王女的時候，看出來了，卻並沒有將玉書放在眼中。

原來，人家是兩情相悅，她才是不自量力。

蒙稷王女，金枝玉葉又有什麼用呢？在感情中，她輸的一敗塗地，連和對方對擂的機會都沒有。還心心念念了這麼多年。

「當年是不是你，將我在客棧的事告密於父王？」她問。

柳不忘道：「是。」

「當年你走的時候，是不是就沒想過回來？」

「是。」

穆紅錦深吸一口氣，似乎是要讓自己看的更清楚些，痛得更澈底些，將心底的某些東西連根拔起，再也不看一眼，她問：「柳不忘，你是不是從來沒對我動過心？」

柳不忘漂亮的眼睛凝視著她，神情淡漠如路人，只道了一個字：「是。」

「原來如此。」她喃喃道，眼眶有些發熱，偏還要揚起嘴角，道：「你既一心只愛你師妹，那就是願意為你師妹做任何事了？」

柳不忘看著她：「妳想做什麼？」

穆紅錦的手指一點點劃過他的肩膀，語氣曖昧而輕佻：「你做我的情人，我就放了她。」

柳不忘從始至終，都很平靜，神情未見波瀾，唯有此刻，彷彿被什麼東西蟄到，飛快地退了一步，避開了穆紅錦的接觸。

穆紅錦身子一僵，嘲諷地勾起嘴角，語氣是刻意的輕蔑：「怎麼，不願意？做王女的情人，可不是人人都有的福氣。」

柳不忘定定地看著他，他的白衣纖塵不染，腰間佩著的寶劍閃閃發光，他如初遇一般光風霽月。這樣飄逸不惹塵埃的人，不可能接受得了這樣的折辱。

她偏偏要折辱他。憑什麼這麼多年，她為此耿耿於懷，他卻可以當做此事全然沒有發生。柳不忘不能為她做到的事，他也絕不能為玉書做到。

否則，她穆紅錦成了什麼？證明他們真愛的試金石？

然後，她看見，在昏暗的佛堂，柳不忘慢慢地跪下身去，平靜地回答：「好。」

穆紅錦的心中驀然一痛，險些喘不過氣來。

還要證明什麼呢？

夠了，這樣就夠了。問的明明白白，那些困擾自己多年的疑惑，求而不得的結果，不管是好是壞，是開心是難過，都已經得到了答案。濟陽女子敢愛敢恨，拿得起放得下，王女亦有自己的驕傲，她有整個濟陽城，難道還要為一個男人尋死覓活？

不過是一段孽緣罷了。

她揚起下巴，冷冷地道：「可是本殿不願意。」

「你這樣的人，如何能站在本殿身邊。」她每說一句話，如拿刀在心口割肉，連穆紅錦自己都很驚訝，不過短短一月，何以對柳不忘擁有這般深厚的感情，親手剪斷這段孽緣時，竟會生出諸多不捨。

「帶著你的心上人，滾出濟陽城。」她道。

「多謝殿下。」

他的聲音一如既往地聽不出起伏，穆紅錦的眼淚落在黑暗裡。

「你我各走各道。柳不忘，從今以後，你和你的小師妹，永遠不能進入濟陽城，否則，本殿見一次，殺一次。」

紅色的袍角在黑夜裡，劃出一道璀璨的，燦爛的霞光。如清晰的界限，昭示著兩人從此後再無瓜葛。又如初見時候桃花樹下的花瓣，鋪了整整一地，晃的人目眩神迷，就此沉迷春夢，再不願醒來。

但夢總有醒的時候。

她放走了玉書，回到了王府，就當此事沒有發生過。她與王夫依舊琴瑟和鳴，歲月靜好，只是，縱使舉案齊眉，到底意難平。

幾年過去了，蒙稷王過世了。穆紅錦漸漸變得忙碌起來。又過了幾年，王夫也去世了，她便將所有的精力都花在小兒子身上。

再後來，兒子也過世了，只剩下穆小樓與她相依為命。

穆小樓生的，很像少年的她。所以她總是對穆小樓諸多寵溺，就如當年兄長還在時，父親寵著她一般。穆紅錦非常明白，一旦坐上王女這個位子，終有一日，那個燦爛的，會溜出府偷玩的小姑娘會消失的，所以在消失前，她想更多的，呵護著她多鮮活一段日子。

她希望穆小樓能擁有自己的故事，而不是像她一樣，在一段別人的故事裡，白白辜負了許多年。

杏花在枝頭，開的熱鬧而繁密，遊園的姑娘誤入林花深處，做了一個漫長的美夢。這個美夢有喜有悲，不過轉瞬，卻彷彿過了一生。

她的春日，很早之前就死去了。

或許，從來就沒有來過。

第五十九章　死局生機

濟陽城裡的百姓撤離，與肖玨接管濟陽城軍，幾乎是同時進行的。

王女親自下達命令，百姓不會不聽從。縱然有再多不解和疑惑，聽到城中動亂，也會為了保全家人性命而暫且離開。不離開的只有實在不能走遠路的老弱病殘，他們因為種種原因無法遷移，亦不願路上顛沛流離，寧願死在故鄉。

最難辦的，大概是濟陽城裡的一些世家大族，對穆紅錦這些年多有不悅，暗生異心。只是穆紅錦做事從來雷厲風行，雖是女子，卻強硬地壓下了所有反對的聲音。然而此次濟陽城危機來勢洶洶，穆紅錦到底是有些分身乏術，這些世家大族便蠢蠢欲動，打算趁此機會動些手腳。

穆紅錦無法離開濟陽城，一旦她離開，不僅給了那些暗中反對她的人機會，也意味著她放棄了這座城池，放棄了這座城池中的百姓。她作為濟陽城的王女，既享受了百姓們的愛戴和尊敬，這種時候，理應擔起責任。

一輛偽裝的不起眼的馬車從王府門口偷偷離開了。

打扮成侍女的穆紅錦站在王府門口，大半個身子藏在在柱子後，看向穆小樓離開的方向。

穆小樓尚且不知濟陽城的危機，天真的以為此次離開，不過是為了代替祖母參加藩王的生辰，走時候還很高興，說要與穆紅錦帶禮。回來的時候只怕是夏日，還要穆紅錦陪她做甜冰酪。

一直到再也望不到馬車的背影，穆紅錦才收回目光，正要回頭邁進府裡，一瞥眼，似乎看到有個白衣人站在對面，不由得停下腳步看過去。

那是個穿著白衣的男子，看不清楚面貌，藏在對面街道的院子裡，陽光從屋頂照下來，投出一大塊陰影，他就站在陰影裡，看不清楚樣貌，只能看清楚腰間佩著一把長劍，背上背著一張琴。

寬大的街道，人流洶湧，來來往往的人群中，他微微抬頭，似乎隔著人群在看她，又像是沒有看。

一輛拉著貨的馬車慢慢地駛過去。

穆紅錦再抬眼過去時，只餘晃的人眼花的日頭，街道那邊，再無人的影子，彷彿剛才只是她的幻覺。

她靜靜地站了片刻，走開了。

夜裡，崔府書房裡的油燈，仍舊明亮著。四角都放了大燈籠，照的屋子明晃晃的。崔越之的書房，與其說是書房，倒不如說更像是兵器庫。冷冷清清，方方正正，除了桌上胡亂堆著的幾卷卷軸，和放著書的黑木架子，實在沒有一點風雅清正的地方。

不過他本就不是個愛讀書之人。

牆上掛了一張地圖，地圖很大，將牆占了一半。中間畫著一到河流，河流附近的水旋渦和礁石堆都畫的很清楚。

屋子裡坐著十餘人，皆是如崔越之一般的武夫。這些都是崔越之的同僚和手下，此番若是烏托人進城，這些人要作為濟陽城軍的副兵頭，配合肖玨行事。

禾晏與肖玨坐在一側，飛奴和赤烏則抱臂站在後頭。崔越之拿著炭筆，在地圖上顯眼的地方畫了一個圈。

「運河只有這個地方最適合上岸，」崔越之點著他畫的地方，「若是從此處上岸，兩軍就會在此處交手。此地平整，適合用濟陽城軍的兵陣，不過……」他看了肖玨一眼，有些心虛，「我們的人馬不夠。」

濟陽城根本不會有太多兵馬，文宣帝不會允許這樣的事發生。當年為了自保，多少藩王將軍馬解散，穆紅錦亦是如此，留下這不到兩萬的濟陽城軍，已經是文宣帝格外開恩了。

以兩萬兵馬來說，造反不夠，掀不起什麼大波浪，但同樣的，用來抵擋或許數萬凶兵的烏托人來說，更是底氣不足。崔越之也明白這一點，巧婦難為無米之炊，縱然有用兵奇勇的封雲將軍，但你連兵都沒有，讓他用什麼跟人打，用那張臉嗎？

「不是人馬不夠，」肖玨目光落在地圖上，淡聲道：「是船不夠。」

「船？」崔越之的一名手下看向他，有些不解。

勿怪他們，濟陽城太平了這麼些年，除了崔越之這些年長的，只怕稍微年輕一點的，連真正的戰場都沒上過。

肖玨手指輕輕叩了下面前的茶杯，道：「妳來說。」

禾晏：「我？」

崔越之和其餘的手下一同看向禾晏。

禾晏如今已經換回了女裝的打扮，今日在演武場打敗木夷的事，在座的人也有所耳聞。但一位身手出眾的女下屬，能做的，也就是保護主子的安危，再多一點，在戰場上殺幾個人。排兵布陣，分析戰報，這種事，可不是普通人能做到的。而且男子們，大抵在軍事上天生自覺優越於女子，對於肖玨此舉，便帶了幾分促狹之心。想著傳言並不盡實，世人都說封雲將軍冷漠無情，不近女色，原來都是假的，如今已經色令智昏，由著這位與他「關係匪淺」的女下屬胡鬧。

一時間，眾人看肖玨的目光，彷彿看被狐狸精寵妃迷惑的亡國昏君。

禾晏這些年，對於男子們輕視女子的目光，早已看過不知多少回。有心想要讓這些人正一正腦子，想了想，便沒有推辭，站起身來，笑咪咪地走到地圖前。

崔越之退回了自己的位置，其餘人都看向禾晏，一副「等著看她胡說八道些什麼」的看戲神情。

禾晏看也不看地圖，只面向著眾人，道：「這些都不重要。」

眾人不明白。

「水上之戰無他術，大船勝小船，大銃勝小銃，多船勝寡船，多銃勝寡銃而已。」

「你們小船小銃，寡船寡銃。怎麼看，在哪裡上岸，兵陣如何排布，都不是最重要的。大魏除了皇家禁軍外，禁止火銃，便只談船，只要烏托人有足夠的船，他們就能勝。」

「要打以少勝多的仗，沒有船可不行。」

「在水上，他們船多，在岸上，他們人多，這幅地圖，根本就不是這麼用的。」

在座的人雖然這些年不打仗，但也不是傻子，禾晏究竟是不是信口胡說，也心知肚明。她一針見血，指出問題的關鍵，一時間，眾人輕視之心收了不少。

「禾姑娘，」崔越之道：「可是妳也知這些年，陛下禁止私自豢養軍隊，何況是兵船。運河上的船本就是用來運送貨物，要不就是載人遠行，濟陽城裡根本不敢自建水師，更勿提火銃。」

禾晏心中嘆息，她自然知道這些。畢竟前朝曾有過藩王之亂，自先帝繼位後，就尤其注意削減藩王勢力。如今的幾大藩王，也其實跟朔京城裡無實權的貴族一般。

「敢問肖都督，」一名崔越之的手下看向肖玨，小心翼翼地詢問，「保守估計，烏托人的兵馬，大概幾何。」

肖玨：「十萬，只多不少。」

眾人倒吸一口涼氣。

這等兵力差異，讓人想要生出希望都勉強。

「城中百姓如今已經被殿下安排撤離，從城門後離開。」一名副兵聲音乾澀，「我們……

就盡力多拖延一些時間吧。」

話裡的意思，大家已經做好了犧牲的準備。城中撤離的百姓，以及小殿下，都是保存的火種。他們能做的，只是為百姓們多爭取一些時間，城池被攻陷，只是遲早的事。

肖玨目光清清淡淡地掃過眾人，微微坐直身，正要說話，突然間，女子清脆的聲音響起。

「士氣低落成這樣，可不是什麼好事。要知道我們這裡，還有名將呢。知道什麼是叫名將嗎？」

眾人一愣。

「不該輸的戰爭不會輸，不能贏的戰爭有機會贏，這就叫名將。」禾晏揚眉，「看起來必輸無疑，名將都能找出其中的突破口，轉敗為勝。這裡有名將，以一人之力扭轉乾坤，你們這樣，讓人家如何自處？」

她心想，這裡還不只一個名將，是一雙，大魏的兩大名將都在此，這要能輸，說出去也別做人了。

眾人不知她的底細，只看向肖玨，心道，肖玨的手下真是不遺餘力地吹捧他，連這種爛到極點的棋局都能堅信肖玨能轉敗為勝，這得平日裡多崇拜他？

崔越之沉默片刻，問肖玨：「那麼肖都督，我們應當如何轉敗為勝呢？」

世人並不知當年肖玨水攻一戰是以少勝多，畢竟對外人而言，當時肖玨是帶著十萬南府兵虢城大捷。可那時候是往城中灌水，是攻城非守城。且濟陽與虢城本就環境不同，濟陽是水城，雖同是水攻，其實天差地別。

肖玨身子靠在椅背上，左手骨節微微凸起，撫過茶蓋，看向禾晏，漂亮的眸子裡是數不清的幽深情緒，道：「妳來說。」

禾晏微微蹙眉。

他道：「妳與烏托人交過手，比其他人更瞭解烏托人的手段。」

烏托人的手段粗暴而直接，這與他們本身的行事作風有關。這麼多年藏在暗處，不時的試探騷擾，既自大又自卑。此番籌謀許久，又選擇了濟陽城作為首戰軍功，必然會將此戰行的轟轟烈烈，聲勢巨大。

禾晏道：「水克火，水火不容，不如用火攻。」

書房裡一時無人說話。

「麻煩禾姑娘，說得更清楚些。」崔越之道。

他待禾晏的態度越發恭敬，覺得這姑娘與其他女子很是不同，和肖玨的其他下屬也很是不同。譬如飛奴和赤烏，同是肖玨的下屬，但他們只聽從肖玨的吩咐做事，肖玨並不會如眼下這般，讓他們發表看法。而禾晏雖然一直以來看似對肖玨表現的很恭敬，可仔細去看，並不像是上下級的關係。崔越之心大，倒是看不出來愛不愛的，但他能感覺到，禾晏將自己與肖玨看作了同一地位上。

若她是個男子，大抵就是與肖玨更像是兄弟好友而非主僕。

「烏托人用的船，可能會很大。至少絕不像是濟陽城軍裡那些托運貨物或是載人的小船。烏托國遠在陸地，四周無海，想來並不如濟陽城人通水性。我認為，最大的可能，他們會乘坐大船到濟陽城邊。由方才崔中騎所指的地方上岸，」她指著崔越之方才標記的地方，「如果……如果他們彼此的船離的很近，可以用火攻。火勢一旦蔓延，濟陽的小船可以迅速駛離，烏托人的大船卻不可以。我們能趁機消滅烏托人的主力。」

在水上用火攻，這個辦法過去無人試過，一時間眾人都沒有說話，但禾晏的一番話卻令大家豁然開朗，心中隱隱激動起來，暗忖此計可行的地方。

「烏托人兵力勝我們多矣，也知濟陽多年太平，不是烏托人對手，心中定然驕傲，驕兵短視，這是他們的缺點，正是我們的長處。」

她說話的時候，聲音柔和堅定，清晰又有條理。一字一句，彷彿能給人無窮的信心，方才還認為此仗必敗的眾人，光是聽她幾句話，便覺得，或許他們能創造出一場史書上以少勝多的戰役，供世人敬仰。

只是……崔越之疑惑地看向禾晏，在這樣短的時間裡，想出應付的辦法，雖然不算毫無漏洞，但獨闢蹊徑，且一針見血的指出勝敗關鍵，尋常女子真能做到如此？莫說是女子，縱然是男子，在軍中多年的總兵，也未必能反應如此迅速。畢竟為將者，需要的不僅僅是經驗，還有一點點天賦和獨到的眼光。可禾晏看起來才多少歲？聽說才十七，十七歲的女孩子，已經如此厲害了？

肖玨的手下都如此厲害，九旗營裡豈不是臥虎藏龍，崔越之心中生出淡淡寒意。

「我只是提出這個設想，」禾晏道：「具體能不能實施，如何實施，我也難以把握。」

禾晏知道自己說的多了些，有意將話遞給肖玨，「此計可不可行，還要看都督的決定。」

她本來可以不說這些，但認真對待每一場戰役，是每一個將領的責任。何況濟陽城很好，百姓亦很熱情淳樸，她不願意讓這美好的如世外桃源一般的地方毀在烏托人手中。要知道，烏托人占領濟陽，只會一路北上，遭殃的是整個大魏百姓。

她會一直戰鬥到底。

眾人看向肖玨，肖玨的目光掠過禾晏，站起身，走到禾晏的身邊。

禾晏低頭，避開他若有所思的目光，回到了自己的位置。

他撿起方才被崔越之放到一邊的炭筆，在崔越之剛剛做好的標記前方，重新圈了出來，做了全新的標記。

新的標記在舊的標記前面，也就是濟陽城靠岸的前方，有一處狹窄的出口。這是運河與濟陽城裡的河流交界的地方，如一只葫蘆嘴，尖尖細細。只有通過這處葫蘆嘴後，才能到達真正的運河。

「火攻可行，可在此設伏。此道狹窄，大船不可進，小船可在其中穿行。」

崔越之眼睛一亮，肖玨目光很毒，這地方很適合埋伏兵力。

「至於火攻如何，」肖玨道：「需看風向和地形。」

「城裡有司天臺專門負責看天相風向的人！」一名濟陽兵士道：「平日裡好用來為農莊水田播種安排。」

又有一人遲疑的問：「可若是當日風向相反怎麼辦？」

「那就不能火攻。」肖玨道：「畢竟戰爭，講的就是天時地利人和。」

禾晏心道，這倒是真的，缺一不可。當然肖珏沒有將話說完，倘若當時風向相反，自然有別的辦法。

不過戰爭這種事，本就是講了一點運氣，若是老天爺不讓你贏，史書上多得是功敗垂成的例子。而他們要做的，就是將這些不確定的可能降到最低。

這一場關於水攻的討論，一直討論到了半夜眾人才散去。從一開始的大家無精打采，悲觀失望到後來的精神奕奕，神采飛揚，也不過是因為禾晏提出的一個「荒謬」設想而已。

林雙鶴見這一行人出來的時候神情與開始時十分不同，驚訝地問他們：「怎麼回事？你們在裡面幹了什麼，他們怎麼如此高興？」

禾晏打了個呵欠，「當然是曉之以理動之以情了。」

「那也不至於吧。」林雙鶴嘀咕了一句，「不知道的以為你們在裡面喝了一場花酒。」

禾晏：「……」

她道：「時間不早了，我先去休息，有什麼事明日再說吧。」

林雙鶴點頭：「好。」

禾晏回到屋裡，白日裡在演武場糾正濟陽城軍的兵陣，夜裡又討論那幅地圖，已然覺得十分睏倦。她梳洗過後，走出來時，看見肖珏還坐在裡屋桌前，提筆在寫什麼。

禾晏湊過去一看，他不知從哪裡拿到了一封崔越之方才掛在書房牆上的地圖的拓印，只不過是小一號的。將之前楚昭給穆紅錦的烏托人兵防圖的拓印放在一處，對比著什麼。

他寫的是禾晏方才提出的，有關火攻可能需要注意的各方面。譬如葫蘆嘴應該設伏多少，當日風向、城門和城中守衛安排。因為濟陽城軍實在太少，哪怕是安排一個兵，也要極為謹慎。

簡直像是節衣縮食操持家用的小媳婦。

禾晏道：「都督，還不睡？」

「妳睡吧。」肖玨頭也不抬。

禾晏心裡嘆息一聲，心道少年時候的第一只需要天賦秉異，在課上睡大覺也能拔得頭籌。可要多年時時維持第一，還真不是只需要天賦就能做到的，想當年她在撫越軍中也是如此，夜半子時醜時寅時的月亮，她都看過。

思及此，就道：「都督，我來幫你吧。」

正說著，外頭響起人敲門的聲音，是柳不忘：「阿禾，可歇下了？」

這麼晚了，柳不忘還來找她？禾晏與肖玨對視一眼，道：「沒有，師父，稍等。」

她披了件外裳，將門打開，柳不忘站在門外，他當是剛剛從府外回來，衣裳還帶了夜裡的寒露，禾晏看了看門外，道：「進來說吧。」

柳不忘進了門，看見肖玨，對肖玨微微頷首，算是見禮。他的目光落在肖玨面前的卷軸上，微微一頓，隨即道：「濟陽一戰，都督可有了應對之法？」

「一點點，」禾晏道。

「勝算幾何？」

禾晏：「至多五成。」

最好也不過是一半一半。

柳不忘沉默片刻，道：「烏托人可能很快會動手了。」

肖玨看向他：「柳師父查到了什麼？」

「我追查的烏托人，如今已經往一個方向去，有一部分去了城外，還有一部分消失了。他們察覺到我的行蹤，王女殿下疏散百姓一事，亦瞞不住風聲。」柳不忘道：「烏托人的船還未到，現在就是爭時間。」

「在最短的時間裡，濟陽百姓撤離的越遠越好，但城中有無法離開的平民。」柳不忘的聲音沉下去。

他不願意平民成為烏托人屠戮的羔羊。

「師父，」禾晏道：「您不是會扶乩卜卦，可曾算到這一戰是輸是贏？」

「無解。」

禾晏：「無解？」

其實早在很多年前，柳不忘還是少年時，就曾在山上卜卦濟陽城未來數十年的機緣。卦象顯示，數十年後，城中有大難，堆屍貯積，雞犬無餘。連著大魏，亦是如此，王朝氣數漸盡，他還想再看，被偶然看到的雲機道人一掌將龜甲打碎，斥道：「天道無常，天機豈是你能窺見？」

不了了之。

後來發生了許多事，他也知世事無常，人力比起天道，過於渺小。柳不忘已經多年未曾卜卦，可自從此次見到禾晏，知曉濟陽城恐有戰爭，烏托人來者不善時，到底不能置身事外，於是他又暗中卜了一卦。

卦象這東西，從來都看不到起因和經過，只看得到結局。他還記得多年前卜卦出的結果，可隔了數十年，卦象卻全然不同。

這本是一處死局，生機已絕，他仍然看到了與當年一般無二的畫面，但在畫面中，多了一雙模糊的影子。影子金光燦燦，似有無窮功德，惶惶如天，如兩道明亮的金光，照亮了那個死氣沉沉的卦象。

一處死局，就因為這一雙模糊的影子，變成了「未知」。

他看不到結局。

看不到結局的卦象，就說明並非全無生機。至於那個以一己之力使得結局發生改變的人，柳不忘也並不知道是誰。師門有訓，卜卦只能問事，不能問人。蓋因一句話「人定勝天」。

沒有全然被天道掌握的人。

「地利我們是有的，濟陽城的那處葫蘆嘴，是我們天然的優勢，且那些濟陽城軍都是從小在水邊長大，善泅善水。人力的話，如今我們在此，也會努力避免差錯。如今唯一的難處，其實是天相。」禾晏看著柳不忘道：「倘若那一日颳東南風，便為我們勝，倘若那一日颳西北風，就是老天也要站在烏托人那頭。」

風向決定究竟能不能用火攻之計，而火攻，是勝算最大的一種可能。

「肖都督，」柳不忘看向肖玨：「城中百姓縱然撤離，如果烏托人短短幾日動手，城守不住，城池內的百姓性命不保，那些撤離的百姓也會被追上。」

肖玨：「所以烏托人越晚動手越好，如果烏托人很快行動，那麼將守城的時間拖得越長越好。」

「你的意思是，」柳不忘似有所覺，「如今的可能，只能守城。」

「不是只能守城，」禾晏道：「如要主動進攻，只得用火。但是……」

這一戰，拼的不是是將領和兵士，還有老天爺的眷顧和運氣了。

「我明白了。」柳不忘道：「我會想想別的辦法。都督也提早做好準備吧，」他目光擔憂，「最遲三日，烏托人就會動手。」

其實眾人都明白，所謂的三日，已經是他們估計的最好的狀況。為了避免城中百姓撤離的太多，烏托人一定會在很短的時間裡發兵。

這本就是雙方爭搶時間而已。

禾晏一行人是這般想的，但沒想到的是，烏托人比他們還要急不可耐，第二天夜裡，運河以北的地方吹來嘹亮號角聲，數千艘大船出現在運河上，帶來了凶殘的烏托人和長刀。兵臨城下。

穆紅錦坐在殿廳中，周圍的下人俱是低頭站著，氣氛沉悶而凝滯，唯有那女子仍如從前一般，淡淡對身邊的下人吩咐：「讓王府門口的兵士都去城門吧。」

「殿下！」

「城門失守，本殿也不會獨活。與其守著王府，不如守著百姓。」穆紅錦沉靜道：「本殿是他們的王女，理應如此。」

她態度堅決，下人踟躕片刻，終究還是照著她說的去辦了。穆紅錦抬眼，看向牆上畫著的濟陽春日圖，熙熙攘攘的花市水市，熱熱鬧鬧的人群，鮮活的彷彿下一刻就要從畫上走下來。戰役一觸即發，王女一如既往的美豔高傲，從容強大，未見半點慌亂，彷彿外頭發生的，不過再微不足道的一場小風波。只要聽過一陣琴，看過一曲舞，一切都將化解。

父親，紅袍女子在心裡喃喃道，女兒已經守了這座城二十多年，今後也會一直如此這般守下去。

這座城的百姓如此純善，水神會庇佑他們，他們……一定會度過這個難關的。

濟陽城裡多年未有戰事，戰事一起，城中那些來不及離開的老弱病殘，皆從夢中驚醒。或安靜的坐在屋裡等著結局來臨，或匍匐在地，心中默默祈求菩薩保佑。

崔越之換上了鎧甲，將長刀佩在腰間，出了府門。崔府上下，並無半分慌亂，縱是下人，做事也從容不破。幾個小妾一反常態的沒有打鬧嬉笑，乖巧地站在屋中，等著聽候吩咐。衛姨娘道：「都做自己的事，老爺沒回來，誰也不許胡亂說話。」

作為崔越之的家眷，她們本來可以撤離的，不過還是選擇留了下來，與崔越之共進退。倘若城破，她們這些手無縛雞之力的女子，在烏托人手中，決計討不了好處。是以每個人——包括最愛哭哭啼啼愁眉苦臉的三姨娘，手邊都備了一條白綾。她們的命是屬於自己的，一旦城破，勢必不能落在烏托人手中。

崔越之出了府門，騎馬去了演武場的營地，剛到營地，翻身下馬，就見帳中走出來一人，正是肖玨。

脫去了平日裡穿的精緻長袍，這年輕人看起來便不像是京城中矜貴的少爺公子。他身披黑色甲袍，足登雲靴，鎧甲泛著冷峻的光，盡添威嚴。姿容俊秀，氣勢卻銳如長刀，如他腰間佩著的晶瑩寶劍，令人無法忽略鋒芒。

「肖都督，」崔越之看向遠處，再過不了多久，晨光將要照亮濟陽城的天，烏托人的船也將到了，已經到了刻不容緩的時候。「城裡的濟陽軍，都在這裡了，崔某會帶著一部分人前去葫蘆嘴設伏，都督帶著其他人乘船與濟陽軍正面相抗。火攻一事……」他神情凝重起來。

司天臺的人在昨夜裡就夜觀天象，今日可能無風，也可能有東南風，但縱然起風，也是下午時分。可真到了下午，可能烏托人已經上岸了。

他們能做的，是要在這裡等一場「可能」的東南風，而為了這個可能，必須將戰局延長，儘量在水上多拖延烏托人的時間。

肖玨帶領濟陽軍，要去完成這個很難完成的任務，但更難完成的任務不僅於此，還有那個放火的人。

要在烏托人的船上，神不知鬼不覺的放一把火，且這把火放出的時間恰到好處，那麼多艘船，不可能一一點燃，需要觀察船的位置，找到其中最重要的幾艘，借著那幾艘船的火勢將火勢迅速擴大至所有烏托人的大船上。這需要很好的全域觀，也需要不俗的判斷力。縱觀整個濟陽城，能做到如此地步的，實在鳳毛麟角。

崔越之也很為難，但他別無選擇，只對身後招了招手，一行人走了過來，為首的正是之前在演武場裡，與禾晏交過手的木夷。

「我找了一支兵，聽從木夷的指揮，尋得時機，好上烏托人的船。等東南風至，趁機放火。我們難以確定哪幾艘船的火勢可以控制，所以只能讓木夷多燒一些。」

燒的越多，被人發現的可能也就越大，甚至於很可能的結果是將自己也一道困在船上。這一艘放火的兵，從某種方面來說，相當於前鋒營的兵，而且是，已經做好犧牲自己的前鋒營。

用他們的犧牲為後來的兄弟開路。

木夷對肖玨道：「木夷但盡全力。」

形勢對濟陽軍有多不利，如今所有人都知道了。木夷早就不如之前那般自大，神情沉肅了許多。

「崔中騎，帶人放火這件事，讓我來吧。」一個聲音插了進來，帳子被掀開，有人從裡面走了出來，是禾晏。

她也穿了濟陽城軍穿的袍甲，長髮高高的束起。明眸皓齒，又是與先前紅妝截然不同的感覺。不知是不是錯覺，眾人竟覺得，這姑娘如此打扮時，竟比紅妝時更奪人眼球，自然極了。

鎧甲沉重，她卻走的輕鬆，神情亦是十分從容，看向肖玨道：「都督，放火這種事，讓我去。」

「禾姑娘……」木夷有心勸阻，「這很危險。」

「烏托人的船太多了，等那場說不準的東南風，可能要等到下午。」禾晏搖頭，「要藏匿其中，不被人發現，不僅需要身手，還需要體力。並且還要懂得與都督帶領的濟陽城軍配合時間。木夷兄弟，你從前並未和都督一起並肩作戰過，縱然是去放火，你們二人磨合，也不是片刻就能磨合好的。我是都督的手下，與都督亦有默契，由我來帶著你們，再好不過。況且，」她微微一笑，「先前在演武場的時候，你不是已經與我交過手了嗎，怎麼還對我這般沒有信心？」

木夷臉微紅，一時無話可說。他輸給禾晏，就是技不如人，又怎麼好反駁？

禾晏這話裡半真半假，真是真在她確實可以和肖玨配合的更好，之前在涼州城裡袁寶鎮那事也是，況且將領之間，許多想法是相通的。肖玨能想到的，她也能想到。同樣的，她的暗示，肖玨也能看懂。換做是木夷，未必能明白。二來是，她也看出來了，木夷是抱著必死的決心，打算以一命換來成功。可是戰場上，儘量避免無謂的犧牲，是將領的責任。她雖然不敢說帶著這群人全身而退，但至少，不會全軍覆沒。

於公於私，由她去做這件危險的事，比木夷來做更好。

崔越之有些猶豫，那一日討論火攻之術時，他已經知道禾晏不簡單，絕不可小看，也比木夷有本事的多。但禾晏畢竟與他不算熟悉，究竟能做到何種地步，尚未可知。而且禾晏不是他的手下，縱然是他同意了，肖玨不同意也沒辦法。因此，也跟著看向肖玨道：「禾姑娘的本事，崔某當然相信，由禾姑娘去做這件事，崔某放心的很，只是不知道肖都督意下如何？」

肖玨看向禾晏，禾晏亦是回視他。她的目光清亮而富有生機，鎧甲穿在她身上，英氣逼人，意氣風發，將她整個面龐照亮。如在涼州衛裡演武場上大放異彩的少年，行動間矯捷如風。

自由的風不應該被困在方寸之地，他微微扯了下嘴角，淡道：「去吧。」

禾晏道：「多謝都督！」

她原想著肖玨有可能不同意，還要如何說服他才好，沒料到今日這般爽快。不過大抵肖玨也能看出，由她去比木夷去更好，作為主將，他下的每一個命令，都要公平。

「注意安全。」肖玨道：「不必死衝，情勢不對就撤走，我自有別的辦法。」

禾晏：「明白！」

禾晏帶著木夷一行人前行。除去她自己，統共五十人。

這五十人，是濟陽城軍裡，身手最好的五十個。因要潛伏在暗處，伏殺、隱藏、放火、撤離，可能與一部分烏托人交手，是以，身手稍微弱一點都不可以。禾晏看著他們，想到當年曾待過的前鋒營，前鋒營裡，又有那麼十幾人，每一次戰役，都衝在最前面。

然而這十幾人，每一次都會是不同的十幾人，因為大多數時候，他們有去無回。但也正是因為他們，才能為之後的軍隊創造出勝利的可能。

葫蘆嘴那頭，由崔越之帶兵守住，肖玨帶著主力乘船，在濟陽城運河上與即將到來的烏托人交手。臨走時，肖玨沒有吩咐她任何具體的行動，也就是說，從此刻起，他們這場暗中放火的行動，主動權全部握在禾晏手中。

「禾姑娘，」木夷看向她：「我們到底該怎麼做？」

眼看著時間漸漸過去，天也快要亮了。沒有太多的時間讓他們在這裡踟躕，木夷雖然心知禾晏身手出色，但對於禾晏能否指揮一場奇襲，其實並無信心。他連火攻策是禾晏提出來的尚且不知，只以為禾晏想的與他一樣，仗著身手好潛入烏托人的大船上，再在烏托人的船上放火。

「我們現在去準備膏油嗎？」木夷問以為她是沒有想出辦法，主動提醒：「我們將膏油藏在岸邊，想辦法運上烏托人的船，怎麼樣？」

「不必。」禾晏抬手，道：「準備十艘小船。」

「十艘小船？」木夷皺了皺眉：「如今船都給肖都督了，眼下船隻本就不多，要這麼多船幹什麼。」

禾晏道：「我想了想，要一艘只去燒他們的船，比燒我們自己的船難多了。不如燒我們的船。」

木夷一怔，他身後的數十人不太明白，有人就問：「這是何意？能否說得更清楚些。」

「我需要十艘小船，把你們準備的膏油分別放在十艘小船上。再堆滿乾草，裝作和其他戰船一般無二的樣子。等介時兩方交手，烏托人會以為這堆滿膏油的小船與濟陽城軍的船是一樣的，我們可以在東南風颳起來的時候，假意與他們交手，靠近烏托人的大船。」

「在那個時候，點燃我們自己的船，就可以了。」

「只有用這個辦法，勝算最大，你們也可以跳入河中，最多的保全自己。」她道。

第六十章　無風

這五十人，一開始接受崔越之吩咐的任務時，就沒想過要活著回來。此刻聽到禾晏所言，一時都愣在原地。

半晌，有人問：「這樣……可行嗎？」

「我會在前面吸引烏托人的注意，」禾晏道：「不過，你們的船，需要按照我的安排來布置。」水上布陣，她其實沒有做過，不過眼下也顧不得那麼多。只是，禾晏看向遠處的長空，長空盡頭，出現了一線亮光，天快要亮了，今日究竟有沒有風呢？

老天爺會不會站在他們這一邊？

但無論怎麼樣，戰鬥，就是他們的宿命。

「提起你們手中的刀，跟我來。」她道。

天終於破曉，最後一絲黑暗散去，從運河的前方，一輪紅日升了起來，伴隨著雲霧，金光遍灑了整個河面，濟陽城攏在一片燦爛的霞光中。

城樓的士兵吹響了號角，堤岸邊，濟陽軍整裝待發，船隻靠岸，如密集的黑鐵。

但見遠處漸漸出現一點暗色，慢慢的，暗色越來越大，先是扁扁的一條線，隨即那條線越來越寬，越來越長，直到將大片運河覆蓋，眾人這才看得清楚，那都是烏托人的船。

烏托人的船極高極大，船頭站著烏托兵士，皆是穿著皮袍甲，頭上戴著一頂黑羔皮做的小圓帽，帽子尾碼著兩條紅色滌帶。他們人生的各個高大健壯，還沒靠近，便發出哈哈大笑，恐嚇著這頭的濟陽軍。

「都督，」身後一名副兵聲音微微顫抖：「他們的人馬……」

「至少十五萬。」肖玨道。

兩萬對十五萬，這已經不是以少勝多了，懸殊大的嚇人，令人感到絕望。

「隨我上船。」肖玨率先跨上岸邊的小船。

濟陽城軍的船與烏托人的船相比，實在是矮小的過分，烏托兵士是從運河以北上來，路途遙遠，船隻建造的又大又結實，不知道用的是什麼樣的木料，應當是很珍貴的。這些年大魏忙著平定西羌和南蠻之亂，倒給了烏托人可趁之機，不知不覺中，烏托國的財富不可小覷。其國庫比起大魏國庫，未必有差。

濟陽城軍隨著肖玨上了船，船隻朝著烏托軍的方向行去。

此次帶兵前來濟陽的首領，是烏托大將瑪喀。瑪喀生的其實不算高大，甚至比起周圍的親兵，顯得過分矮小，他年紀不算大，如今剛剛而立，卻已經在烏托國中赫赫有名，只因他用兵極擅偷襲。又因是烏托國國主的表弟，此次國主便將十五萬大軍放心交到他手中，叫他打響在大魏的第一戰。

對濟陽，瑪喀勢在必得。

潛伏在濟陽城中的探子，早已將濟陽城的現狀打聽的一清二楚。一個藩王的屬地，並無多少兵馬，這些年來又過分安平和樂，占領這樣的城池，其實是一件易如反掌的事。唯一難辦一點的是濟陽王女穆紅錦，這女人狡猾的很，不過，也僅僅只是個女人而已。但這些日子濟陽城裡似乎多了一些人，聽說有個穿白衣的劍客在追殺烏托國的密探，不知是不是風聲走漏，濟陽城的平民已經開始撤離，為了避免夜長夢多，他們才決定提前動手。

「此次帶兵的是不是崔越之？」瑪喀道：「聽說年輕時也是一員悍將，不過如今年紀大了，不知道還提不提的動刀啊？」

周圍的親信哄笑起來，道：「比不上將軍的刀！」

瑪喀的手撫過腰間的長刀刀鞘，「真要死在我的刀下，也算他的榮耀了！」

笑聲飄到河面上，遠遠落到了濟陽城軍中。

肖玨站在船頭，看著遠處出現越來越多的烏托兵船，片刻後，彎了彎唇：「蠢貨。」

「什麼？」副兵不解。

「所有的烏托兵船首尾相連，看來是怕死的不夠快了。」肖玨起身往裡走，抓住赤烏手中的披風繫上，哂道：「儘量在水上多待一陣，有人趕著送死，何必阻攔。」

與此同時，禾晏也登上了裝滿了膏油的小船。

船隻的膏藥和乾柴用厚實的麻布遮蔽的嚴嚴實實，看上去和濟陽城軍的普通兵船一般無二，上頭插著兵旗。五十人分成十組，五人一組。

禾晏和木夷在同一艘船上。她對其他人道：「你們遠遠地跟著我，不要靠近。」她又從懷中掏出一張紙，隨手在地上撿了支炭筆畫了張圖，「看這個。」

圖上畫著幾艘船，中間的那一艘被禾晏圈了起來：「這艘船我用來引起烏托人注意，你們其餘人的船，就照我畫的方位布置。等時間聽我指示，我發信號時，務必燒船跳水。」

「妳能行嗎？禾姑娘，」一人有些擔心，「不如換我們來。」

在前作為烏托人的誘餌，未免太過危險，一不小心就會送了命。雖然沒有人願意死，但他們怎麼也不能看著一個姑娘身先士卒，獨赴險境。

「不用擔心，我自有安排。」禾晏將腰間的鞭子緊了緊，率先朝船走去，「都督已經上船了，我們也出發吧！」

船隻在城門前的運河相遇。

濟陽城軍在無數烏托兵船的襯托下，顯得渺小如螻蟻。然而站在船頭最前面的青年卻一身黑色鎧甲，身姿筆挺如劍，他生的如春柳般毓秀出彩，然而手持長劍，氣勢冷冽如鋒。清晨的朝霞落在他身上，生出萬千光華，凜凜不可逼視。

這是個陌生的男子，瑪喀微微一愣，遲疑的問身邊人：「這不是崔越之，這人是誰？」

崔越之是個胖子，而不是個美男子。可崔越之不在，這人又是從哪裡冒出來的？是近年前濟陽城裡的新秀？可烏托密探送回的密信裡，從未提起過這一號人物。既不是什麼出色的人，穆紅錦又怎會將本就不多的城軍交到他手上？

「沒見過此人。」身側手下遲疑地道：「也許崔越之不行了，濟陽城中無人，穆紅錦隨意找了個人來頂上。這人如此年輕，一看就不是將軍的對手！」

瑪喀沒有說話，同為將領，對方究竟是繡花枕頭還是有真才實幹，他自然有所直覺。此人看著並不尋常，他心中疑惑，卻也沒有時間在此多想，慢慢抽出腰間長刀，對準前方，喝道：「勇士們，跟我上！」

一時間，廝殺喊叫聲震天。

烏托人也知，一旦上了岸，便再無可以阻擋他們之物。濟陽城脆弱的如同紙糊的一般，兩萬人還不夠他們砍著玩兒。為了保護平民，濟陽城軍只能更多的在水上作戰。

在水上作戰也沒什麼，他們的船又大又堅固，在船上殺人，也只是稍微搖晃了一些而已。大船與小船相遇，如大魚與小魚相遇，殘酷而激烈。大船幾乎要將小船撞碎，然而小船到底靈活，又知道水路藏著的礁石，巧妙避開。兩軍在船上交手。

擒賊先擒王，瑪喀的目標，就是那個穿黑色鎧甲，手持寶劍的年輕男人。兩船靠近處，他站在船頭，望著對面船頭的人。

「都督！」身側有人喊道。

瑪喀眼睛一瞇：「都督？閣下何人？」

「肖懷瑾。」

瑪喀覺得這名字有些耳熟，然他平日裡極為自大，旁人的名字在他耳中，也不過僅僅只是個名字，聽一刻便忘了。且誰也沒想到，肖懷瑾會出現在這個地方，一時只道：「不曾聽過！」

倒是他身邊的一個手下，驚疑不定的開口：「肖懷瑾，可是大魏的封雲將軍？」

封雲將軍？

瑪喀一怔，看向眼前的人。只要提封雲將軍，右軍都督，縱然他平日裡再如何眼高於頂，不將大魏的這些兵將放在眼中，也是知道對方究竟是什麼人的。肖懷瑾用兵，從無敗仗，其驍勇悍厲，即便沒交過手，也足夠震懾烏托人。

「你可是大魏封雲將軍？」他道。

肖玨神情平靜地看著他，冷道：「正是。」

瑪喀猛地橫刀於眼前，輕鬆的神情驟然收起。

雖然不知道是不是真的，但從面前這個青年嘴裡說出，瑪喀信了九成！這人本就氣勢不凡，況且若非真正這樣的人物，穆紅錦又怎麼捨得將濟陽城軍交到他手裡，讓肖懷瑾來指揮？連心腹崔越之都沒用上。

烏托探子送回來的信裡，可沒有提過此事！

瑪喀氣急敗壞，於不安中，又隱隱生出一股躍躍欲試來。肖懷瑾確實不簡單，可，他只有兩萬人。

兩萬人對十五萬人，怎麼看，他都不像是要贏的這一方。勇將又如何？就憑這幾個蝦兵蟹將？這幾條小的可憐的船？

若是他率領烏托人打敗了肖懷瑾，他就是打敗了大魏封雲將軍的人，在烏托國裡，日後永生都要沐浴在榮耀下。

一時間，瑪喀熱血沸騰，吼道：「勇士們，將他們全部殺光！占領他們的城池，奪走他們的財富，享用他們的女人！殺啊！」

「殺！殺！殺！」

震天的喊殺聲響起，傳遍了運河河上。烏托人本就狡詐凶殘，嗜殺無數，此刻被瑪喀的話一激，紛紛揚刀衝來。

短兵相接，浴血奮戰。

喊殺聲傳到了禾晏耳中，禾晏看向遠處，河面上，兩軍混站在一處。

木夷問：「肖都督已經動手了，我們是要現在靠近他們？」

禾晏搖了搖頭，看向天空。

此刻天空晴朗，萬里無雲，一絲風也沒有。她的心漸漸沉下去，司天臺的人說了，今日可能無風，也可能有風，但即便有風，也不是這個時候。只是……這樣的天象，真的會有風嗎？

老天爺真的會站在濟陽城這一邊嗎？

她又看向遠處烏托兵船，烏托兵船巨大而沉重，在運河上方顯得尤為著名。她看著看著，忽然一怔，片刻後，唇角露出一絲笑容。

木夷道：「怎麼了？禾姑娘，妳在笑什麼？」

「我笑烏托人蠢不自知。」她道：「你看那些船頭船尾，都被連在一起了。」

烏托國並非如濟陽這樣的水鄉，兵士們並不擅水。因此所有的大船全都用鐵鍊首尾串聯在了一起。烏托人大約覺得此舉可以省下不少力氣，也不至於其中某一艘船跟不上隊伍，一眼看過去，如船隊。

海商走貨的時候，這樣首尾相連是經常用的辦法，不過用在此處，就實在有些累贅了。尤其是今日，他們還想要用火攻的辦法。

木夷眼睛一亮：「只要引火燒掉他們一艘船，就行了。」不過很快，他又憂愁起來：「他們的大船串在一起，小船一進去，猶如羊入虎口，只怕還沒燒掉船就被烏托人給包圍了。」

「無事。」禾晏招呼其餘人上船，道：「你們就按照我圖中所示地方待著，我帶一艘船，把他們引過來。」

「引過來？」木夷道：「如何引過來？」

烏托人還犯不著追著一艘船跑，之前還有可能，現在這麼多船串在一起，只怕會一直盯著肖玨的濟陽軍打。

「我自有辦法。」禾晏道。

話音剛落，一個男子的聲音傳了過來，「阿禾。」

禾晏轉過頭，見是楚昭，微微一怔。

「妳讓翠嬌去王府拿殿下穿的衣裳，外面不安全，我就叫翠嬌先回崔府，給妳送過來。」楚昭微笑著道：「幸而趕上了。」

「楚兄怎麼還在濟陽城裡？」禾晏問：「這裡不安全，你應該跟著那些撤離的百姓一道離開的。」

這人連自保之力都沒有，倘若……倘若烏托人進城，他恐怕凶多吉少。

「連殿下都待在王府不曾離開，我又怎麼好捨下同袍。濟陽也是大魏的土地，阿禾尚且都能保護濟陽一方百姓，我雖不及阿禾，也不會獨自逃離，會與好友共進退的。」

「可你並無武功，」禾晏想了想，「罷了，你等等。」

她跳下船，走向岸邊的一處駐紮的帳子，進去不過須臾，又跳了出來，手裡拿著一團衣物樣的東西，塞到了楚昭手裡。

「這是之前我在濟陽的繡羅坊買的，料子是鮫綃紗，聽賣衣裳的小夥計說刀槍不入進水火不入。雖然不知道是不是真的，但你拿著穿在身上，若真有個萬一，也能抵擋一二。」禾晏心中嘆息，她本來將這衣裳穿在鎧甲裡面，就想著聊勝於無，萬一真是件寶貝，就當穿了兩件鎧甲了。

不過此刻見楚昭文文弱弱地站在這裡，一陣風都能把他吹倒，又覺得倒不如將這衣裳給他得了。這人雖然不知道是敵非友，但就衝他叫翠嬌先回崔府，自己又沒有獨自離開的份上，也算義氣。

楚昭一愣，正要說話，就見那姑娘已經轉過身，隨著眾人上了船。她的背影看起來極瀟灑，很快被周圍的人淹沒。

船漸漸地駛離岸邊，朝著喊殺聲最烈的河中心而去，在那裡，刀光劍影，戰火紛飛。小船猶如撲火飛蛾，搖搖晃晃，義無反顧。

楚昭低頭看向手中，手中的衣物似乎是剛從女子身上脫下來的，還帶著餘溫，還真是不拘小節，不過……他慢慢的將衣物提起，裙擺長長，這是一件女子穿的衣裙。

他愣然片刻，隨即搖頭失笑。

城中的百姓們各自躲在屋中，將門窗緊掩，年幼的被年老的抱在懷中，死死盯著門，彷彿盯著所有的希望。

時間漸漸地流逝過去了。

街道上一個人都沒有，平日裡熱鬧非凡的濟陽城，今日安靜的如一座死城。王府裡，穆紅錦坐在殿廳中，看向門外。

窗戶大開著，柳枝如往日一般溫柔，晴空萬裡，今日無風。

她垂下眸，指尖漸漸掐進高座的軟靠中。

今日無風。

葫蘆嘴邊，藏在暗處的兵士如石頭，沉默而安靜。弓箭手伏在暗處，等著烏托人一旦上岸，就發動伏擊。

崔越之站在樹後，總是掛著和氣笑容的臉上，今日是出奇的沉重。十五萬的烏托人，都不必打，一旦進城，城中剩餘老少，再無活路。他們若是再趕的快一些，那些仍在路上逃亡的百姓，也將迎來一場災難。

他帶著一部分濟陽城軍在這裡，為的就是不讓他們上岸進城，成為城門前的最後一道防線。可是，如果肖玨無法消滅烏托人的主力，大部分烏托人走到這裡，憑藉他們這些人，是絕對攔不住那些往城中去的惡狼的。

唯有如禾晏前夜裡所說，用火攻將這些烏托人一網打盡，剩下的漏網之魚經過這裡，他們才有可能在攔得住。但火攻之術……真的可用麼？

一名濟陽城兵趴在草叢裡，背上背著弓箭。長長的野草遮蔽了他的臉，刺的他臉上微微發癢，然而他仍舊一動不動，連去抓撓一下的意思都沒有。

不動的不只是人，他面前的野草，開在路邊的小花，平靜的水面，柔如羽毛的蒲公英……都紋絲不動。

今日無風。

崔越之一顆心漸漸沉下去，今日無風，天時不佳，僅僅只憑肖玨手中兩萬不到的兵士，不用火攻，只怕無法與烏托人相抗衡。他們在這裡所謂伏擊，說不準最後反倒成了烏托人的獵物。

可怎麼會無風呢？

肖玨的武師傅，那位看起來就很厲害的白衣劍客，十分篤定的對他說：「不必擔心，今日一定有風。」

司天臺的人說，今日五成有風，五成無風，根本說不準，可柳不忘卻說：「安排伏擊，今日一定有風。」

聽聞雲林居士柳不忘會扶乩問卦，是以他們都深信不疑，又或許，是自欺欺人的希望他說的是真話，便相信了他所言。可是眼下看來，哪裡有風？

對了，柳不忘呢？

崔越之這才想起來，似乎從今日一大早醒來，他離開崔府來到演武場的營帳中時，就沒有看到柳不忘了。

水面微微泛起波瀾，並非風吹，而是水中游魚拂動。

堤岸邊春草茸茸，桃紅柳綠，怪石深林處，有人席地而坐，面前擺著一架古琴。這男子身著白衣，衣袍整潔不染塵埃，姿容情態格外飄逸，腰間佩著一把劍，像是瀟灑的江湖俠客。

柳不忘看向長空。

日光照在樹林中，投射出一片金色的陰影。並不使人覺得炎熱，溫暖的剛剛好。這是生機勃勃的春日，每一片新綠都帶著春意，落在溫柔的水鄉中。

遠處廝殺聲與此地的寧靜形成鮮明對比，不遠的地方，涇渭分明。

風還沒有來，但柳不忘知道，無論是早一點，還是晚一點，風一定會來。

多年前生機已絕的死局，多年後再扶乩，得出了一線生機。他起先並不知道那一雙影子是誰，可如今看來，絕大可能，或許正是他的徒弟禾晏，與那位年輕英武的右軍都督肖懷瑾。

這二人既是將領，征戰沙場多年，無形之中，早已挽救了不少人的性命，這是功德。身懷功德的人，上天不會過於苛待他們，走到何處，都有福澤庇佑。許是因為他們身上的正氣和光明，連帶著濟陽城這局死棋，都多了一絲生機。

這二人，是可以將死棋下活的人。

雖然看不到結局，可能看到那一絲生機，既然有生機，就說明路並非絕路。所以風一定會來，雖然可能不會來的太早，但是，風一定會來。

而他要做的，是將那一處生機緊緊抓住，幫著這二人將這局棋澈底盤活。

遠處的廝殺聲似乎變近了一些，這並非錯覺。柳不忘往前看去，幾艘大船……正往這邊駛來。

烏托人亦不是傻子，不會被肖玨一直牽絆住腳步，他們的主力與肖玨帶領的濟陽城軍交手時，另一支隊伍趁亂偷偷上岸，只要上了岸，控制了整個濟陽城，水戰之勝，不過是遲早而已。

崔越之的人馬在葫蘆嘴，離此地還有一段距離。他們以為他們是第一道防線，實際上不是的，柳不忘才是第一道防線。

奇門遁甲之術，當年雲機道長的七個徒弟中，就屬他做的最好。這些年來，他極少使用此術，是因為極為耗神，損傷身力。而他已非當年的少年，縱是白衣飄逸，早已鬢髮微白。

不過，他會一直守在這裡，守護著她的城池。

柳不忘撥動了琴弦。

草色青青，時有幽花，亂蜂戲蝶中，琴弦的聲音清越綿長，慢慢地飄向了水面。

在刀劍紛亂時，有這麼一人彈琴，實在是引人注目。白衣劍客安靜坐著，骨節分明的手拂動琴弦間，琴音流瀉出來，仍是那一首〈韶光慢〉。

他其實會彈很多曲子，但這些年，彈的最多的，就是這一曲。周圍已經被他布好陣法，琴音亦有迷惑心智的能力。待烏托人到了此地，會為陣法迷惑，進而難以找到入口。他能為崔越之多拖延一些時間，等待著老天爺的這股遲來的東風。

烏托人的船在慢慢靠近，有人從船上下來，氣勢洶洶。柳不忘安靜坐著，如在當年的棲雲山打坐，平心靜氣，不慌不忙。雲機道長嘴上不誇，卻從來待他格外寬容。大家總說，當年山上七個師兄弟，就屬他最優秀，師兄們總是笑著打趣，總有一日他會光耀師門。

可……他早已被逐出師門。

手下的琴音一頓，似乎為外物所擾，彈錯了一個音，柳不忘微微失神。

當年他在棲雲山下，見到了穆紅錦，後來才知道，穆紅錦原是濟陽城中蒙稷王的愛女。穆紅錦不願意嫁給朝中重臣之子，央求柳不忘帶她離開，柳不忘躊躇許久，決定讓她在客棧等待，自己先和小師妹回到棲雲山，將此事稟明雲機道長。

只是這一上山，便再也沒能下來。等他下山後，已經是一年後。

穆紅錦總認為，他騙了她，故意將她的行蹤告知蒙稷王，是他一手將穆紅錦送回了蒙稷王府。事實上，並非如此。

當年的柳不忘，的確是匆匆忙忙上山。待上了山，他告知雲機道長，有一位逃婚的姑娘被家人所迫，如今歇在外頭，希望雲機道長能想想辦法，讓自己能帶穆紅錦上山。

柳不忘自來純厚，生性善良，第一次對著雲機道長說了謊。只道穆紅錦是普通人家的姑娘，並未說明她蒙稷王女的身分。柳不忘心中擔憂，一旦雲機道長知道了穆紅錦的真實身分，未必會出手相救。

但雲機道長比他知道的還要清楚。

「你說的，可是蒙稷王府的穆紅錦？」

柳不忘呆住：「師父……」

「你真糊塗！」雲機道長看著他，沉著臉斥責他道：「你可知她是什麼身分？她如今是蒙稷王唯一的女兒，日後要繼承蒙稷王位的。蒙稷王之所以為她聯姻，正是因為，日後她將會成為蒙稷王女。」

「你如此草率，將她帶上棲雲山，可知道會給濟陽城帶來怎樣的災難？又會給棲雲山增添多大的麻煩？即便你不在意濟陽城中百姓性命，你的師兄們與你一道長大，難道你連他們的安危也枉顧？」

「師父，不是這樣的……」柳不忘辯解。

雲機道嘆道：「你以為蒙稷王知道你將他的女兒藏在這裡，會放過棲雲山嗎？」

「他不會知道的。」

「不忘，你太天真了。」雲機道長拂袖道：「放棄吧，為師不會出手。」

柳不忘跪在地上，想了一會兒，便站起身來，對著雲機道長行了一禮：「徒兒知道了。」

「你想做什麼？」

「徒兒自己想辦法。」

柳不忘想，他雖比不上雲機道長的本事，但天無絕人之路，一定能想出別的辦法。當務之急，他得先下山，和穆紅錦約定的日子快到了。

「你還要去找那個女子？」

柳不忘道：「是，徒兒已經與她約定好了。」

雲機道長：「你不能下山。」

「什麼？」

「我不能看著你將棲雲山毀於一旦。」雲機道長道：「你必須留在山上。」

「師父，她還在等我！」

雲機道長的臉上是全然的無情。

柳不忘慢慢拔出腰間長劍，他並非想要對師父動武，但實在是很著急，可他的劍法，又哪裡及得上雲機道長的精妙，終歸是敗下陣來。

雲機道長將他關在山上一處水洞中，水洞周圍瀑布飛流，蘭草芬芳，單是看著，景致很好。可周圍亦被雲機道長布下陣法，他無法離開陣法半步，只能被困在這裡。

柳不忘的奇門遁甲，終究是不能和雲機道長相比。他絕望地懇求雲機道長：「師父，我只要下山去和她說一句話，我不能言而無信，她還在等我……師父！」

「你若能解開為師的陣法，就可以下山。」

雲機道長轉身離去了。

柳不忘在陣法中參悟，試著解陣。但這陣法，竟比他過去所遇到的加起來還要厲害，他心中焦急，日夜不停的解陣，終於病倒，傷了精力。

玉書來看他，給他送藥，看著柳不忘遍體鱗傷的樣子，心疼極了，輕聲道：「師兄，你這又是何苦？」

「你能不能求師父將我放出來。」柳不忘靠著洞穴的石壁，奄奄一息，語氣卻仍然執拗：「我想下山去。」

玉書後退一步，忍不住哭著朝他喊道：「就算下山去又怎麼樣？她已經成親了！她沒有等你，穆紅錦已經和她的王夫成親了！」

柳不忘微微瞪大眼睛。

他在山中，陣法中，無法覺察外面的時間變化，只能數著黑夜過日子。每隔一日，便在石壁上刻下一筆，轉頭看去，已經過了兩百多個日夜。

那個姑娘，那個穿著紅裙子，長辮子上綴著鈴鐺，總是笑盈盈的黏著他的姑娘，已經成親了？她是懷著怎樣的心情，是沒有等到他，被失約的恨意，還是求助無門，被迫上花轎的絕望？

柳不忘的心劇烈的疼痛起來。

「她沒有等你，她已經忘了你們的約定。」小師妹站在他面前，含淚道：「所以，你也忘了她吧。」

忘了她？怎麼可能？身在其中的時候不識心動，已經別離時方知情濃。他早已習慣了被依賴、被糾纏、被騙的日子，縱然惱怒，卻也甘之如飴，怎麼可能說忘就忘？

「她是什麼時候被王府的人找到，又是什麼時候成的親？」他慢慢地問道。

玉書回答：「你走之後不久，她就被官兵找到了。不久之後就成了親。師兄，」她還要勸，「你去跟師父服個軟，日後咱們就在棲雲山上好好過日子不好嗎？別再提那件事了？」

柳不忘沒說話。

「師兄？」

他抬起頭來，少年的眼神，自來乾淨清澈如春日的暖陽，如今卻帶了些許冷清，和拒人於千里之外的疏離。

玉書被他的眼神嚇到了。

「妳走吧。」柳不忘道：「日後也不要來了。」

他變本加厲的解陣，琢磨研習。他罔顧自己的身體究竟能不能負擔，心中只有一個念頭，他要下山。

柳不忘的奇門遁甲，就在這一日日的苦習中，突飛猛進，與此同時，他也察覺到，不知從什麼時候起，雲機道長的陣法力量，在漸漸變弱。

又一個春日來臨，他破陣而出。

春雨打濕了屋簷下的綠草，少年的白衣，被泥水濺上了汙跡，他渾然未覺，一步一步走的堅定。

師兄妹們圍在雲機道長的床前，這麼長的日子，陣法越來越弱，不是他的錯覺，雲機道長大限將至。

柳不忘愕然。

他撲到雲機道長榻前，跪下身去，雲機道長看著他，問：「破陣了？」

柳不忘點了點頭。

師父伸手，在他的脈搏上微微一點，察覺到了什麼，深深嘆了口氣。

「你還要下山？」他問。

柳不忘跪得端正而筆直：「是。」

沉默了很久。

「你走吧。」將他撫養長大的師父一字一頓地道：「從今往後，你不再是我師門中人。也不要再上棲雲山。」

「師父！」師兄弟們一驚，紛紛為他求情。

雲機道長沒有說話，閉上眼，再看時，已溘然長逝。

一夜之間，他失去了將自己養育大的師父，也失去了留在棲雲山上的資格。和師兄們一同將雲機道長的入土安葬，柳不忘獨自一人下山。

此一別，便知天長地久，永難重逢。

他的傷口隱隱作痛，這樣一直強行破陣，終究是傷了根本。雨下得很大，他沒有拿傘，跌跌撞撞地踩著泥濘的山路，一路不停，終於走到了山下，進了濟陽城。

城中一如既往的如那個春日熱鬧溫暖，沒有半分不同。柳不忘走到了蒙稷王府。他藏在王府對面的房檐下，戴著斗笠，想看一看穆紅錦。雖然他也不知道，見到穆紅錦能說什麼，失約的是他，晚了一年多的也是他。叫她等自己的是他，沒有來的也是他。

但如果她想要離開，如當年一般搖著他的手臂，要自己帶她離開，柳不忘想，或許他仍舊會束手無策，會如她所願。

然後他就看到了穆紅錦。

和當年的驕麗少女不同，她變得更加美豔動人，穿著精緻華貴的袍服，從馬車上下來，側頭與身邊的男子說著什麼。她身邊的男子亦是眉目溫和，從背後摟著她的腰，衣袍也遮不住她微微隆起的小腹。

穆紅錦懷孕了。

那個傳說中的「糟老頭子」，年紀並不大，看向她的目光裡，也很是柔和。而她回望的目光，亦是溫順，和記憶裡的驕縱姑娘，判若兩人。

雨水打濕了他的靴子，打濕了他的衣袍，柳不忘卻覺得，不及他此刻心中狼狽。

他們琴瑟和鳴，夫妻恩愛，看上去如神仙眷侶，而他站在這裡，格格不入的滑稽。

但他憑什麼要穆紅錦一直在原地等待呢？這個姑娘，生的如棲雲山下桃花一般燦然明亮，生機勃勃，美好的人或者事，從來不乏被人發現的眼光。正如他會在不知不覺中愛上她，穆紅錦的「王夫」也是一樣。

穆紅錦已經有了平靜的生活，那他，也沒有必要再前去打擾了吧。

似是他的目光太過熾熱而沉痛，穆紅錦似有所覺，回頭望來，柳不忘微微側身，躲在房檐的陰影下。

「怎麼了？」身邊的男子握著她的手問道。

「無事。」穆紅錦搖搖頭，「大約是我的錯覺。」

雨水冰涼，分明是躲在屋簷下，何以會打濕他的面頰？他唇角似是嘗到苦澀滋味，原來春日的雨水，也有不甜的。

他大步離開了。

琴音如詩如畫，將叢林中的重重殺機盡數掩蓋，有烏托人毫無所覺的踩進來，突然驚叫，一時間，慘叫連連，終是有人意識到了不對，喝止身後人的動作。

「別進來，有埋伏！」

柳不忘微微一笑。

當年下山後，他曾經沉寂過好一陣子，如行屍走肉，不知道日後可以幹什麼。他既不能回棲雲山，也不能去找穆紅錦，一時間，活在世上，只覺了無生趣。

直到玉書找到了他。

小師妹不如當年一般玉雪可愛，憔悴了許多，站在他面前，柳不忘這才恍然察覺，不知不覺，玉書也是個大姑娘了，不再是跟在他身後跑來跑去的小妹妹。

「師兄，」女孩子看著他，眼裡湧出淚水，「對不起。」

「什麼？」他不明白。

「穆姑娘之所以被王府官兵找到，是因為我去告的密。」

柳不忘的神情僵在原地。

「我喜歡你，很喜歡你，不希望你和她在一起。」玉書卻像是要將所有的過錯一股腦的說出來，求得解脫似的，「我偷聽到你們的談話，所以將她的藏身之所告訴了蒙稷王。我以為只要她成了親，你就會忘了她，就不會再想著她！我沒想到你會一直執著這麼多年。」

「對不起，我錯了，」她失聲痛哭，「是我害了你，師兄，對不起。」

她哭的縱情恣意，柳不忘卻如石頭一般，渾身僵冷。

他年少無知，心思粗糙，竟沒看出來小師妹看自己時眼中的綿綿深情，也沒看出來玉書看著穆紅錦時，一閃而過的敵意。

少女的愛恨，來的直接，思慮的簡單，只顧著賭氣時的發洩，沒想到讓一雙有情人生生錯過。直到世事變遷，遺憾如滾雪球一般越滾越大，方才悔悟。

「妳怎麼能這樣？」他第一次對玉書發怒，「妳知不知道，知不知道……」

他沒有說下去。

知道什麼呢？當年的他自己，都不知道自己愛的這樣深。

像個傻子一樣。

聞訊趕來的大師兄找到了他，對他道：「小七，別怪玉書，她年少不懂事，現在已經知道錯了。你也別怪當年師父見死不救，將你關在棲雲山上陣法中。」

柳不忘木然回答：「我沒有怪過任何人。」

只怪他自己。

「你可知，當年師父為何要將你關在棲雲山上？」大師兄道：「師父自來仁善寬厚，既收養了我們七個孤兒，就算穆紅錦是王女又如何，師父真要保，又豈會懼怕這個身分帶來的危險？」

柳不忘看向他，不明白他這話是何意。

「師父是為了你。」

雲機道長曾為柳不忘卜卦，卦象顯示，終有一日，他會為一女子粉身碎骨，英年早逝。深情會殺死他。

「你是師父最愛重的弟子，師父怕你因穆紅錦丟了性命，才會將你關進陣法中。」師兄道：「他雖行事有偏，可也是一心為了你。」

柳不忘只覺荒謬。

不過是一個卦象，何以就要他這般錯過？雲機道長是為了他才如此，他又能怪誰？只怪世事無常，捉弄有情人。

他一直待在濟陽城，藏在暗處，每日也做些和過去一般無二的事。直到有一日，玉書在寺廟裡，被穆紅錦的侍衛捉拿。

玉書沒那個膽子行刺，消息一傳出來，柳不忘就知道這是穆紅錦在逼他現身。而他非但沒有惱怒，甚至內心深處，還有一絲竊喜。這麼多年了，他終於可以光明正大的再見她一面。

他在深夜的佛堂，見到了穆紅錦。

年華將她打磨的更加瑰麗而美豔，她似成熟的蜜果，渾身上下都透著看不穿的風情和恣意。柳不忘心中酸澀的想，是誰將她變成如此模樣，是她如今的那一位「王夫」麼？

也是，他們連孩子都有了。她已經成家生子，與他愈來愈遠。

女子的紅袍華麗，金冠在夜裡微微反射出晶瑩的色彩，比這還要晶亮的是她的眼睛，她盯著自己，目光中再無多年前的頑皮與天真。

他有千言萬語想要對她說，但最後，竟不知道從何說起。臨到頭了，吐出來的一句，竟然是「玉書在哪？」

柳不忘還記得穆紅錦當時的目光，似有幾分驚愕，還有幾分了然。話說出口的剎那，他瞬間就後悔了。他不應該如此生硬，該說些別的。問她這些年過的如何，為當年自己的失約而道歉，也好過這一句質問。

穆紅錦看他的目光，彷彿在看一個陌生人，輕描淡寫地回答：「在牢中。」

他們二人的對話，生疏的如陌生人，彷彿站在敵對的立場，再無過去的親暱。

柳不忘很矛盾，他想留在這裡，與她多說幾句話，多看看她。但他又怕自己在這裡待的時間久了，會控制不住流露出自己的感情，給穆紅錦帶來困擾。

已經過去很久了，當年他沒有及時趕到，如今，穆紅錦身邊已有他人，早已不再需要他了，又何必前來打擾，自討沒趣。

他要穆紅錦放了玉書，抓他。雲機道長將他撫養長大，玉書是他的女兒，他不能看著玉書身陷囹圄。況且，穆紅錦抓玉書的目的，本就是他。

柳不忘想，穆紅錦一定很恨他，可人對於不在意的東西，吝嗇於多流露出一絲感情，所以穆紅錦恨他，也許，這麼多年過去了，她還有一點點，殘留著當初的愛戀吧。

「不過是師妹而已，這般維護，你喜歡她？」

柳不忘答：「是。」

「你說什麼？」

柳不忘望著她，像是要把她此刻的模樣永遠摹刻在心底，一字一頓道：「我喜歡她。」他承認了告密之事是自己所做，承認了自己騙穆紅錦隨意編造了諾言，承認了從未對穆紅錦動過心。

穆紅錦笑了。她笑的輕蔑而諷刺，像是他的喜惡多麼微不足道，多麼可笑。她要柳不忘做她的情人，作為放走玉書的條件。

柳不忘惱怒，惱怒她怎麼可以這樣折辱自己，也折辱了她。可在惱怒中，竟又生出隱隱的渴望，他悚然發現，原來在他心底，一直沒有放棄。如埋了無數的火種在地底，只要她一句話，輕而易舉的就可以破土而出，星火燎原。

他答應了。

穆紅錦卻不願意了。

穆紅錦要他帶著玉書滾出濟陽城，永遠不准再踏入這裡。她要將自己與柳不忘劃分的乾乾淨淨，永無交集。

這是他最後一次與穆紅錦說話。

柳不忘後來化名雲林居士，雲遊四方。到過許多地方，他白衣瀟灑，劍術超群，所到之處，亦有人稱讚仰慕。可他永遠冷冷清清，似是對萬事萬物都不放在心上。

他亦沒有再見過自己的師兄們與玉書，這世上，每個人最終都要成為孤零零的自己。但他每年的水神節，仍舊會回到濟陽城。他偷偷地、不被任何人所知曉的進入城中，只為了看一看穆紅錦守護的城池。

就如守護著她一般。

扶乩卜卦只問事不問人，這是他後來給自己立下的規矩。替人卜卦，難免預見波折，為了避免波折，努力繞過一些可能帶來不詳的相遇，殊不知人世間每一次相遇，自有珍貴緣分。繞過災禍的同時，也掉進了命運另一個圈套，就如他自己。

一生遺憾，一生近在咫尺而不可得。

密林深處，慘叫聲越來越烈，上岸的人也越來越多。他的琴聲漸漸激烈，如金戈鐵馬，在重重殺機的陣法中隱現。

陣法，並不是萬能的。人越多，能維持的時間越短，需要耗費的精力也就越大。當年在棲雲山上，雲機道長將他關在陣法的那段日子，為了能儘快出去，他不顧自己身上的傷勢，強行破陣鑽研，終是傷到了心神。這些年，他不曾布過如此耗力的陣法。

柳不忘的唇邊，緩緩溢出一絲鮮血。

春光裡，他笑意從容，出塵如初見。彷彿仍是當年一襲白衣的劍客少年，擋在了心上人的身前。

——《女將星》（卷四）完——

——敬請期待《女將星》（卷五）——

高寶書版集團
gobooks.com.tw

YE 077
女將星（卷四）

作　　者　千山茶客
責任編輯　吳培禎
封面設計　張新御
內頁排版　賴姵均
企　　劃　何嘉雯

發 行 人　朱凱蕾
出　　版　英屬維京群島商高寶國際有限公司台灣分公司
　　　　　Global Group Holdings, Ltd.
地　　址　台北市內湖區洲子街88號3樓
網　　址　gobooks.com.tw
電　　話　(02) 27992788
電　　郵　readers@gobooks.com.tw（讀者服務部）
傳　　真　出版部(02) 27990909　行銷部 (02) 27993088
郵政劃撥　19394552
戶　　名　英屬維京群島商高寶國際有限公司台灣分公司
發　　行　英屬維京群島商高寶國際有限公司台灣分公司
法律顧問　永然聯合法律事務所
初　　版　2024年6月

本著作物由瀟湘書院（天津）文化發展有限公司授權出版。

國家圖書館出版品預行編目(CIP)資料

女將星/千山茶客著. -- 初版. -- 臺北市：英屬維京群島商高寶國際有限公司臺灣分公司, 2024.06
　冊；　公分. --

ISBN 978-626-402-011-4(卷3：平裝). --
ISBN 978-626-402-012-1(卷4：平裝)

857.7　　113008639